ANAGRAM

Första boken om Annika Vester

www.cherstinjuhlin.se

Av Cherstin Juhlin har också utgivits:

Bryggan (2013)

Collage (2015)

CHERSTIN JUHLIN

ANAGRAM

Kriminalroman

Anagram
Andra upplagan 2016
Copyright © Cherstin Juhlin 2011
Omslagfoto © Cherstin Juhlin
Förlag: BoD – Books on Demand, Stockholm, Sverige
Tryck: BoD – Books on Demand, Norderstedt, Tyskland
ISBN: 978-91-76993-07-1

FÖRORD

Anagram är ett namn, ord eller en mening vars bokstäver kan kastas om så att de bildar ett annat namn, ord eller mening. Exempel: Hostanfall – Hallonsaft

Morden och sidoberättelserna i denna bok är fria fantasier från början till slut, med det undantaget att jag vill visa läsaren hur det kan fungera på ett polishus, att det där – liksom på alla andra arbetsplatser – finns auktoritära ledare som saknar självinsikt, men även chefer som med kunskap, empati och glimten i ögat löser problem. Min egen erfarenhet om polisarbete
– samt mitt stora intresse för människor, autentiska kriminalfall, att leta och luska runt – har varit grunden för idén.

Personnamnen är påhittade, medan orts- och gatunamnen kan finnas, men är något förvanskade. Verkliga och overkliga händelser – sedan flera år tillbaka – i polishuset nämns som pikanta små inslag i berättelsen. De beskrivs med realism och humor, och har inte för avsikt att skada eller oroa någon – endast få betraktaren att vilja läsa vidare.

Att skriva sin första bok är en lång process – för mig har det tagit fyra år, ofta med långa uppehåll. Sena kvällar framför datorn, överhoppade måltider, huvudvärk och frustration. Men också glädje och tillfredsställelse när jag känt att jag varit nöjd och sett hur sidantalen blivit fler och fler, och historien vävts samman till ett komplett mönster.

Hjälp har jag naturligtvis behövt, och följande personer har ställt upp på olika sätt:
Arvingarna Jimmy, Anneli och Linda har läst och lämnat sina åsikter om historien.
Johan Theorin har tjatat om hur jag ska formatera och *inte* knappa mig in manuellt på raderna! Han har även tipsat om bokförlag, samt uppmuntrat när det känts trögt och ledsamt att skriva.

Karin Wahlbergs tips om olika bokförlag samt berättande om sitt eget skrivande, där hennes yrke som läkare gör hennes böcker trovärdiga, har peppat mig ytterligare.

Eva Norberg har förklarat lagtexter angående att delge psykiskt sjuka misstanke om brott, samt att domstolen har fri bevisföring.

Curt Larsson har korrekturläst hela bokmanuset.

Livskamraten Lars-Göran har tålmodigt plockat ner mig när jag gått i taket!

Ovärderlig hjälp och TACK till alla!

Cherstin Juhlin
cherstin@telia.com

Polisens medarbetarpolicy

ALLA INOM POLISEN, OAVSETT ROLL OCH FUNKTION, har ett ansvar för att bidra till verksamhetens utveckling så att målen nås och förtroendet för Polisen stärks. Detta kräver att målen är kända och tydliga. En grundförutsättning är därför att alla medverkar till väl fungerande samarbete och god kommunikation.

SOM MEDARBETARE ÄR DU EFFEKTIV med fokus på resultatet. Du använder din kompetens och tar ansvar för dina individuella resultat. Genom att samarbeta och utbyta kunskaper och erfarenheter med andra bidrar du till de fastställda, gemensamma målen.

SOM CHEF INOM POLISEN HAR DU TRE ROLLER – du är verksamhetsansvarig, arbetsgivare och ledare.

SOM LEDARE coachar, motiverar, stödjer och utvecklar du medarbetarna i deras arbete. Du är lyhörd och skapar förutsättningar för dialog, delaktighet och återkoppling. Som ledare formulerar och delegerar du uppdrag på ett tydligt sätt och följer upp individuella prestationer.

I ditt ledarskap är du ett föredöme genom ditt engagemang, din förmåga till empati och ditt intresse för människor. Du är rak och tydlig, står för dina åsikter och ditt agerande överensstämmer med det du säger. Du är tillgänglig för dina medarbetare, inte minst i svåra situationer…

(Källa: Rikspolisstyrelsens skrift "Polisens medarbetarpolicy")

1

Fredag 14 mars 2008 klockan 08.15

"Hora..!"

Mannen som blivit införd i arrestlokalen spottade fram ordet på renaste skånska. Den uniformerade polismannen vid hans sida uppmanade honom att sätta sig på träbänken intill skrivbordet.

Men han stod kvar bredbent, med armarna hängande två decimeter ut från kroppen och handflatorna vända utåt. Han sköt fram huvudet och hela hans gestalt påminde om en gorilla, stående på två ben. Käkarna rörde sig, men han sa inget.

Polisen lade sin handskbeklädda hand på mannens skuldra. Han skakade bort den med ett kraftigt ryck.

"Nu sätter du dig", upprepade polisen bestämt. Kollegan stod avvaktande intill, beredd att ingripa.

Mannen stod stilla – bara fingrarna rörde sig oavbrutet.

Annika tecknade åt poliserna att låta honom vara. Hon satte sig på en stol på andra sidan den femtio centimeter höga plexiglasrutan som skilde henne och mannen åt. På ett arrestantblad på datorskärmen skrev hon snabbt in datum och klockslag för införandet av mannen, samt polismännens namn.

Det var egentligen inte polisinspektör Annika Vesters uppgift att skriva in hämtade eller gripna personer. Men just nu var det morgonbön (fredagsmöte) i aulan, och Annika som varit på väg dit hade blivit hejdad av inre befälet. En patrull hade kommit in med en man som det fanns ett anhållningsbeslut på, och eftersom han var aggressiv och oregerlig behövdes en tredje person som kunde skriva in honom.

Annika hade upptäckt att det var mannen i hennes ärende från i förrgår som var införd. Man hade inte hittat honom tidigare, men nu var han alltså här.

Hon klickade tillbaka några rader på pappret.

"Kan jag få ditt namn?" frågade hon vänligt och mötte mannens blick. Varför har de inte satt handfängsel på honom, tänkte hon när hon såg hans ögon.

Tystnad. Mannen stod kvar i samma position som tidigare. Han tittade föraktfullt på Annika.

"Vad heter du?" upprepade hon, fortfarande med tålmodigt tonfall, och vände sig åter mot skärmen. Även om hon visste hans namn, så var det ett led i identifieringen att han själv skulle uppge vad han hette. Men hon anade hur det här skulle sluta.

"Hora..!" fräste han igen.

Annika suckade ljudlöst.

"Är det för- eller efternamn?"

Fortfarande inget gehör, men så höjde han blixtsnabbt ena armen och slog handflatan i plexiglaset så det vibrerade.

Polismännen var inte sena att greppa om var sin arm på honom, alltmedan han krängde för att komma loss. Jörgen, arrestvakten, stod ett par meter ifrån dem, beredd att rycka in.

"Vad fan har snutarna för rätt och hämta mig i min egen bostad!" väste mannen mellan de hoppressade käkarna. "Ni kan för fan..."

"Lugna ner dig", klippte Annika av, reste sig och lade händerna på bordet. Hennes hastiga rörelse stillade honom för några sekunder, men hon var väl medveten om att han tänkte köra sitt eget race – Kent Söderberg var definitivt inte att lita på.

"Det finns ett hämtningsbeslut av åklagaren, och du ska höras om den nya misshandeln av din fru."

Mannen visade fortfarande aggressiva kroppsrörelser, och poliserna höll stadigt i honom.

"Kent Söderberg, stämmer det?" försökte Annika. Hon visste att han inte skulle samarbeta.

"Du är en hora!" vräkte mannen ur sig för tredje gången och spände sina flammande ögon i Annikas. Hon vek inte med blicken, men började känna ett visst hot.

"Sätt in honom", sa hon och lyfte telefonluren.

Femton minuter senare hade fyra polismän lycktas få av Kent Söderbergs skor, jacka, livrem, fleecetröja, armbandsur och halskedja, samt vänt ut och in på byxfickorna och plockat fram två redlinepåsar med vitt pulver. Och det var definitivt inte florsocker. Sen släpade de hans tunga, passiva kropp genom korridoren och in i cell 4. De placerade honom på magen på golvet, och fixerade en enkel bensax. Tillräcklig för att poliserna skulle hinna ut ur cellen och stänga innan han var uppe på fötterna. Sekunderna efter kastade han sig mot dörren och vrålade som ett djur.

Annika gick bort och tittade genom det kvadratiska säkerhetsglaset i dörren. Mannen spottade mot rutan.

"Din jävla hora!" var det enda han kunde plocka fram ur sitt klena ordförråd.

Kan han bära sig åt på detta sätt när han är här – hur beter han sig då hemma hos familjen, inom fyra väggar? tänkte Annika när hon skrev klart dokumentet. Hon printade ut det och lät de två första poliserna signera att de avvisiterat mannen. Det var noga med alla tider och vem som gjort vad, på arrestantbladet. En feldokumentering kunde leda till tjänstefel när man minst anade det. Men det sades att blev man inte anmäld för tjänstefel minst tre gånger var man ingen riktig polis!

"Ni skriver anmälan och beslag på pulvret, va?" förvissade Annika sig om. "Narkotikabrott, både innehav och eget bruk." Hon växlade några ord med Jörgen och gick sen till inre befälet Sture Nilssons rum och lade pappret på assistentens bord. Annika meddelade Sture att det inte var lämpligt att hon höll förhör med Kent Söderberg, med anledning av deras kontroverser i arresten. Sture skulle leta upp en annan utredare när morgonbönen var slut, och se till att Kent lämnade urinprov när han lugnat ner sig. De var överens om att han inte var hörbar ännu på flera timmar, så Sture erbjöd sig att ringa åklagaren och anmäla gripandet.

Därefter fortsatte Annika till anmälningsrummet och lät kollegan skriva en polisanmälan om Förolämpning. En gång är ingen gång, tänkte Annika, men fyra gånger är tre gånger för mycket. Även för en polis. Men för hennes del var anmälan mest en markering. Hon visste till nittiofem procent vad som skulle hända med den.

Annika gick till sitt rum och plockade fram två ärenden som hon tänkt arbeta med denna fredag. De var färska och ingen annan hade petat i dem. Precis som hon ville ha det. Driva och utreda sina egna ärenden – inte slutföra det som andra påbörjat. Det kändes faktiskt befriande att slippa förhöret med Kent Söderberg. Visserligen var det hennes ärende i inledningsskedet men hon hoppades, och trodde, att familjevåld skulle ta över direkt. Hon och Kent hade redan haft den typ av första kontakt som en förhörsledare och misstänkt definitivt inte skulle ha.

2

GABRIELLA
Juni 1965

1962 lagstadgades om en nionde årsklass, och den var frivillig några år framåt. Gabriella ville gärna gå detta extraår i skolan – hon var vetgirig och älskade sina böcker – men föräldrarna tyckte inte det behövdes. De menade att det var nyttigare att börja arbeta efter åttan, och lära sig att allt kostade pengar.

Modern Agnes, som var hemmafru, ansåg det var dyrt att ha en tonåring i huset. Speciellt en flicka som behövde extra hygienartiklar. Och underbyxor, som blev förstörda av *kroppsvätskor,* var dyra. Jo, precis så uttryckte modern det. Visserligen saknade Gabriella inte vad hon behövde i klädväg, men det var så mycket hysch, hysch om intima saker. Föräldrarna hade åsikter om allt, och det mesta var bedrövligt i samhället. Hon såg aldrig att de rörde vid varandra, eller hade en kärvänlig ton när de samtalade, och ofta fick hon känslan av att modern på något sätt var nertryckt, fast aldrig gav sken av det.

Gabriella hade inte varit med på några klassfester, men när hon slutade åttan fick hon tillåtelse av föräldrarna att gå till en idrottslokal där lärarna ordnat en avskedsfest. Fadern menade att lärarna var en garanti för att festen skulle bli lugn och städad, och eftersom det var Gabriellas sista kontakt med skolan fick hon lov att gå. Klassfesten, där två av lärarna var huvudansvariga, hade börjat klockan sju på kvällen och Gabriella skulle vara hemma senast elva.

Hon hade tidigare under veckan köpt hårspray och åtta stycken hårspolar på EPA, för sin månadspeng som var blygsam, och när hon festdagen hade tvättat håret rullade hon med ovana fingrar och stor möda hårslingorna runt spolarna. Hon fäste dem med vita plaststickor som följde med i förpackningen. Det gjorde ont i hårbottnen, spolarna gled och hamnade snett. Hon knöt på en tunn scarves och höll sig på sitt rum för att föräldrarna inte skulle se vad hon sysslade med.

Gabriella ägde ingen torkhuv, som några av flickorna i klassen gjorde, så det tog två timmar för håret att bli torrt, och hon hann läsa nästan en halv bok, liggande på magen på sängen. När hon sen tog bort spolarna och kammade håret liknade det klasskamraten Evas frisyr. Det var stort och högt när hon borstat och tuperat, och modern frågade vad hon i all världen gjort med håret. "Visa det inte för far", sa hon och hytte med pekfingret och spände upp ögonen.

Med målade läppar, den blå, klockade kjolen som hon sytt i syslöjden, och en svartprickig, vit kortärmsblus hade Gabriella fantastiskt roligt. Hon till och med dansade med Aron, en av de blygare pojkarna i klassen som hon i smyg tyckte om lite. Han hette egentligen Tommy Aronsson men eftersom det fanns tre Tommy i klassen – Tommy Svensson som helt enkelt kallades store-Tommy, Tommy Lindskog som lystrade till namnet Lingon – så var Tommy Aronsson Aron för alla.

Han och Gabriella kompletterade varandra – båda var aningen kortväxta för sin ålder och lika dåliga på att dansa till grammofonmusiken. Men eftersom hon blev yr i huvudet av fruktbålen, och något annat som store-Tommy i smyg bjöd några flickor på, brydde hon sig inte utan njöt av kvällen. Den skulle aldrig komma tillbaka. Och hon skulle aldrig glömma den. Aron kände på hennes ena bröst efter deras tredje dans. Han klämde vårdslöst och hårt, nästan så det gjorde ont. Men ändå. Han mumlade också något om att hon var söt. Det hade aldrig någon sagt till Gabriella tidigare. Och att just han sa det, Aron! Ett par av flickorna tyckte hon var fin i sin blus, och hon kände sig så glad och upprymd över att få lite uppmärksamhet.

Men så fanns där den ständige Charlotte som alltid hade hästsvans med stor rosett. Av någon anledning tyckte hon inte om Gabriella. Hon kallades Lotta av klasskamraterna, men Charlotte av läraren och de förnäma föräldrarna. Båda flickorna var duktiga i skolan och kanske tålde inte Charlotte att ha en konkurrent som alltid låg ett snäpp högre.

Hade hon AB på en skrivning, så hade Gabriella AB+. Vid olika tillfällen det senaste året gav hon Gabriella, på ett fint sätt som ingen såg eller hörde, gliringar om kläder och frisyr, och sa en gång att det var väl Gud som hjälpte henne med läxorna. Vid ett tillfälle, sista terminen i åttan, frågade Lotta om Gabriella haft någon pojkvän. Hon sa också att det såg ut som om Gabriella stoppat bomull i behån för att brösten skulle se större ut. Inga stora påhopp, men onödiga, sårande och framför allt obegripliga. På 60-talet fanns inte ordet mobbing, och ingen tog itu med dylika saker i skolan. Kom man hem och sa att man blivit orättvist behandlad, eller fått en örfil av läraren, kunde man få en ny av fadern, som menade att lärarens örfil säkert varit förtjänad.

Men allt detta hängde Gabriella inte upp sig på denna festkväll – inte ens när Charlotte avsiktligt tryckte en armbåge i ryggen på henne när hon dansade med Aron, och väste ”du tror väl ändå inte att han bara vill hålla handen?” Nästa varv på dansgolvet tog Gabriella ett tag i Charlottes hårband som var virat runt en stor, utbredd knut som täckte hela bakhuvudet. Hon kände själv att det var barnsligt gjort, men ville visa Charlotte att hon inte tog emot vad som helst. Charlottes håruppsättning föll ner, och frisyren var förstörd.

”Din förbannade slyna!” skrek hon och släppte taget om pojken hon dansade med. Hon drog i Gabriellas arm. ”Det tog en timme att göra vid håret, och nu … din … ditt jävla fanskap …!”

”Stick!” fräste Aron till Charlotte. Han tog ett ostadigt steg emot henne, men Gabriella drog honom i armen.

”Bry dig inte om det”, sa hon. ”Hon har druckit sprit och vet inte vad hon säger.”

Aron stannade och Gabriella vände sig mot Charlotte.

”Förlåt, det var inte meningen att förstöra din frisyr”, försökte hon.

Charlotte stirrade med smala ögon på henne. Håret hängde ner vid ena sidan, och flera smala klämmor stack ut från hövolmen.

”Förlåt? Det kan du skita dig på att jag inte gör!” Hon vände sig mot Aron.

”Du är en lika stor idiot som Gabbi!” väste hon, vände helt om och vacklade ut ur rummet. Några av dansparen hade stannat upp, och en av lärarna kom fram till Aron och sa att han skulle lugna ner sig. Gabriella suckade. Det var inte han som var problemet, även om han var ganska full.

Gabriella glömde bort att hon skulle vara hemma senast klockan elva, och när festen närmade sig slutet tog hon mod till sig och tänkte fråga Aron om de kunde göra sällskap en bit på hemvägen. Mest för att slippa gå ensam, och hon visste att han bodde åt hennes håll. När hon hämtat sin kappa kom en av lärarna gående med Aron från det lilla pentryt. Han höll ett stadigt tag runt Arons midja. De tog sig fram sakta och Arons ben vek sig gång på gång. Läraren lyckades hålla honom uppe och halvt om halvt släpade honom. Han skakade på huvudet när de passerade Gabriella.

"Är … är han sjuk?" fick hon fram.

"Sjuk?" upprepade läraren högt. "Det kan man nog säga … han är full som en kaja. Vill du öppna dörren, hans far är på väg." Läraren stannade till och vände sig snett bakåt mot Gabriella.

"Förresten, vet du var spriten kommit ifrån?"

Gabriella stirrade med halvöppen mun på Aron. Han bara hängde där, som en trasdocka, uppstöttad av lärarens arm. Ögonen stirrade rakt fram, och på hakan rann saliv. Han måste ha druckit en hel del efter att de dansat. Hon såg genom fönstret intill ytterdörren hur läraren och Arons far, som var storbonde utanför stan, fick in honom i bilen. Fadern gav sonen en "lärlingalusing", men han reagerade inte utan sjönk bakåt i sätet. Gabriella kände stor besvikelse, dels för att Aron var full, och dels för att hon nog aldrig mer skulle våga tilltala honom om de sågs. När hon vände sig för att gå tillbaka till de andra såg hon Charlotte som stod med korslagda armar, intill toalettdörren, och stirrade på henne. Hon hade plockat ner hårknuten och det blå sidenbandet hängde runt halsen. Ögonen var svarta och käkarna arbetade frenetiskt med ett tuggummi

Gabriella kände igen mannen som stannade med bilen när hon var på väg hem efter festen. Men hon kunde inte placera honom. Han var äldre och vuxnare än pojkarna i skolan. Han hade stannat, sa han, eftersom det inte såg bra ut att en ung flicka gick ensam mitt i natten. Det var verkligen omtänksamt av honom att erbjuda skjuts. Föräldrarna gick troligtvis inte och lade sig förrän hon kommit hem. Hade hon inte sett en bild av honom i tidningen? Han såg snäll ut och skrattade när hon sa "ni" till honom.

Gabriella satt rak i ryggen och tittade på körbanan framför bilen. Lite yr kände hon sig och tyckte det skulle bli skönt att krypa ner i sängen. Hon märkte att han då och då vred på huvudet och tittade på henne. Han sade inte mycket.

"Där ska du svänga", sa hon och pekade till vänster när de passerade biblioteket. Men han svängde inte, och sa plötsligt:

"Din pappa är väl Helge Frank?"

Gabriella tittade förvånat på honom, nickade och hummade. Hon vände sig mot gatan de skulle ha svängt in på.

"Du skulle ha svängt där", sa hon och pekade.

Han tittade roat på hennes ansikte och lät högerhanden nudda vid utsidan på hennes vänstra knä. Hon tyckte det kändes obehagligt och makade sig åt höger.

"Känner du min pappa?" frågade hon avledande.

När hon sneglade på honom kände hon igen profilen. Hon visste att hon sett honom tidigare. Men det var inte från någon tidning. Han hade vikarierat för läraren i samhällskunskap, ett par gånger. På hennes skola, men inte i hennes klass. Hon kom inte ihåg vad han hette.

Gabriella skrattade till kort och osäkert när han svängde ner i Lunden, ett mindre skogsparti mellan skolan och ett bostadsområde. Hon frågade vart han skulle köra. Där var beckmörkt, förutom ljuset från billamporna. Folk brukade promenera på den smala skogsstigen, och rasta sina hundar. Nu var platsen folktom. Han släckte lamporna men lät motorn vara i gång. Han sa inget och tog av sin jacka.

När han böjde sig över henne, och skruvade på något vid sidan av hennes bilsäte, kände hon hur paniken kom. Sen sjönk ryggstödet bakåt mer och mer. Hon skrek "nej" flera gånger och försökte resa sig. Hon kunde inte se hans ansikte, men hörde hur han andades tungt genom näsan.

Hon hade armarna fria vid sidorna, men var oförmögen att föra in dem mellan sin egen och hans tunga kropp. Han tryckte ena axeln mot hennes haka. Det gjorde ont i käken och hon kände att tungan kom i kläm mellan tänderna. Blodsmaken fick henne att kvida av rädsla. Hon slet i hans skjortärmar och drog i hans hår och öron när han lirkade in ena handen mellan sitt och hennes underliv.

Han sa ingenting men gav ifrån sig korta grymtande ljud samtidigt som han fick in handen mellan hennes bara hud och resåren på underbyxorna. Han höjde sig en bit uppåt, och hon fick lättare för att andas. Sen drog han i resåren så att tyget sprack. Han fumlade med sina egna byxor framtill och lyckades få fram sitt hårda könsorgan. Åter gav tyngden henne andnöd. Stum av panik, och med olidlig smärta när han skändade henne, förstod hon vad som hände och försvann i ett nattsvart mörker för en kort stund.

Blodet i de trasiga underbyxorna kunde inte vara menstruationen. Hon skulle ju inte blöda förrän om två veckor. Inlindade i en papperspåse, tillsammans med nylonstrumporna som hade maskor och stora hål, kastade hon dem i soporna. Modern hade aldrig märkt att det fattades ett par underbyxor. Och örfilen som fadern gav henne för att hon kom hem för sent, sved länge efter.

3

"Anni, kan du ringa ett samtal?"

Klockan hade hunnit bli 11.45 denna fredag. Sture Nilsson stannade utanför Annikas rum. Tummen och pekfingret nöp om en gul Post-it-lapp.

"Det är fullt i receptionen och Tina är på lunch. Du kan väl ringa upp den här kvinnan innan du går och äter. Hon kunde inte riktigt redogöra för vad som hänt, sa något om ett hot och la på luren. Vi har tagit fram numret."

Som så många gånger förut fick Annika lägga ifrån sig ärendet hon just nu jobbade med.

"Har jag något val?" Hon tog av terminalglasögonen och satte Calvin Klein på näsan.

Axlarna sjönk något när hon smått irriterad samlade ihop de utspridda pappren framför sig. Sture tog två steg in i rummet och tryckte lappen på bordet, bredvid skärmen. Han log urskuldande.

"Hyggligt", sa han.

Annika drog ett djupt andetag.

"Ja, jag är hygglig, men så otroligt trött på att ständigt avbryta det jag håller på med", sa hon med utandningsluften och satte händerna på höfterna och lät hakan sjunka till bröstkorgen.

"Jag vet", svarade Sture och sympatinickade, "men det är ju så, vi får hjälpas åt när här är ont om folk."

"Ja, ja, ja, jag ringer ... du vet att jag gör mitt jobb."

Annika tittade på Sture ovanför glasögonen och gav honom ett konstlat leende. Han köpte det och lämnade rummet. Hon stoppade omsorgsfullt in handlingarna i tillhörande mapp och stängde ärendet på datorn. Inte undra på att man fick back på antalet redovisade förundersökningsprotokoll på hennes avdelning. Kunde man inte jobba effektivt med det man höll på med, utan ständigt avbryta för andra ärenden, blev det inte heller många protokoll till åklagaren. Men det var inte hennes eller de andra utredarnas fel. Det akuta gick först på Kriminaljouren.

Folk polisanmälde allt och alla. Annika Vester hade skrivit otaliga anmälningar – flertalet skarpa och med verklig substans. Men ibland anmälde folk saker som inte var av denna värld.

Många av anmälningarna hamnade sedan för utredning hos bland andra henne själv, på Kriminaljouren. Inte sällan kände hon frustration över att polisen fick lägga så mycket tid, energi och resurser på skräp – vilket naturligtvis inte var skräp för målsägaren – som strömmade igenom systemet. Tidstjuvar, kallades det. Men en polis fick aldrig vägra att ta emot en anmälan. Inte ens när en butik ville anmäla ett snatteri för tio kronor eller om någon sett hur två gröna, små gubbar försvunnit upp genom kaminens skorsten, i vardagsrummet.

Ja, så fanns det här med bortsprungna katter och kanariefåglar. *Javisst, vi ska skicka ut en patrull för att söka efter din blåturkosa Undulat som kan säga "Putte är fin",* försäkrade man en enträgen tant. Och den där mannen som ville anmäla att tiden var ur led, som han uttryckte det. Han stod i receptionen med en mindre sportbag. Plötsligt började det ringa bredvid honom, och när han öppnade blixtlåset på väskan visade det sig att den innehöll ett tiotal äldre, traditionella väckarklockor. De var ställda så att de skulle ringa med tre minuters mellanrum!

För Annika var relationsbrotten bland de mest angelägna att arbeta med, och utreda, men dessa anmälningar gjorde henne ofta nedstämd och frustrerad. Ibland förbannad. Kvinnor, som gjort misshandelsanmälningar, ringde dagen efter och tog tillbaka allt med samma slitna fraser: *Vi har pratat ut ... det var inte så farligt ... jag vill inte att han ska komma i fängelse ... han är så snäll när han är nykter...*

Tack och lov var det numera inte så enkelt att återkalla en anmälan. Fanns det ett videofilmat förhör med kvinnan, där hon berättade om händelsen och sitt liv och där skadorna var dokumenterade, gjordes allt för att ärendet skulle gå till åtal. Annika kände starkt för dessa kvinnor som levde under hot och fara för sina liv. Som till exempel Kent Söderbergs hustru. Han hade för inte så länge sedan avtjänat fängelsestraff för misshandel av henne. Och nu hade det hänt igen. Hade han dragit henne i håret eller gett henne en örfil – även om det också är oacceptabelt – för att ge utlopp för sin ilska och oförmåga att behärska sig, hade det varit en sak och till viss mån förståeligt. Det finns kvinnor som är mycket provocerande, elaka och slår sina män, men att knäcka näsbenet och trycka in revbenen, går utanför rimlighetens gräns.

Och åldringsbrotten som hade ökat katastrofalt de senaste åren. Blivit fräckare och råare, de gamla kunde inte skydda sig tillräckligt. Handväskan i rollatorns korg, pengabörsen i kappfickan. Hur många gånger hade hon inte pratat med sina gamla föräldrar om att alltid titta i ögat i dörren, när någon ringde på. *Ja, ja ... det gör vi*, var deras ständiga svar. *Det gör ni inte*, suckade Annika varje gång. Och fadern glodde surt på henne.

4

GABRIELLA
Fredag 14 mars 2008

Gabriella hade sovit dåligt de senaste nätterna. Egentligen sov hon oroligt varje natt, men sedan en vecka tillbaka var känslan annorlunda. Det var inte enbart obehaget hon alltid dragits med, utan också rädslan hade tagit ett grepp om henne. Den lilla insomningstabletten fungerade bra, men hon vaknade efter ett par timmar och hade svårt för att somna om. Oron i kroppen var befogad samtidigt som hon kände att sömnen var viktig för hennes välbefinnande och en normal dygnsrytm. Efter ytterligare en halv tablett kom hon i slummer några timmar till.

Hon ville inte stiga ur sängen på morgonen, men tvingade sig. Låg hon kvar kom de destruktiva tankarna. När hon väl kommit upp och klätt sig bäddade hon sängen. Även det var en kraftansträngning, men hon hade aldrig lämnat den obäddad, vad hon mindes. Trots att hon mådde psykiskt dåligt fanns prydlighetskänslan där, fastnaglad i henne. Att vara ren och att ha ett rent hem. Det hade hon med sig från barndomen. Föräldrarna hade varit religiösa och över fyrtio när de fått henne. Deras starka tro gränsade till det maniska. Att ha något annat än ett rent yttre och ett obefläckat inre fanns inte i deras världsbild.

Efter alla år kom tankarna och minnena fortfarande till Gabriella. Hon skulle aldrig bli fri från dem.

Hon hade varit, i dubbel bemärkelse, ett ensamt barn. Det fanns ett par kusiner, på faderns sida, men de var ett par år yngre än henne. Familjerna träffades bara en eller två gånger om året, och de sällsynta träffarna skapade inte någon närmare relation. En ogift moster kom på besök ibland.

Av någon anledning trivdes hon med att leka själv. Sitta och plocka och pyssla, lära sig bokstäver, ha två låtsaskamrater att prata med. Hon hade tre olika röster och kamraterna följdes åt upp i tonåren, för att sedan försvinna mer och mer. Gabriella mindes inte allt, men de hade varit en trygghet för henne.

Ingen speciell bästis i skolan men ändå var den tiden en oas i tillvaron. Hon fanns med i gemenskapen bland flickorna i klassen även om hon inte levde samma liv som dem. Hon tyckte det var spännande att på måndagarna höra om deras eskapader under helgen. De populäraste flickorna berättade om dans och pojkar, och att de varit fulla. De fnittrade och knuffade på varandra i korridoren på rasten, och pojkarna i klassen retades med dem. Kanske för att de inte själva var föremål för skvallret. Gabriella stod lite avsides, med ett par andra flickor, och sög in alla spännande detaljer. Charlotte låtsades helt ointresserad, men spetsade säkert öronen eftersom hon aldrig vände blad i den bok hon verkade så försjunken i.

Gabriella hade sett hur Arne, som satt bakom Berit, hade kört in en linjal under hennes blus. Berit hade bara fnittrat och knuffat till bänkkamraten Eva. En annan gång hade Gunnar tryckt in Berit i en hörna, i slöjdsalen, och klämt på hennes bröst! Berit hade själv berättat det för de andra flickorna på skolgården. Hon var populär bland pojkarna. Allt det där var så långt ifrån Gabriellas verklighet man kunde komma. Visst tänkte hon på pojkar ibland, och tittade på dem i skolan. Men de verkade så barnsliga på något sätt. Och några luktade illa.

Föräldrarna var stränga. Sprit, svordomar och känslor hade aldrig förekommit i hemmet. Fadern var lättretlig och tålde inga motsägelser även om de var befogade. Gabriella fick ta emot många örfilar. Så många att hon inte reagerade, utan tog för givet att hon var värd dem eftersom hon sa emot fadern.

Tack vare att Gabriella hade lätt för att lära fick hon tid över för annan litteratur än skolböckerna. Hon flydde ofta till biblioteket och kände sig trygg där. Romanerna, som hon utan föräldrarnas vetskap läste, sjönk hon in i. Kärlek, spänning och romantik tog henne till en annan värld. Fick henne att drömma om hur framtiden skulle bli. Ett par hyllmeter pocketböcker gick under namnet Vita serien och handlade om läkare och sjuksköterskor som blev förälskade. Gabriella tänkte ibland att hon ville arbeta på ett sjukhus. Hon fantiserade om att gå omkring i vita kläder i den lugna och mystiska sjukhusmiljön, och bakom munskydd och operationsmössa känna sig anonym. Hon hade läst om läkare och sköterskor som frivilligt åkte till fattiga länder och arbetade. Det skulle vara spännande. Men hon ville bli förälskad också, och kanske gifta sig och få barn. Fast hon ville inte ha det som föräldrarna.

På biblioteket fanns uppslagsböckerna, korsorden som hon kunde sitta länge med, de spännande ordpusslen med aha-upplevelser. Allt som krävde tankeverksamhet intresserade henne, och ju klurigare dess bättre. Faktaböckerna bidrog med mycket. Fyra gånger om året fanns en tävling anslagen, som besökarna kunde ägna sig åt flera timmar. Det gällde att från utvalda stycken hitta författare till olika boktitlar, och vice versa. Gabriella gick in för detta med liv och lust och ett par gånger hade hon vunnit presentkort hos bokhandeln i stan.

5

Fredag 14 mars 2008 klockan 11.52

Annika tog papperslappen med telefonnumret, ringde Eniro och fick veta namn och adress på abonnenten. Gabriella Frank, Norra Boulevarden 14. Annika knappade in kvinnans nummer.

"Ja...", svarade en späd röst.

"Hej", sa Annika vänligt och noterade klockslaget 11.52 på sitt block.

"Detta är Annika Vester hos polisen. Du har ringt, behöver du hjälp med något?"

Tystnad. Annika väntade.

"Hallå, är du där, Gabriella?"

"Ja, men jag vet inte riktigt ... jag ringde för att jag ... för att..."

"Har det hänt något?" fortsatte Annika. "Har du blivit slagen?"

Ett snyftande hördes i andra luren.

"Kan du försöka tala om vad som hänt", försökte Annika igen. "Är du ensam där?"

"Ja ... nej ... jag ... det är han som..."

Rösten var fortfarande ömklig. Annika bytte luren till andra handen.

"Gabriella, jag måste få veta vad du vill, vad som hänt, om jag ska kunna hjälpa dig. Varför har du ringt polisen?"

Ytterligare en snyftning, samt konstiga bakgrundsljud, metalljud. En dörr som stängdes eller öppnades. Knaster i telefonen och sen helt tyst. Linjen var bruten.

Annika ringde omgående upp LKC (Länskommunikationscentralen) i Malmö och bad dem skicka en patrull till Gabriellas adress. Man misstänkte någon form av våldsbrott.

Det var i en sådan här situation som hon kände sig maktlös. Någon for illa just nu. En kvinna behövde uppenbart hjälp, och Annika kunde inte göra något för stunden.

Själv var hon skild från dottern Klaras pappa, Tore, sedan tio år tillbaka. En så kallad lycklig skilsmässa. Om det nu fanns sådana. De hade, som man brukar säga, vuxit ifrån varandra och hon var inte helt säker på vem som först uttalat ordet "skiljas." Kanske ingen av dem, kanske hade de sagt att de skulle dela på sig. Visst, det hade varit tjafs och verbala bråk mellan dem, och Tore hade ganska snabbt fått in en annan kvinna i huset sedan Annika flyttat. Men hon var inte mer blåögd än att hon fattat att han träffat Mona innan de flyttade isär. Men det var historia nu. Hon var glad över att Klara samtidigt propsat på att vilja flytta till egen lägenhet.

Annika var nöjd och tyckte livet vid femtio plus var ganska behagligt. Det hade funnits några män i hennes liv efter skilsmässan, men inga som motsvarat hennes förväntningar.

Den förste hon inledde ett förhållande med, efter skilsmässan, hade efter några passionerade månader visat psykopatiska drag. Annika blev först förvånad, därefter förbannad på sig själv över att hon inte varit mer klarsynt. Inte rädd eftersom han aldrig höjde handen mot henne. Hon tackade Gud för att hon hade kunskapen om de olika rekvisiten hos en dåre; charmerande, närvarande, verbal, sällskaplig, snål, egofixerad, empatibefriad... Snål, ja, första gången det verkligen gick upp för henne var när han varit på banken och hämtat ut deras utländska valuta inför en resa. Han krävde henne på halva växlingsavgiften, sjutton och femtio! Efter separationen tänkte hon ibland på vad en kollega – som kände mannen – hade sagt till henne i förtroende: *"Var rädd om dina pengar..."* Annika hade skrattat och inte lyssnat på varningsklockorna. Men så är det ju, kärleken överskuggar allt. Vid separationen lurade han henne på tjugotusen kronor.

Därefter hade ingen man fått hennes hjärta att slå dubbla slag, eller visat sig vara speciell. Hon kände till mäns beteenden. Vanliga, frånskilda män med obstinata, halvvuxna barn eller tonåringar. Sportfånar. Eller män med före detta fruar som ringde titt och tätt i olika ärenden. Nä, hon orkade inte med att bli inblandad i deras liv. Men det fanns en hjärtesorg djupt inom henne själv. Hon hade ingen rätt att klandra Tore men var vuxen nog att ha krav, även om tankar och ensamhet ibland tog ett järngrepp om hjärtat. Speciellt den mörka årstiden, i soffhörnan framför TV:n, med händerna kupade runt en temugg.

Annika tittade på sitt armbandsur. Salladsbufférn tänkte hon inte missa i dag. Nyttigheter var inte fel ibland. Hon kände sig frusen och armarna var knottriga som en nyplockad höna. Men först ringde hon Gun, väninna och reskompis sedan många år tillbaka. Gun, själsfrände som aldrig skulle drömma om att ta in en ny karl i huset, trots två utflugna söner. Hon var den där schyssta och förtrogna som Annika kunde prata med om allt, utan att det gick vidare. Och tvärt om. De hade jäkligt roligt tillsammans, speciellt på sina långresor. Deras vänskap var av den sorten att det kunde gå månader utan att de sågs, och andra perioder när de träffades minst en gång i veckan.

Nu pratade och flinade de en stund och bestämde sig för att ses en kväll framöver. Båda var sugna på att snart ta en tur söderut.

6

Fredag 14 mars 2008 klockan 12.20

Bosse Widfors ringde på dörrklockan till Gabriella Franks lägenhet. Inget hände. Han kastade en snabb blick bakom sig, mot kollegan Anders Björk, och lyssnade koncentrerat efter ljud. Inga röster, inga steg som närmade sig dörren. Bosse ringde en gång till. Fortfarande tyst. Han glipade ett par centimeter på brevinkastet där det stod G. Frank. Ett svagt vinddrag med nikotinlukt kändes, som om ett fönster stod öppet i lägenheten. Bosse kunde se delar av en grönrandig trasmatta på tamburgolvet. Han böjde sig inte ända ner till brevinkastet, väl medveten om vad som kunde hända i en oförutsägbar situation.

"Gabriella", kallade han i normal samtalston.

Inget svar. Inga rörelser där inne.

"Hallå, Gabriella!"

Total tystnad.

Bosse lade handen på vredet och tryckte ner. Dörren var olåst. Han nickade mot Anders, som ringde upp Sture Nilsson på stationen. De fick klartecken om att gå in i lägenheten, och drog på sig latexhandskar. Med ena handen automatiskt vilande på pistolkolven stod de strax på den grönrandiga mattan. Dörren lämnades lite på glänt. Bosse noterade dörrkedjan som hängde i två delar; den ena fäst i dörren och den andra i dörrkarmen.

De fortsatte in i lägenheten. Anders tog några steg ut i köket, till vänster, medan Bosse kontrollerade vardagsrummet rakt fram. Ett alldagligt rum med soffgrupp, bokhylla och TV. Ett överfullt askfat – förklaring till lukten när brevinkastet öppnades – och två fjärrkontroller på soffbordet. Där låg även ett par dagstidningar med lösta sudokun och en TV-bilaga. En vit, rektangulär duk hade flera kaffefläckar. I ena fåtöljen låg en brunrutig, väl använd pläd med toviga fransar. Tavlor med traditionella, enkla motiv på väggarna – blommor, ängar, sjömotiv. Inget dyrbart. Bosses blick for över titlarna i bokhyllan. Olika genrer såsom memoarer, reseberättelser, romaner, faktaböcker. Han lyfte nyfiket på locket till ett par identiskt lika små nipperaskar i vitt porslin. Några gamla tioöringar, fästenålar och gem. Som hemma hos morsan. En massa småpycke.

I lådorna fanns dukar, bestick invirade i röda flanellfodral, bruksanvisningar och garantisedlar till TV och video. Sådant som brukar förvaras i bokhyllor. Han fick syn på en gul bokrygg som verkade bekant, och drog fram den. Civilrätt. Likadan som han själv haft på polisskolan för många år sedan. Han bläddrade hastigt i boken, som hade bokmärken här och var, och ställde tillbaka den. Från den halvöppna balkongdörren drog det kallt.

"Något speciellt?" frågade Anders från köket.

"Njet." Bosse gick ut till kollegan.

"Inte här heller?"

Båda snurrade runt på stället. Bosse vände förstrött blad i spiralalmanackan som hängde på sned på väggen, bredvid telefonen. Snygga bilder från Sveriges olika landskap –säsongsbetonade motiv såsom blå himmel, vatten, äppelskörd, snövidder. Fin skärpa, bra kamera.

"Några intressanta noteringar?" undrade Anders.

"Nä, inget som inte brukar vara nerklottrat i en almanacka. *Tvätt, tvätt, tvätt,* får se, ungefär var tredje vecka, *tandläkare* den tredje maj, *biblioteket* flera gånger. Bosse bläddrade slumpmässigt. *Aron* den nittonde februari, *Aron* den elfte januari, *Aron* den tolfte mars..."

"Vem är Aron?" frågade Anders och ställde sig bredvid Bosse.

"Det vet väl för fan inte jag", flinade han.

"Du kan ju ringa när du får reda på det." Anders nickade mot almanackan som Bosse hängde tillbaka på spiket.

Det var oftast en slapp stämning mellan dem. Båda var runt femtio, hade arbetat ihop många år – alltid på fältet – och umgicks även privat. Särskilt sedan Anders skilde sig för ett par år sedan. Bosse hade aldrig varit gift – jo, med jobbet, brukade han säga. Att skämta och ha kul mitt i allvaret, var ett måste för att de skulle kunna ta itu med alla tråkigheter som de konfronterades med i tjänsten.

Vid kaffebryggaren, på perstorpsskivan intill vasken, låg en röd, uppvikt plånbok. På ena sidan log två små barn, kanske barnbarn, i en plastficka och på det andra uppviket fanns ICA-kort, bibliotekskort, patientbricka och apotekskort i rad. Varken körkort, bensinkort eller något bankkort i de parallella, synliga facken.

"Vi tar med den."

Anders drog en halv meter hushållspapper från hållaren under ena köksskåpet och tog upp plånboken med det. Han virade pappret runt den och stoppade den i jackfickan. Kökslådorna innehöll inget anmärkningsvärt. Bosse gjorde korta anteckningar i en svart liten bok som han förvarade i ena benfickan. På köksbordet stod en vas med mörkt röda, förtorkade rosor.

Sen öppnade han badrumsdörren. Lysröret ovanför skåpet var tänt. Kläder fanns slängda både i och utanför en stor, rund tvättkorg i plast. Ovanpå klädhögen balanserade ett plastlock. Toastolen var ren och en tunn vattenstråle rann från kranen i tvättfatet. Det vita duschdraperiet, med tryckta blå snäckor och sjöstjärnor, hängde halvt fördraget innanför badkarskanten. Det hade lossnat från ett par av upphängningsringarna. Badrumsmattan låg hopsnurrad intill en Viaförpackning, modell mindre, vid ena väggen. På golvet några strängar med tvättmedel som avslutades i en mindre topp. Som om Viapaketet vält omkull och någon föst ihop det utspridda pulvret med fingrarna, och lagt tillbaka det i paketet. Bosse spände ögonen i sig själv i badrumsspegeln. Han sköt fram hakan och strök med ena handen över skäggstubben.

"Din fule fan", sa han samtidigt som Anders ställde sig i dörröppningen.

"Håller med", flinade han.

Bosse gav honom en magsugare i luften.

"Inga konstigheter här", sa han. "Jag meddelar in."

Anders lämnade badrummet, tätt följd av Bosse som aldrig varit bekväm med att gå in i okändas lägenheter. Och framför allt inte med att söka igenom vettiga personers privata tillhörigheter. Han vände sig och skulle just stänga till badrumsdörren. Blicken fastnade slumpmässigt på tvättkorgen. Han kunde lika gärna ha gjort ett sista ögonkast på tvättfatet eller på handdukshängaren, men nu blev det tvättkorgen. Han fixerade den några sekunder.

"Fan", sa han, "vi får kalla på förstärkning."

Anders vände sig. Han följde Bosses blick och såg fingret som spretade ut genom hålmönstret på tvättkorgen.

7

GABRIELLA
Fredag 14 mars 2008 klockan 05.50

Gabriella hade bryggt en kanna kaffe och hällt på termosen. Det räckte fram på eftermiddagen. En liten slatt brukade inte få plats, så därför blev den dagens första kopp vid köksbordet. Hon skulle tvätta i dag och hade varit uppe extra tidigt, strax före klockan sex. Trots allt måste hon tvinga sig till att gå ner i källaren med tvättkorgen. Den var överfull och ingen annan tvättade åt henne. När hon tittade ut i trapphuset, för att slippa möta någon, hade Daniel precis kommit.

Hon visste att han arbetade nattskift. Det hade han berättat för länge sedan, när han en gång ringt på för att låna ett kaffefilter. Då hade hon mått bättre än på länge och rent av tyckt det varit uppmuntrande att prata med någon. Daniel hade också kommit ett par gånger och frågat om Gabriella kunde låna honom pengar. Det var inga stora summor; femtio kronor, eller hundra. Och han hade alltid lämnat tillbaka dem.

Men hon kunde inte skapa några relationer med folk eftersom hon visste att de skulle förstöras när hon blev dålig. Gabriella hade förstås Margit från församlingshemmet, vän sedan några år, som ibland kom inom för att se hur hon mådde. De satt mest och drack kaffe och rökte, medan Margit pladdrade på om allt och inget, och gav tips om hur Gabriella skulle komma ur sina depressioner. Ibland var hon tröttsam att lyssna på. Men hon var snäll, och hade själv haft tråkigheter i sitt liv.

När Daniel denna fredagsmorgon passerat gick Gabriella tyst ner i källaren, och upptäckte till sin förargelse att hon tagit miste på tvättiden. Eller rättare sagt, hon hade skrivit upp fel timmar – på eftermiddagen i stället för på morgonen. Hon blev irriterad på sig själv, men åkte upp med hissen igen. Hon satte tillbaka den tunga tvättkorgen, med Via-paketet som balanserade överst, i badrummet. Den mesta av irritationen försvann när hon kom ut i hallen igen och såg den randiga halsduken på hatthyllan. Gabriella sträckte upp handen och lät halsduken glida ner från hyllan. Hon vet ihop den omsorgsfullt, och tryckte den mot ansiktet. Det kändes bra inom henne – den välbekanta doften från besöket i förrgår satt kvar.

8

När Annika kom tillbaka från cafeterian och passerade Sture Nilssons rum, ropade han på henne.

"Du", sa han, "vi har ett skarpt läge. Kvinnan som ringde tidigare ligger dubbelvikt i sin tvättkorg."

"Tvättkorg?" Finns det så stora tvättkorgar, tänkte hon i stället för att bli häpen.

Sture hummade.

"Anders och Bosse hittade henne, och med anledning av hela scenariet ser vi det som ett mord redan nu. Vi har slagit på stora trumman och killarna spärrar av. Kan du ta Peter med dig?"

"Jag hämtar honom."

Hon gick in på sitt rum igen. Stoppade penna och ett mindre noteringsblock i ena jeansfickan, tog på den beige täckjackan som hängde över stolsryggen och lade mobilen i innerfickan. Det var hennes jobb att köra till platsen och bilda sig en uppfattning, och prata med kringboende. Det närmaste hon kom en mordutredning.

På väg till kollegan Peter Thörns rum såg hon kommissarie Göte Rubin komma gående mot henne, längre ner i korridoren. En svag rysning kändes längs ryggen, men samtidigt roades hon av att hälsa på honom med ett leende när de passerade varandra. Han gav alltid en avmätt nick tillbaka och visste inte var han skulle fästa blicken. På senare tid hade han börjat vända bort huvudet, eller ställa sig i dörröppningen till närmsta rum, för att slippa konfronteras med henne.

Att han bara orkade ha den attityden. Annika fortsatte med bestämda steg till Peter.

"Vi har troligtvis ett mord."

Peter la ifrån sig telefonluren när Annika stod i dörren.

"Shit … jag har precis bestämt förhör om en timme."

"Sorry", svarade Annika på samma språk.

Peter lyfte luren igen, knappade in ett nummer och avbokade förhöret med några enkla, ursäktande fraser.

"När, var, hur och vem?" sa han och tog ner jackan från kroken bakom dörren.

Han stoppade sin omoderna bandspelare i vänster innerficka, programmerade telefonen och följde efter Annika mot Sture Nilssons rum.

"Jag vet bara var, och ungefär när", svarade Annika och tittade på sitt armbandsur.

"Och kanske vem. 12-tiden på Norra Boulevarden 14. Troligtvis den kvinnan som jag pratade med, vid den tiden. Samtalet bröts och sen körde Anders och Bosse till adressen. De säger att hon ligger dubbelvikt i en tvättkorg."

Två tekniker fanns på inre befälets rum. Sture, som var känd för att bli stressad i pressande situationer samt hade ryggbesvär, stod vid sitt upphissade skrivbord och bläddrade bland några datautskrifter. Intill pennfacket, på bordet, fanns två staplar med gem, den större varianten. Jämna och fina staplar, lika höga.

"Jag har utskrift på kvinnans dotter, Maria Morén. Om det nu är hennes mamma. Men vi får förutsätta att det är Gabriella Frank som ligger i tvättkorgen."

Sture tittade på Annika och räckte henne utskriften.

"Kan du ha koll på detta? Polismästaren och LVB (länsvakthavandebefälet) är underrättade."

Han vände sig mot de två spankillarna som just kommit in i rummet.

"Spaningsledaren får samråda med kommissarien på länskrim, och ta kontakt med chefsåklagaren. Jag har tagit fram ett åtgärdsblad. Rapportera in allt till mig. Precis allt."

9

GABRIELLA
Fredag 14 mars 2008 klockan 11.30

Gabriella läste åter brevet från Försäkringskassan, som kommit dagen innan. Snart skulle hon inte längre få någon sjukpeng. Kunde hon inte arbeta skulle sjukpengen omvandlas till sjukpension. Hon hade redan gått över den normala gränsen på två år och så vidare. Gabriella suckade, som så många gånger förr. Sjukpensionen skulle bli lägre än sjukpengen. Men det kvittade. Hon hade så hon klarade sig.

Arbeta. Hon skulle aldrig orka. Att vara både fysiskt och psykiskt trött var enormt påfrestande. Även om hon just nu hade en av sina bättre perioder så var den också jobbig. Det enda hon förmådde var att sitta hemma och titta på TV och röka och lösa Sudoku. Tabletterna försökte hon dra ner på och därför blev det fler cigaretter. Hon ville inte ha folk omkring sig; hon klarade inte det. Att prata, vara social, att söka sig utanför hemmet. Det skulle vara omöjligt. Hon var tacksam över att kunna ta sig ner till ICA en gång i veckan, och till banken varje månad. När hon mådde bättre skulle hon gå till biblioteket igen. Båda skulle gå dit. Det hade de kommit överens om. Ett sällsamt leende drog omedvetet över ansiktet.

Hon öppnade ett köksskåp och tog fram pärmen med den röda textilryggen. Under fliken F tryckte hon det ohålade dokumentet, från Försäkringskassan, genom gaffeln och satte tillbaka pärmen.

Med ytterligare en kopp kaffe, vid köksbordet, fingrade hon på det andra kuvertet som kommit för drygt en vecka sedan. Ett vanligt Sverigekuvert med ett vitt brevkort som inte innehöll så många rader.

Lite darr på handstilen. Ett likadant kuvert som hon fått så många gånger förut, men utan brevkort.

För fyrtiotvå år sedan köpte han hennes tystnad när hon av en tillfällighet träffade honom utanför biblioteket och berättade att hon var med barn. Hon visste i sitt ungdomliga oförstånd inte vad hon förväntade sig av honom, eller hur hon skulle agera. Hans reaktion blev allt annat än positiv eller ansvarstagande. Men vad hade hon väntat sig? Att hon ens vågat gå fram och tilltala honom.

Nu skrev han att han tänkte upphöra med att skicka pengar till henne. Han ville ha svar på hennes ståndpunkt till detta, att de var överens, och bifogat en Poste Restante-adress.

Gabriella hade blivit mycket upprörd över raderna och tänkt på hur denne man förstört hennes liv. Hon hade för länge sen slutat undra över hur kan kände till var hon bodde. Det var lätt att ta reda på folks adresser genom Telia eller kyrkoböckerna och folkbokföringen.

Det fanns ingenting som kunde ersätta det hon förlorat; ungdomen, hälsan, förmågan att älska någon. Ett värdigt, gott liv. Bara för att hans pappa hade tillhört topparna inom kommunen och för att han själv gått i samma spår. Han hade köpt hennes tystnad med hot och pengar. Om hon någonsin avslöjade för någon att det var han som gjort henne med barn, skulle hennes föräldrar vara slut som respekterade medborgare. Jodå, han visste mycket väl vilka de var, Helge och Agnes Frank. Och barnet; vad som helst kunde hända med det. Någon kunde ju anmäla till de Sociala myndigheterna att hon misskötte flickan, och då skulle hon troligtvis hamna i fosterhem. Och förresten, hur kunde han vara säker på att det var hans barn? *"Nämn aldrig någonsin mitt namn"*, hade han sagt hotfullt och med en svart blick som borrat sig in i hennes medvetande och för alltid stannat kvar. *"Aldrig någonsin."*

Gabriella blev vettskrämd och lovade. Hon var inte fyllda sexton och visste inte bättre. Inte ens hennes föräldrar fick veta vem som var far till barnbarnet, Maria. Prästen, som föräldrarna anförtrodde sig åt, kunde inte förmå henne att tala. Trots det såg Helge och Agnes Frank sitt ansvar och tog hand om Maria som sin egen när Gabriellas psykiska sjukdom bröt ut. Hon fick aldrig knyta de där första, viktiga banden med dottern eftersom hon drabbades av en förlossningsneuros. Fem veckor vårdades hon på psykiatriska kliniken. Socialen tillsatte en barnavårdsman som skulle se till Marias bästa och att allt fungerade bra.

Fadern till Maria hade hon aldrig mer personlig kontakt med, men varje månad kom ett kuvert med posten. Inga meddelanden, ingen avsändare. Av någon anledning hade föräldrarna aldrig ifrågasatt detta kuvert. Alltid överlämnat det till henne, utan frågor. Troligtvis det bästa för dem alla. Ju mer man rörde i skit desto skitigare blev det, hade Gabriella läst i en citatbok. Att hon tog emot pengarna såg hon som en del av straffet, för honom. Och hon gömde dem väl för att senare, när hon blivit myndig, förvara dem i ett bankfack.

När Maria gått ut mellanstadiet flyttade familjen till en annan del av landet. Gabriellas far hade under många år pratat om *skammen*, och ville komma till en annan ort där ingen kände dem. Speciellt sedan församlingsbor hade börjat ifrågasätta sinsemellan. Man tyckte Helge Frank var överbeskyddande mot sitt barnbarn. Det ryktades om att han var rädd för att hon skulle utsättas för samma saker som Gabriella.

Under åren som gick föll Gabriella periodvis in i depressioner, och det tog hårt på henne även fysiskt. För varje gång blev det svårare att återhämta sig, men det kunde även gå några år då hon hade ett enkelt halvtidsarbete, som fadern ordnat, inom kyrkan och levde någorlunda normalt. Men så kom det en svacka igen då allt blev svart. Hon skulle inte klarat av att bo i egen bostad med Maria. Trots allt var det en trygghet för dem båda att bo med föräldrarna. Och för övrigt ville hon inte lämna Maria ensam hos dem.

När modern Agnes dog hade Maria träffat en man, flera år äldre än henne själv. Hon var bara arton, men flyttade med honom till västkusten. Två år senare, när även fadern Helge gick bort, beslutade sig Gabriella för att flytta tillbaka till sin hemstad. Trots allt kände hon sig tryggare där hon hade sina rötter, ett par vänner och sitt gamla bibliotek. Hon fick in en fot i församlingen, dit hon sökt sig. Hjälpte till med serveringen vid begravningskaffe, bröllop och andra sammankomster, och engagerade sig i Röda Korset. Ibland hörde farbror Hugo av sig och ville att Gabriella skulle komma till Malmö och hälsa på. Men hon avböjde alltid, och de sällsynta kontakterna med en moster i Lund kunde Gabriella vara utan.

Mötena med Maria blev sporadiska. Hon besökte Gabriella någon gång om året, men det fanns inte mycket att prata om. Väder, Marias arbete, barnbarnen Nora och Mia. Besöken avtog efter hand, och senast de träffades var när Gabriella fyllde femtio år. Hon mindes inte själv mötet eftersom hon var inlagd på Psyk och levde i en annan värld. Men hon fick senare ett brev från Maria, och fotografier av flickorna som hon aldrig träffat. Till sin stora sorg. Hon hade så svårt för känslor, och när Maria någon gång gav henne en tafatt kram blev hon stel som en pinne. Och så hade hennes liv sett ut.

Gabriella rev sönder brevkortet och kuvertet i små, små bitar. Hon samlade ihop dem i en liten hög framför sig på köksbordet. Sen kupade hon handen intill bordsskivan och föste ner pappersbitarna där. Hon lade den andra handen över och gick ut i hallen. Där föste hon upp badrumsdörren med ena foten, gick in och vände händerna upp och ner över toalettstolen. Tre gånger fick hon spola innan alla småbitarna försvunnit med vattenvirvlarna. Hon stod en stund och tittade på den darrande vattenytan, fällde ner sitsen och lämnade badrummet.

Ett märkligt sinnestillstånd hade överrumplat henne. Hon kände vanlig, mänsklig ilska för första gången på många år.

10

Efter många års tjänst tyckte Annika fortfarande det var roligt att gå till arbetet. Trots Göte Rubin, den sextiofemårige kommissarien som långsamt och systematiskt tryckte ner anställda, och nervärderade dem. Annika visste att det fanns sådana chefer på alla arbetsplatser, och det var svårt att verkligen förstå vad som drev denna sorts människor till sina ageranden och handlingar. Tråkigheter och slentrian i sitt eget liv, men även ett klättrande på karriärstegen, bidrog ofta till att man var totalt skrupelfri och satte sig på undersåtar.

För Annikas del hade det skett på ett nästan omärkligt och smygande sätt. Saker, som hon inte tänkte på förrän långt efteråt. Små aha-upplevelser, tappade hakor, händelser som kollegor råkade ut för...

Men hon hade blivit luttrad i sin polisroll, och för varje gång Göte Rubin golvat henne hade hon rest sig på stadigare ben och med rakare rygg. Men samtidigt hade hon insett att hon inte skulle bli mer än kriminalinspektör. Fast det var inte illa det heller. Inte med tanke på hur hon kämpat sig genom allt på egen hand – aldrig någon stöttning, uppmuntran, uppskattning eller bekräftelse från föräldrarna – från att hon var liten, genom tonåren och i vuxenlivet.

När hon fick nobben efter sista tjänsten hon sökte beslutade hon sig för att köra sitt eget race. Hon skulle förlika sig med vad hon var, och hon skulle sköta sitt arbete på en bra nivå. Något extra skulle hon inte tillföra så länge Göte Rubin fanns i huset. Det var också känt att hade man en gång kommit i onåd inför Göte Rubins ögon, fanns ingen återvändo.

Annika mindes så väl när han drabbade henne första gången. Det var för femton år sedan, då hon började arbeta som brottsutredare. Hon, och många andra, visste egentligen inte exakt vad Göte Rubin sysslade med eller vilken avdelning han tillhörde. Han var en av de högre cheferna, flöt omkring och pekade med hela handen. Vad Annika kände till, hon kunde ju ha fel, hade han aldrig gjort en brottsutredning eller åstadkommit ett förundersökningsprotokoll.

En förmiddag stod han i hennes dörr och sa att hon skulle sortera hittegodscyklar i källaren, tillsammans med vaktmästaren! Det vägrade hon och menade att det fanns faktiskt "nybakade" poliser som fick utföra det arbetet. Hon förringade inte alls vaktmästaren eller hans arbetsuppgifter – han var en trevlig och omtyckt arbetskamrat – men hon visste hur hon själv blivit behandlad som ny polis och fått utföra mycket skitjobb. Efter tio års polistjänst skulle hon banne mig inte sortera hittegodscyklar!

Annika hade väntat sig någon form av repressalier för att hon vägrat, men inget hände. Inte förrän hon började söka tjänster.

Det var ju så att alla i polishuset visste att Göte Rubin gjort livet surt för många, under många år. Och det var denna vetskap, att hon inte var den enda förfördelade, som stärkte henne. Hade hon varit ensam om sina åsikter skulle hon aldrig ha vågat yppat ett ord. Men många röster hade hörts, dokument om hans person och beteende cirkulerat och facket hade varit inblandat vid något tillfälle. Det märkliga och extrema var att det inte skedde någon förändring, eller att han själv brydde sig. Ingen begrep hur han kunde hålla alla i ett järngrepp. Inte ens polismästaren rådde på Göte Rubin, och alla – med några få undantag – tyckte det var mycket underligt. Det kunde liksom inte sättas ord på vad det handlade om, än mindre hur det kunde fortgå och accepteras. För övrigt avlöste polismästarna varandra. När man fått en som fungerade bra och tog tag i saker, skulle han plötsligt bytas ut. Konstigt det också.

Till mångas glädje skulle Göte Rubin gå i pension till sommaren. Om han nu hade vett att göra det, och inte gå på övertid. Vilket i och för sig inte skulle förvåna.

11

GABRIELLA
Fredag 14 mars 2008 klockan 11.30

Gabriella hade tummat det vita brevkortet länge innan hon rev sönder det, men sen skrivit några korta rader tillbaka. Om han upphörde med att skicka pengar till henne – den enda sak som han troligtvis ännu i dag mådde dåligt av – skulle hon bryta sitt löfte och låta honom komma i rampljuset. Hon hade inte längre något att frukta. Samtidigt med ilskan insåg Gabriella att det var ett tomt och naivt hot från hennes sida. Ingen skulle bry sig om, eller ens komma ihåg, händelsen på 60-talet. Det var bara hon själv som levt med detta, och inte haft förmågan att styra de förödande tankarna och känslorna.

I dag, en vecka senare, stod han utanför hennes dörr. Först tittade hon frågande på den äldre mannen, men blev sekunden efter totalt överrumplad och chockad när hon kände igen honom. De ögonen skulle hon aldrig glömma!

Mannen i trappan, fadern till Maria, var lugn och sansad. Han hade för länge sedan gjort rätt för sig, sa han. Han hade hustru, två barn och tre barnbarn. Kunde inte Gabriella nöja sig med de pengar hon fått under över fyrtio års tid? Ville hon inte ta sitt förnuft till fånga?

Hon kom inte för sig att dra igen dörren. Hon stirrade upp i hans ansikte som var nära, och det var som om hans ögon paralyserade henne.

Då stack han in handen genom den gläntande dörren, som hölls på plats av kedjan. Gabriella ryckte till och vände sig, tog ett steg mot

42

byrån och greppade en hårborste. Han drog hastigt handen åt sig och undvek slaget som istället träffade dörrkarmen.

Hustru, barn och barnbarn. Vilket bra liv han haft. En komplett familj. Gabriella kände sorg, men mest hat. Alla hennes förlorade år. Hennes oförmåga att glömma och ta tag i sig själv. Ångesten lade sig som en klump i magen och det pulserade i halsgropen. Hon stod nära öppningen i dörren och såg honom rakt i ögonen. Ögon som för länge sedan tappat gnistan. Hon släppte borsten på golvet och lade handflatorna på kinderna. Hon skakade sakta på huvudet.

"Gjort rätt för dig ... förnuft", sa hon utan att vika med blicken, men med darr på rösten. "Talar du om förnuft? Du ska betala så länge du lever", väste hon.

Hon drog igen dörren och sjönk ner på golvet. Med ena handen försökte hon kväva gråten som stockat sig i halsen. Det kändes som om hon inte fick luft. Sen blev rädslan och hotet än mer påtagligt – den rädsla som haft ett grepp om henne i fyrtiotvå år. Som hon inte kunnat skaka av sig. Den var för stark och skulle aldrig besegras av ilskan.

Hon satt stilla länge och kröp sen ut i köket, reste sig vid telefonen på väggen och ringde 112. När hon sa sitt ärende, att hon kände sig hotad av en man, blev hon kopplad någonstans. Då lade hon på luren eftersom hon hörde ljud utanför dörren. När hon efter några minuter blev uppringd av en vänlig kvinna som sa att det var från polisen, hade hon haft svårt för att prata och framföra sitt ärende. Det hördes något vid ytterdörren igen. Hjärtat dunkande som om det ville lämna bröstkorgen och hon fick inte fram några ord. En nyckel stacks i dörrlåset. Gabriella tittade reflexmässigt på kroken innanför dörren. Nyckeln var borta! Det kunde inte vara sant. Tankarna for omkring ostrukturerat i huvudet. Ett scenario från en stund innan flackade förbi – hon hade vänt sig ett par sekunder när hon tagit borsten från byrån. Då hade hans hand varit innanför dörren.

Hon mumlade något osammanhängande till den kvinnliga polisen och kasade sakta längs väggen och ner på golvet igen.

Gode Gud, det rasslade i säkerhetskedjan. En handske tog ett grepp om den och ryckte till. Kedjan gick i två delar...

12

Fredag 14 mars 2008 klockan 13.40

Norra Boulevarden 14, intill stadsparken, var en fastighet som var byggd under slutet av 1800-talet. Det var ett välbyggt hus i klassicistisk stil, och förr bodde där endast så kallat finare folk. Numera sökte sig även ungdomar till de eftertraktade men dyrbara lägenheterna. Hur de hade råd, var en annan fråga. Kanske välbärgade föräldrar.

De blåvita plastbanden som spärrade av entrén och ett antal meter av trottoaren utanför hade lockat flera nyfikna, trots det omilda vädret. Annika kände igen Hasse Åberg från lokaltidningen. Han fick syn på henne, höjde hakan igenkännande och tog ett par kliv framåt. Hon satte upp handen och pekade på sig själv och mot entrén. Sen stretade hon och Peter över snövallarna, tog sig under bandet och in i trapphuset.

Två unga, nybakade aspiranter, som vaktade porten och inte släppte ut eller in någon, begärde deras legitimation. Därefter blev de myndigt anmanade att ta på sig skoskydd och latexhandskar innan de gick vidare. På entréplan fanns en antik hiss med gallergrind, och tre trappsteg upp två lägenheter. Andra och tredje våningen hade vardera två lägenheter, och avslutningsvis två högst upp.

Marmortrappor i svartvitt, tunga gjutjärnsräcken och grönmålade väggar med schablontulpaner. Fönster på varannan trappavsats, mot gatan. Pelargoner i fönsterkarmarna. Troligtvis någon av hyresgästerna som skötte blommorna. Endast svenska namn på dörrarna.

Annika och Peter växlade några ord med teknikern, Rolf Ander, i dörröppningen till Gabriella Franks lägenhet på tredje våningen.

”Varken någon mobiltelefon eller dator”, sa han.

Annika tittade in mot den öppna badrumsdörren.

"Vi väntar på rättsläkaren." Rolf pekade med tummen snett bakåt. "En liten, tunn människa, nerstoppad i en tvättkorg."

Annika skakade på huvudet.

"I en tvättkorg ... hur sjutton får hon plats i en tvättkorg?"

"Det är den där stora, runda plastvarianten som finns i varje hem", upplyste Rolf om.

"Mm", insköt Annika, "jag har en vit sådan, med lock ... men ändå, är den verkligen så stor?"

"Hon är väldigt smal, ligger dubbelvikt, nerpressad med baken först, fötter och huvud upp." Annika stack händerna i jackfickorna och vände sig mot Peter.

"Helsjukt ... tar du första och andra våningarna, så går jag uppåt?"

Dörrknackningen gav i stort sett ingenting. Man fick kontakt med endast fyra andra lägenhetsinnehavare, och tog lite uppgifter.

Annika pratade med Karl Bergström, dörren mitt emot Gabriellas. Han var i åttioårsåldern, gick med rollator och använde hörapparat. Dålig hörsel hade han fått under sina år som militär, berättade han. Nej, han hade inte sett Gabriella sedan före jul och inte heller hört något speciellt från hennes lägenhet under dagen. Han satt mest och pysslade med gamla frimärken och med sin stora samling av gradbeteckningar från hela världen. Och så läste han böcker från militärbiblioteket. En gammal kollega brukade komma hem till honom ett par, tre gånger om året med intressanta böcker.

Efter lunchen hade Karl sett en gammal film med Elof Ahrle. "Det är på video", poängterade han och sa att sonen försåg honom med filmerna. "Jag har en sådan där fjärrkontroll också."

Vera och Wilhelm Agustsson på fjärde våningen, utseendemässigt mellan sjuttifem och döden, lade sig absolut inte i vad andra gjorde. Wilhelm, som stod bakom sin hustru, var lång och smal, hade markerad käklinje och senig hals under det strama skinnet. Håret var grått liksom de buskiga ögonbrynen. Ett par stålbågade glasögon satt en bit ner på näsan. Annika skulle nog ha gissat på att han varit militär, istället för Karl Bergström. Axlarna breda och något framskjutande.

Hustrun Vera var inte tjock, men bastant och trotsigt rak i ryggen. Även hon hade låtit håret förbli grått, och gjorde definitivt inget för att se yngre ut. Permanenten hade behövt göras om för flera veckor sedan. Ytliga blodkärl på kinderna gjorde att hon såg svettig och ansträngd ut. De något kisande, små ögonen, bakom konkava glas, granskade Annika uppifrån och ner. Hon konstaterade att detta paret definitivt inte hade äktenskapstycke.

Vera och Wilhelm var nyinflyttade och kände ingen i trappan. För övrigt ansåg Vera att var och en fick sköta sitt. Annika tackade för samarbetet och sa att hon kanske hörde av sig. Hon mötte Wilhelm Agustssons blick över hustruns axel. Det fanns ett uns av ursäkt i hans ansikte.

"Sätt på kaffet, Wille!" manade Vera med ögonen fastnaglade i Annika. Hon nickade stelt och drog igen dörren.

Agustssons granne, D. Skager, var inte hemma. Annika stod en lång stund och tittade på namnskylten. En hastigt påkommen känsla fick henne att stryka med fingret över den innan hon gick ner en våning.

Peter pratade med – och använde av bekvämlighetsskäl sin bandspelare – ett yngre par på första våningen, Tanja och Stefan Jansson. Deras sparsamma klädsel och rufsiga hår tydde på att de överhuvudtaget inte hade koll på, eller intresse av, grannarna i trappan.

Inte heller Asta Kroon på första våningen hade något av värde att berätta. Annika tyckte inte namnet Asta stämde med hennes person. Hon såg bra ut med grå pagefrisyr. Den var bakåtstruken och samlad i en kort svans med en mörklila, bred klämma. Annika noterade en lätt vardagsmakeup och den grå byxdressens överdel matchades av en ljust lila topp, eller linne. Asta var sjuksköterska, förtidspensionerad på grund av förslitningsskador sa hon, och änka efter en flygkapten. Hon hade bott många år i samma lägenhet men kände inte Gabriella Frank närmare, även om de verkade vara i samma ålder. De hälsade på varandra, men Gabriella gjorde aldrig någon ansats till att vilja prata eller ha kontakt. Nej, Asta hade inte sett henne på månader.

När Annika och Peter sammanträffade utanför Gabriellas lägenhet igen hade läkaren kommit. Rolf fanns fortfarande i hallen tillsammans med kollegan Pål. Så fort läkaren gått skulle de påbörja sitt arbete.

"Varken Janssons eller Kroon frågade vad som hänt," sa Peter.

"Inte de där uppe i heller … bra att man slapp förklara. Hyresgästerna på andra våningen ska också höras när de kommit hem. Men jag ska se till att krim skickar hit personal som får ombesörja detaljerade förhör."

"Det är inte mycket mer vi kan göra här nu." Annika tittade på Rolf som instämde.

13

Högljudda röster hördes från entrén på bottenplan. Annika och Peter gick ner och fann polisaspiranterna i färd med att hindra en man från att komma in i trapphuset. Hans högra känga var placerad mellan dörren och karmen, samtidigt som han med axeln tryckte mot dörrutan. Den ene aspiranten höll emot dörren med båda händerna och den andre försökte trycka ut mannens känga med sin.

"Jag bor här, jag betalar min hyra och just nu fryser jag jävligt … så för helvete, släpp in mig!"

Annika gick bort till dörren.

"Vilken våning bor du på?"

"Det ska du skita i … se till och släpp in mig!"

"Det ska inte jag skita i, vilken våning bor du på och vad heter du?"

Mannen hävde hela sin tyngd mot dörren.

"Det var ju själve fan…"

"Du", sa Annika, "polisen är inte här utan anledning och innan du får komma in ska vi prata med dig. Vi kan sätta oss i vår bil så slipper du frysa."

Mannen slappnade av i kroppen men tog inte bort foten. Troligtvis insåg han att han var besegrad. Han vred på huvudet mot gatan.

"Det är den röda Saaben", förekom Annika honom. "Är det okej? Ska vi sätta oss där?"

Klockan var strax fyra på eftermiddagen och antagligen skulle fler hyresgäster komma och vilja gå in till sig. Men nu var det som det var, Norra Boulevarden 14 var en brottsplats.

Han gick mumlande med bort till bilen. Peter startade och lät den gå på tomgång. I samma stund ringde hans mobil.

"Ja, det är jag…"

En knappt hörbar suck undslapp honom och han sänkte rösten.

"Jag är lite sen … ja … nej, jag har inte hunnit … nej, det är Annika och jag … om en timme kanske … eller trekvart då … ja … hej…"

Han knäppte av samtalet. Annika gissade på Pia, hans sambo.

Peter vände sig mot mannen i baksätet. Annika satt bredvid honom, på hans vänstra sida.

"Fryser du fortfarande?" frågade hon.

Mannen hade kupat händerna framför munnen, och andades i dem. Han sa inget.

"Det har skett ett brott i en lägenhet och nu vill vi bara veta vilka som bor i trappan. Och om någon har sett eller hört något. Det är inte bra om det springer folk ut och in i trapphuset, innan teknikerna gjort sitt jobb. Så är läget just nu. Hoppas du accepterar det."

Mannen suckade och ryckte på axlarna.

"Visst, det kunde ni sagt med en gång, men man ska inte behöva frysa häcken av sig."

Annika växlade en sekundsnabb blick med Peter och tog fram penna och block.

"Jag vill gärna veta ditt namn, personnummer och alla telefonnummer man kan nå dig på."

"Är jag misstänkt för något?"

Annika skrattade till.

"Nej, det är du inte … jag vill bara veta vem jag pratar med."

"Okej, men sen vill jag gå in. Danne … Daniel Skager, sjuttifyranolltvåtjugenie tolvtrettifyra."

"Heter du Danne Daniel?" Annika granskade mannens profil några sekunder.

"Bara Daniel, kallas för Danne", sa han och tittade hastigt på henne.

Blicken for över hans haka och hon noterade en smilgrop i vänster kind.

"Och efternamnet är alltså … Skager?"

"Du hörde rätt."

Annika skrev. Hon kände en lätt darrning på handen. Han var lite obstinat.

"Och vilken våning bor du på?"

”Fjärde, jag har en vindsvåning.”
 Samma som Vera och Wilhelm, noterade Annika.
”Bor du ensam?”
”Japp.”
”Hur länge har du bott där?”
”Får se … vad har vi nu …?”
Danne stängde ögonen och trummade med fingertopparna mot varandra.
”Nittinio flyttade jag in.”
”Bodde Gabriella här då?”
”Ja, det tror jag. Jo, det gjorde hon, för hon tog hand om min hund ett par timmar när vi bar upp möbler. Ja, jag har inte hunden längre. Träffade en tjej som var allergisk, och jag var så jävla dum att jag gjorde mig av med hunden. Och sen gick det åt pipsvängen. Alltså med tjejen.”
”Har ni haft bra kontakt, du och Gabriella?” fortsatte Annika.
”Bara som grannar … hälsat … växlat några ord.” Danne tittade på Gabriella. ”Hon kan ju vara min morsa … men hon är väl schysst, fast lite tillbakadragen. Inte den som ropar *tjenare Danne!*”
Annika satt tyst en stund.
”Och när såg du henne senast?”
”Eh …”, sa han dröjande. ”Jo, faktiskt i morse, strax efter sex när jag kom hem från jobbet.”
”Från jobbet?” upprepade Annika.
”Ja, jag jobbar nattskiftet på boktryckeriet. Hon öppnade sin dörr och tittade ut i trappan när jag kom. Ja, hon hade alltså en kedja på dörren, så hon bara gläntade. Jag morsade och gick upp till mig. Hon sa ingenting.”
Annika fortsatte notera.
”När lämnade du din lägenhet i dag?”
”Vaddå lämnade?” Han tittade hastigt på Annika.
”Ja, du måste ju ha gått ut eftersom du kom hem för en stund sen.”
”Fattar … efter att jag hade käkat i middags.”
”Och klockan var då?”
Danne gned sina frusna händer mot varandra.
”Tja, runt tolv eller så.”

"Hur vet du att klockan var runt tolv?"

Danne gjorde på nytt en huvudvridning mot Annika.

"Men va fan … det är ju ungefär", sa han och slog ut med handen. "Vad har hänt?"

Annika tittade på Peter. Han nickade kort.

"Det är så här, man har hittat Gabriella Frank död i sin lägenhet", började Annika.

"Åh fan … alltså död på riktigt?"

Danne tittade först på Annika, och sen på Peter som för att få det bekräftat.

"Ja, och det är därför vi vill prata med alla i hyresgästerna i trappan. Tiden när du lämnade din lägenhet är ganska intressant. Det är vid den tiden som hon … som hon dog."

Danne rätade ut sina anletsdrag och sträckte på ryggen.

"Hur har hon dött?"

"Det vet vi inte ännu", svarade Annika. "Har du sett eller hört något speciellt eller konstigt under lunchtimmarna?"

"Konstigt eller speciellt? Är det någon som tagit livet av henne?"

Peter tittade på sitt armbandsur. Annika förstod att han ville hem.

"Vi kan inte gå in på det nu." Även hon började skruva på sig, och ville tillbaka till stationen. "Vi vill bara veta om du vet något … har hört eller sett något, från Gabriellas lägenhet. Hon bodde ensam, vad vi förstått?"

Danne nickade.

"Det var inget speciellt när jag gick i middags. Jag stängde min dörr och gick ner för trapporna. Jag åker aldrig hiss. Den dönar och skramlar. Sen cyklade jag till gymmet. Ja, det är vid bron, ni vet det som ligger…"

"Okej", avbröt Peter. "Du får gå in på fiket och värma dig någon timme till, innan du kan gå hem. Kontakta polisen på det här numret om du har några tips att komma med."

Peter skrev ner inre befäls direktnummer på en lapp och räckte den till Danne.

"En sak till, hur pass väl kände du Gabriella?"

"Jag kände henne inte, hon är en granntant bara."

Annika lämnade baksätet tillsammans med Danne. Hon tryckte ett visitkort i hans hand.

"Du kan ringa mig också, om du får veta något", sa hon lågt.

Danne nickade och sällade sig till en annan hyresgäst som också blivit hänvisad till fiket runt hörnet, tills teknikerna var klara i Gabriellas lägenhet. Man ville ha så få obehöriga spår som möjligt i trapphuset. Annika följde Dannes beslutsamma men slängiga kroppsrörelser när han gick. När han kom utom synhåll sökte sig Annikas blick uppåt längs husfasaden, innan hon satte sig i bilen igen. Hon tog inte miste på Vera Agustsson som hastigt drog sig in från sin franska balkong.

14

Annika och Peter avrapporterade till Mats, som gått på kvällspasset efter Sture Nilsson. Mats var ett av de yngre, nya befälen och även om han kunde dra i många trådar samtidigt hade han inte Stures kunskaper eller erfarenheter. Jeppe och Freddie hade överlappat Annika och Peter sedan ett par timmar tillbaka, och skulle arbeta kvällen. Krimavdelningens familjevåld hade övertagit Kent Söderberg och försökt höra honom. Brottsrubriceringen var Grov kvinnofridskränkning, vilket innefattade misshandel och olaga hot i nära relation. Han hade vägrat medverka i förhöret utan någon försvarare närvarande. När han senare på förmiddagen fick sin rättighet uppfylld hade han ändå vägrat svara på förhörsledarens frågor. Anhållandet förblev kvarstående.

Peter lämnade sina inspelade PM till assistenten, för utskrift, samtidigt som hans mobil ringde igen. Annika mimade "hej då" till honom och han nickade tillbaka innan han svarade i telefonen. Hon hörde hans irriterade stämma. Pia igen, antog Annika och gick korridoren ner till sitt rum. Hon skrev alltid själv ut sina förhör och andra dokument i en utredning. Gillade inte att andra skulle färdigställa det hon jobbat ihop. För övrigt skulle ingen kunna tyda alla hennes förkortningar och utelämnade ord. Men i eftermiddag var det inte mycket, bara PM. Ett regelrätt förhör skulle läsas upp för den hörde, och godkännas. Därför skrev hon och Peter bara PM, nu i inledningsskedet. Alla i trappan skulle förhöras igen, på traditionellt sätt omgående.

Hennes samtal med Karl Bergström, dörren mitt emot Gabriellas, gav inte mycket. Åttitvå år och nästan döv. Hade inte hört något från Gabriellas lägenhet. Säkert hög volym på TV: n. Det sura paret Vera och Wilhelm Agustsson på fjärde. Raderna om Danne ... Daniel Skager, blev inte heller många. Annika satt en stund och överblickade dokumentet som hon skrivit ut. Det fanns inne i datorns utredningssystem, så alla som jobbade med ärendet kunde läsa och skriva ut det. Men eftersom Annika fortsättningsvis inte skulle ha med mordet att göra kom ärendet med största sannolikhet att bli åtkomstskyddat för hennes del.

Annika släckte ner datorn och låste in sina pennor. Hon blev glad när hon tittade på fotografierna av Liv och Måns, tre och fem år, på skrivbordet. Jag är lyckligt lottad, tänkte hon och tog jackan. Det var tyst i korridoren. Dagtidarna hade gått hem för ett par timmar sedan; nu var det endast utryckningen och akututredarna Jeppe och Freddie kvar. Och skulle så förbli under helgen.

På väg ut passerade Annika arrestavdelningen. Hon kände en frän lukt och stannade vid gallergrinden och tittade mot cellerna. Nummer 4 stod på glänt, i spärrat läge. Arrestvakten Jörgen var på väg dit med en dubbelvikt slang som han släpade från städskrubben. Han fick syn på Annika.

"Kom hit ska du få se", sa han och knyckte med huvudet åt sidan.

Annika drog sitt passerkort och tryckte upp grinden.

"Fy farao, vad är det som luktar ... är det avföring?" Hon fick upp sin ena handske och tryckte den mot mun och näsa.

Jörgen nickade mot den gläntande dörren. Annika gick fram och tittade genom glasrutan.

De tre, i blickfånget, mintgröna väggarna i den tolv kvadratmeter stora cellen var nerkletade med avföring. Halvmeter långa, lodräta, bruna staplar. Massvis, överallt.

På den grå madrassen, på golvet, satt Kent Söderberg med knäna uppdragna under hakan.

Annika stod tyst några sekunder och registrerade vad hon såg. Hade han varit en tragisk tjuv eller bedragare, a-lagare eller hemlös, skulle hon ha tyckt synd om honom. Men fotografierna av hans hustru, från rättsläkarundersökningen, tog bort Annikas empatikänsla för denne man.

Hon sänkte handsken. Han höjde på hakan och mötte hennes blick med trötta ögon.

"Kent, det blir en skadeanmälan", sa hon. "Det är du kanske införstådd med?"

Innerst inne visste hon det var dumt att provocera.

Kent höjde ett långfinger i ultrarapid mot henne, samtidigt som hans mun ljudlöst, och lika sakta, formade ordet hora.

"Alltså en komplettering till den andra anmälan, i förmiddags", förtydligade hon och gick utom synhåll för honom.

"Skit, på ren svenska", sa Jörgen med ett Solvallaleende och drog i den dubbelvikta slangen där vattnet tryckte på.

"Gå inte in till honom ensam", manade Annika. Frisk luft, tänkte hon desperat och gick mot gallergrinden.

"Förstärkning är på väg!" ropade han efter henne.

Med Daniel Skager på näthinnan lämnade Annika polishuset kvart över sex denna fredagskväll.

15

Helgen var Annika ledig som vanligt folk. Hon steg upp halv åtta på lördagen, knäppte på radion, plockade fram några skivor rostebröd från frysen och lade ett ägg i kastrullen. Sen gick hon ut i tvättstugan och laddade tvättmaskinen, samtidigt som hon tänkte på gårdagen. Vad var det för en sjuk snubbe som tagit livet av Gabriella Frank och stoppat ner henne i tvättkorgen? Vad kunde en till synes enkel kvinna som hon ha i bagaget? Egentligen skulle Annika inte bry sig. Det var inte hennes bord. Låt de kvalificerade sköta det. Hon skulle träffa Liv och Måns i eftermiddag. Hade lovat ta med dem till parken för att leka i snön, och sen en tur till McDonalds. Måns hade förklarat för henne att det fanns pokemonfigurer i Happy Meal denna vecka.

Efter frukosten med kaffe, nyrostat bröd och tidningen tog Annika en snabbdusch, drog på sin svarta mjukisdress och satte lite grönt på ögonlocken. Det korta, bruna håret fick en genomkörare med borsten. Hon hängde sängkläderna till vädring på altanen och kollade växterna. Snus torra. Lördagen var den dag hon tog sig tid för dessa rutiner. Såvida hon inte arbetade.

Just som Annika hällt vatten i den sista krukan ringde telefonen. Hon tittade yrkesskadat på klockan, tjugo över nio, och tog den sladdlösa telefonen i hallen.

”Ja, det är Annika.”

”Är det Annika hos polisen?” sa en mansröst.

”Ja-a”, svarade Annika avvaktande. Aldrig, eller högst sällan, ringde någon allmänhet till hennes bostad för att få tag på henne som polis.

”Detta är Danne … Daniel Skager … ja, vi träffades i går.”

Annika behövde inte fundera. Handen slöt sig hårdare om telefonen.

”Ja, hej…” Hon väntade på nästa drag. Det var tyst några sekunder.

”Jag kom bara och tänka på en sak som jag inte tänkte på i går. Eller som jag tänkte kanske inte var så viktigt.”

”Jamen det är jättebra”, uppmuntrade Annika och gick bort till köksbordet där hon hade penna och block. För övrigt fanns det pennor och block överallt i huset. Hon kunde skriva var hon än befann sig.

”Jag lyssnar på dig.” Egentligen borde hon hänvisat till mordutredarna som jobbade med ärendet i helgen.

”Ja, jag har ju tänkt på det här … det är ju en jävligt obehaglig händelse … ett mord i min trappa…”

”Jag förstår dig, det är inte vardagsmat precis. Vad har du att berätta?”

”Jag minns ju att jag stack hemifrån precis efter nyheterna, då efter tolv. Det var ju lokala nyheter då … jag brukar lyssna på dom när jag har sovit. Jag stängde radion efter den där enformiga nyhetsmelodin … ja, den som dom spelar när nyheterna är slut … du vet vilken jag menar…?”

”Jag vet precis”, sa Annika och kunde inte hålla tillbaka ett skratt. ”Och sen?”

”Jo, jag sprang ju ner för trapporna och ställde mig i porten.”

”Ställde dig?”

”Jag tog ett bloss först, innan jag gick ut. Jag stod inte inne i trappan och rökte … jo, jag stod där inne men höll dörren öppen … ja, för rökens skull … så jag stod liksom i dörröppningen. Den där Asta tittade ut, men stängde dörren igen.”

”Mm, och sen då?”

”Jo, när jag nu tänkt på det så hörde jag att en dörr öppnades och stängdes uppe i trappan, och jag liksom väntade på att någon skulle komma ner och gå ut.”

”Ja?”

”Men där kom ingen. Jag släckte ciggen efter några bloss och tog sen min cykel och drog iväg.”

Annika skrev ner på sitt block, på sitt kryptiska sätt.

”Kanske kom någon ut efter att du cyklat iväg?” försökte hon, men insåg att det var en dåligt genomtänkt fråga.

”Inte så länge jag stod där, och det kan ha rört sig om en eller två minuter. Först fick jag ta bort all snö från cykeln, och sen hittade jag inte cykelnyckeln med en gång. Ja, jag hade ju den i fickan…”

”Fick du någon uppfattning om på vilken våning dörren öppnades och stängdes?”

”Nej, det kan ha varit på andra eller tredje … nej, jag vet inte.”

”Första?"

”Nej, dom dörrarna ser man från porten. Alltså där jag stod. Och som jag sa så stack Asta ut nosen men stängde dörren igen.”

”Högst upp, på fjärde?”

”Jag tror inte det var på min våning … det hördes inte så långt upp.”

”Troligtvis då på andra eller tredje.” Annika skrev. ”Finns det sopnedkast på varje våningsplan? Kan någon helt enkelt gått ut i trapphuset för att kasta sina sopor?”

”Nej för fan, vi har sopsortering i små lekstugor på innergården.”

”Lekstugor?”

”Ja, jag kallar dom för lekstugor, sådana där vallokaler.” Daniel Skager skrattade åt sin lustighet.

”Du menar Friggebodar”, upplyste Annika om. ”Jamen då har jag skrivit ner dina uppgifter, Daniel. Det var bra att du ringde.”

”Ja, jag tänkte på det i går när jag hade lagt mig. Vi fick för fan inte komma in i våra lägenheter förrän klockan nio på kvällen.”

”Det var ju lite olyckligt, men det kan bli så vid speciella händelser. Hoppas du förstår det.”

”Visst, det är okej … men nu vet du.”

”Hyggligt av dig. Du får ha en bra helg.”

”Jag ska upp till farsan. Han ligger på sjukhuset.”

Annika kände ett häftigt sting i magtrakten.

”Jaha, det är väl inget allvarligt med honom?”

”Nej, han är bättre nu. Lite cancer bara. Men det fixar dom där inne.”

”Åh, cancer”, sa hon lågt. ”Hoppas det löser sig, Daniel. Tack för att du ringde. Hör av dig om det är något mer. Jag förmedlar det in till utredarna.”

”Okej, hej då.”

Annika reste sig och satte tillbaka telefonen. Hon renskrev Daniel Skagers uppgifter, samtidigt som hon funderade på vad han var för person. Hetsigt temperament. Lite bohem? Knasboll? Halvalkis? Genial? Hon var inte helt övertygad om det ena eller andra. Även om han såg både hel och ren ut i gårkväll när hon pratade med honom, hade hon känt en svag alkohollukt, eller liknande, i bilen. Hon drog på ena mungipan med antydan av vemod. Och pappan hade *lite cancer bara.* Stinget fortplantade sig till hjärtat.

16

Annika tog dokumentet med sig när hon körde de åtta kilometerna för att hämta Liv och Måns. Barnen var högljudda och livliga och Klara tyckte det skulle vara skönt med ett par timmars ledighet. Martin spelade tennis.

"Nu ska jag inte göra någonting", sa hon. "Kanske baka."

Annika tittade leende på sin dotter som var klädd i tights och jeansskjorta. Hon hade hellugg och en kort, flätad hästsvans. Såg ut som en tonåring. Du skulle haft syskon, tänkte Annika lite vemodigt och skyldigt.

"Jag har dem fyra, fem timmar", sa hon. "Sätt dig och läs."

Med de små, glatt vinkande åt mamma från var sin bilstol i baksätet, lämnade Annika villauppfarten och körde mot stan. Hon småpratade med barnen, de skrattade och berättade i munnen på varandra och sa att de ville fika på McDonalds. Annika frågade, lite nyfiket, om de träffat morfar nyligen. Det hade de gjort, även om de inte kunde precisera när.

"Men Mona leker aldrig med oss", avslöjade de. "Men det gör du mormor."

Annika log åt dem i backspegeln. Hon visste att hon inte hade någon konkurrent i Mona. Sen funderade hon på om det var ett relationsbrott som Gabriella Frank blivit utsatt för. Liten och tunn, kunde inte väga mycket. Dubbelvikt i en tvättkorg. Nej, ännu var inte den siste dåren född. Men, men, det fanns andra som fick reda ut det. Nu skulle hon ägna sig åt barnbarnen.

Annika parkerade på Norra Boulevarden, vid stadsparken. Nästan på samma plats där hon och Peter satt i tjänstebilen och pratade med Daniel Skager dagen innan. Hon kastade ett öga mot Gabriella Franks trappuppgång och såg någon röra sig innanför entrédörren. Hon visste att man skulle ha bevakning där över helgen; att endast boende fick passera ut och in. Annika kände igen Daniels cykel från fredagen. Fönstret till Gabriellas lägenhet stod fortfarande på glänt. För övrigt inga konstigheter.

Annika släppte ut de små i snön och plockade fram en pulka från bagaget. Hon hjälpte dem på med termovantarna, knöt mössorna under hakan och placerade Liv på pulkan. Just som hon tog Måns i handen såg hon i ögonvrån en rörelse vid trappuppgången. Hon vred på huvudet. Barnen började bli otåliga och ville vidare. Två personer stod och pratade med varandra utanför entrédörren. Annika kände igen den sura Vera Agustsson, och kvinnan på första våningen, Asta någonting. Hon hade sagt att hon inte kände Gabriella, som var i ålder med henne själv. Tydligen var hon mer bekant med Vera Agustsson fast hon och maken Wilhelm bott i huset endast några månader. Vera såg ut till att prata med hela kroppen, medan Asta nickade och skakade på huvudet om vartannat. *Ja, nu har ni något att prata om*, tänkte Annika. *Synd jag inte kan höra vad ni säger.* Rent reflexmässigt gjorde hon ett ögonkast uppåt, längs husfasaden. Hon noterade att Gabriella Franks fönster var stängt.

17

Måndag 17 mars 2008

Den här dagen började som alla andra måndagar. Samling i aulan och några inledande gomorronfraser av Göte Rubin. Han informerade om vad som framkommit på senaste befälsmötet, veckan innan, samt vilka dagar han skulle vara borta under den kommande veckan.

"Vem bryr sig?" viskade Tina som satt bredvid Annika längst ner i salen.

Annika stötte till henne med armbågen.

"Hela verksamheten står och faller med honom." Hon bet sig hårt i underläppen för att inte tappa masken.

Göte Rubin överlät ordet till dagturens inre befäl som sedan redogjorde för helgens händelser. Mordet på Gabriella Frank överskuggade övriga ärenden såsom misshandel, narkotikabrott och två identiskt lika villainbrott. En av kriminalarna som jobbat med mordet under helgen, var i tjänst även i dag. Han redogjorde för händelsen, att Gabriella blivit strypt, och om vad som gjorts, dock utan att gå in på detaljer. Arbetet skulle fortsätta i dag. Man var bra mannade och länskrim stöttade.

Annika slöt upp bredvid Rolf Ander, och gick på skoj i takt med hans långa steg när de lämnade aulan. De hade bra tumme med varandra och han visste hur gärna hon ville jobba med mord. Inte för att det var roligt när ett sådant hänt, men det gav henne utrymme för sitt intresse och sin kreativitet. Att leta och luska runt, vara lite av en detektiv, kolla upp och prata med folk. Annika hade för många år sedan, under tre månaders tid, praktiserat på kriminaltekniska avdelningen. Rolf hade

62

varit hennes handledare och senare uppmuntrat henne att söka som tekniker om tillfälle gavs. Men det var inte riktigt hennes gebit. Jobbet var onekligen intressant, men sjuttio procent av teknikernas tid gick åt till bränder. Och det var inget glamouröst arbete. Att gå omkring i ett brunnet hus bland brandrester, rök, sot och vatten var kallare än något annat. Och var det sedan mitt i vintern var det sju resor värre. Men hon hade varit med på många andra uppdrag också, och på egen hand fått göra några brottsplatsprotokoll. Man brydde sig om vad hon gjorde, man visade och vägledde.

"Tjena, har helgen varit lugn?" Rolf hade händerna nerkörda i byxfickorna.

"Jodå, synd och inte klaga", fick hon till det. "Men jag hade gärna jobbat med er."

De fortsatte korridoren fram.

"Jag har förresten ett PM som du kan ta en kopia av. En av hyresgästerna, som jag pratade med i fredags, ringde till mig i lördags och berättade om tider han kom ihåg, och lite annat. Inte mycket, men du vet, *många bäckar små...*"

Rolf väntade utanför Annikas rum medan hon gick och tog ett par kopior på vad Daniel Skager sagt. Innan de skildes åt nämnde Annika för Rolf om det öppna, och en kort stund senare stängda, fönstret till Gabriella Franks lägenhet på lördagen. Han skulle kolla upp om någon tekniker varit där.

Annika gick in på kriminalavdelningen, där man arbetade måndag till fredag.

"Hallå, vem håller i mordet?" Hon avbröt två utredare som stod i korridoren och hade överläggningar om helgens handbollsmatcher. Det luktade nikotin om dem, och den ene riktade tummen mot kommissarie Eddie Olssons rum. Visst, det borde hon ha förstått. Per-Edvin Olsson. Hon skrattade till vid tanken. Det var på gränsen till tjänstefel att nämna honom vid dessa namn. Han hade en gång i tiden gett order om att han hette Eddie, inget annat.

"Hur går det?" Annika lät överdrivet morgonpigg när hon la dokumentet på Eddies bord. Själv hade han varit och hämtat en stor mugg kaffe. USA-inspirerat, log Annika för sig själv.

"Jag vet i stort sätt inte mer än du", svarade han och nickade mot besöksfåtöljen i brunt läder, samtidigt som han svepte med handen över det stubbade håret.

Annika hade aldrig förstått varför killar och karlar stubbade eller renrakade sina huvuden. Det var naturligtvis en trend, men de blev inte snyggare. Vissa kanske. Eddie var brunbränd efter en utlandsresa, och hade fina anletsdrag. Men lite kort – kanske hundrasjuttiofem. Annika satte sig. Hon tog alla chanser till att få ta del av sådant hon tyckte var intressant. Eddie gjorde en gest mot skrivbordet och placerad samtidigt kaffemuggen där.

"Här är en bunt papper från helgen. Vi ska gå igenom allt med teknikerna."

Annika nickade och tittade Eddie stint i ögonen.

"Och när behöver ni min hjälp?" Hon visste att Eddie visste att hon inte helt och hållet skämtade.

Han skrattade till och virrade på huvudet.

"Du vet hur det är, jag kan inte göra något."

Annika tittade sig runt i rummet och gungande med det ena benet över det andra.

"Det är en viljesak."

"Njae, så enkelt är det inte", snärjde sig Eddie. "Det måste ..."

Annika reste sig. Hon iddes inte höra på hans bortförklaringar.

"Ja, ja, men du kan rekommendera mig för ... ja, varför inte för Göte Rubin. Han kanske tar mig till nåder innan han går i pension."

Hon vågade inte göra några tillägg om hans person, eftersom hon inte hundra visste var Eddie stod. Om han var en av springpojkarna. Men han började själv bli stor och hade några duktiga killar runt sig. Ett mindre gäng som jobbade i det tysta, höll sig i sin egen sfär och blandade sig inte med övriga i restaurangen. Ganska löjeväckande egentligen. Eddie skulle aldrig hjälpa henne.

Med sina hundrasjuttiotvå centimeter kände Annika sig inte alls underlägsen Eddie. Hon sträckte på ryggen och lämnade hans rum. Med snabba steg gick hon bort till sitt eget, loggade in på datorn och plockade fram pennor och block. Även kontorsväxterna behövde en slurk. Hon tog sin vattenflaska, som var halvfylld sedan fredagen, och tömde den i de tre krukorna. Just som hon klickat fram ett ärende med koppartjuvar ringde telefonen.

”Gomorron Vester, välkommen till arbetet”, sa Sture Nilsson.

”Gomorron själv … är du alltid lika pigg? Gripna personer på väg in, förmodar jag?” Frågan hängde i luften en stund.

”Ja, tyvärr”, svarade Sture, ”men det är ju därför vi är här. Anmälan är inte skriven ännu, jag ville bara förbereda dig. Två snattare på Clas Olsson. Ta det efter kaffet.”

”Okej, behövs det tolk?” Aj, aj, aj, hon bet sig i läppen. Nåja, det var mest för att det tog extra tid med att förbereda förhöret om det var en utländsk tjuv. Och tjuv som tjuv. Hon kallade även snattare för tjuvar. Snattat eller stulit, för henne var det samma sak. En snattare var en tjuv. Hon kunde för sitt liv inte förstå lagstiftaren. Hade någon stulit varor för 999 kronor räknades det som snatteri medan 1000 kronor och däröver var stöld och strängare straff.

Tina kikade in och frågade om de skulle ha frukost.

18

Peter lät Pia sova när han steg upp på lördagsmorgonen. Han skulle inte börja jobba förrän klockan två, men gillade ibland att sitta ensam vid frukostbordet. En tallrik müsli, ett ägg, två skivor grovt bröd med prickekorv, kaffe och tidningen.

Pia hade ett jäkla morgonhumör och det hade blivit värre sedan hon börjat gå hemma om dagarna. Han förstod henne till viss del – ryggen var ingen höjdare. Antagligen skulle hon inte klara av att gå tillbaka till frisöryrket och drömmen om egen salong var en utopi. Det visste de båda. Pia mådde inte helt bra, psykiskt. Så det handlade inte enbart om ryggen.

"Vad sjutton gör du uppe så tidigt?" Pia stod i köksdörren, insvept i Peters brunrandiga frottémorgonrock. Skärpet släpade i golvet. Rösten var hes och hon såg hålögd ut. Som om hon sovit dåligt. Det blonda håret var bakstruket i en hästsvans. Hon gäspade.

"Här finns kaffe till dig också", erbjöd Peter. "Sitt ner så ska jag servera. Ska jag kanske bre dig en macka också?"

Pia var van vid Peters skämtsamt ironiska sida. Han menade inget illa. Hon sjönk ner mitt emot honom, lade armarna på bordet och gäspade en gång till medan hon slog handen för munnen. Han gick och hämtade kannan.

"Fan, jag tycker inte om mornar", gnällde Pia och hängde med axlarna.

"Det är det säkert många som inte gör ... full kopp?" Han nuddade vid hennes skuldra och hällde upp kaffet. Sen ställde han tillbaka kannan, satte sig och började bläddra i sportdelen av tidningen. Han

66

tittade då och då på Pia som fångats av de feta rubrikerna på A-delens första sida. Han sade inget, lät henne läsa.

Hon hade alltid sett bra ut. Ofta fick hon höra att hon var lik Lill Babs´ ena dotter. Han mindes inte namnet. Men tre missfall på fem år hade skapat linjer i ansiktet och sammanbitna käkar. Leendet, som tidigare alltid lekt i mungiporna, var borta och de smultronröda läpparna bleka. Hon var fyrtiotvå, han tre år äldre. Och de hade på något oförklarligt sätt accepterat barnlösheten. Eller?

Peter hade en tjugofemårig son, Pierre, sedan ungdomligt oförstånd. Mamman hade valt att leva ensam med sonen, men aldrig försökt undanhålla Peter honom. Det var nog istället han som inte riktigt kunnat ta sitt ansvar, så träffarna med Pierre hade mestadels varit för hans farmors skull. När Pierre var fem år flyttade han och mamman norröver, till morföräldrarnas hemort. Och därefter blev träffarna färre, för att så småningom upphöra. Peters mamma hade tagit detta hårt.

När Peter var trettio träffade han Pia, och det var hon som sporrade honom att återuppta kontakten med Pierre några år senare. Det blev många olika turer i detta, men mynnade slutligen ut i något positivt. Ett lyft för både Peter och Pierre. De träffades tre, fyra gånger om året och Pia tycktes gilla Pierre, och vice versa. Pierre bodde kvar i Norrland och arbetade som flygmekaniker.

”Det står inte hur hon blivit mördad”, sa Pia när hon läst om mordet i stan.

”Nej … utredningstekniska skäl, som det så fint heter. Man ska inte ge mördaren något gratis.” Peter reste sig och började duka av bordet.

”Norra Boulevarden … kvinna … femtioåtta år … bragt om livet i sin lägenhet.” Pia tittade mot Peter. ”Vad hette hon?”

”Gabriella Frank.”

Pia höll fast blicken på Peter några sekunder, och fortsatte sedan att läsa artikeln. Hon satte ena handen för munnen.

”Det är inte sant”, viskade hon. ”Herregud, är det sant?” Hon såg på Peter igen. ”Det är ju Marias mamma. Maria Frank som jag gått i skolan tillsammans med. Men hon heter nog inte Frank nu.”

Peter tänkte till några sekunder.

”Mamma … skolan … skojar du? Gabriella är … var ju femtiåtta.”

”Ja, jag vet att det låter konstigt, men Gabriella var bara sexton när hon fick henne. Och Maria skröt alltid om att hon hade en sådan ung mamma. Herre Gud, är det sant? Usch, jag ryser…!” Pia fortsatte läsa.

”Hur vet du att det är just den Gabriella Frank?”

”Jamen hallå … ett vanligt namn tycker du? Norra Boulevarden … av någon anledning vet jag att Marias mamma har bott där i många år.”

Peter blev intresserad.

”Hur ser förhållandet ut nu då, alltså mellan Gabriella och Maria?”

”Ingen aning, men på den tiden bodde Maria och Gabriella hos Marias mormor och morfar. Vi var ju i stort sett bara barnungar. Man brydde sig inte så mycket. Visst, det var spännande i början, att en klasskompis hade en så ung mamma.”

”Umgicks du med Maria?” undrade Peter.

”Nej, det gjorde jag inte. Har för mig att hennes familj flyttade efter mellanstadiet.”

”Vet man vem som var Marias pappa?” Utredaren i Peter hade vaknat.

 Pia satt tyst en stund.

”Nej, hon pratade aldrig om honom, men det spekulerades om någon kommungubbe. Alltså någon finare typ som brukade röra sig ute bland yngre tjejer. Så gick snacket bland våra föräldrar. Och den här gubben, som det pratades om, skulle ha varit mer än tjugo år äldre än Marias mamma Gabriella.”

Peter harklade sig och nickade överdrivet.

”Tjugo år äldre än Gabriella, alltså trettiosex … gubbe … jaha, tack för det…”

Pia lyckades pressa fram ett leende. Sen reste hon sig och knuffade till honom lätt med axeln. Han greppade tag i morgonrockens skärp på ryggen, för att dra henne till sig. Men det gled ur hällorna, och hon gled honom ur händerna. Igen.

I badrummet betraktade hon sin spegelbild. Vart hade den där fräscha frissan tagit vägen? Och var kom den här bleka, orkeslösa stugsittaren ifrån? Pia tog två tabletter ur asken i skåpet och hällde upp ett halvt glas vatten. Två vita ögon stirrade på henne från handflatan. Efter tio sekunders tvekan vände hon upp och ner på handen över toalettstolen, och spolade.

19

GABRIELLA
Sommaren 1965

Första delen av sommaren var inte alls rolig för Gabriella. Hon mådde inte bra när hon vaknade på mornarna, och kunde ibland inte få ner sin frukost. Sommarsjuka, sa modern och kände viss oro för dottern. Men utan att visa det. Fadern såg mest irriterad ut och mumlade något om smitta och handtvätt. När han gått till arbetet strök modern Gabriella hastigt på skuldran och sa att hon fick se till att bli frisk så att hon kunde gå till Arbetsförmedlingen.

"Liten och tunn som du är, så vet jag inte vad du skulle orka jobba med", sa hon.

Ibland tyckte sig Gabriella kunna se en liten gnutta medkänsla i moderns ögon. *Men ni kunde ju låta mig gå nian också,* tänkte hon sorgset. Hon hade bett fadern om det, både före och efter skolavslutningen, men han stod kvar vid beslutet att hon skulle söka jobb.

Gabriella hittade ett arbete andra veckan i juli, och augusti ut, på kaffeserveringen i Stadsparken. Hon hade börjat må bättre och tyckte det var roligt att komma ut bland folk, och så tjänade hon egna pengar. Alldeles egna, även om det inte var så mycket. Hon arbetade mellan klockan ett och sex varje dag och på fredagarna fick hon sjuttiofem kronor, i ett litet brunt kuvert, av fröken Nilsson som var föreståndare för serveringen. Gabriella tänkte spara till en cykel. Den hon hade som liten sålde fadern till kusinen Ingvar i Malmö. Men Gabriella fick inte någon ny. Hon saknade en cykel, även om hon inte behövde någon – det var nära till skolan och gångavstånd till stan. Men hon tyckte det var skoj att cykla och längtade efter långa cykelturer utanför stan. Fadern uppmanade henne att lägga tre kronor i kollekten vid varje kyrkobesök.

Gabriella gick ofta till biblioteket ett par timmar innan hon skulle börja arbeta. För första gången ljög hon för föräldrarna, och sa att hon började sitt jobb klockan elva. De visste fortfarande inte att hon läste romantiska romaner, i en undanskymd, tyst hörna. Ett livselixir för henne, att fly bort från allt det strikta och allvarliga. *Om jag haft en syster*, brukade hon tänka ibland.

En fredag, vid femtiden, när Gabriella höll på att plocka undan koppar och glas från borden kom tre pojkar in genom dörren. Hon såg dem först i ögonvrån, och när hon vände sig mot dem med brickan, för att gå ut i köket, såg hon att två av dem var pojkar från hennes klass. Och den ene var Tommy Aronsson. Aron! Hon kände hur blodet rusade uppåt, och började pulsera i halsgropen.

Hack i häl med killarna kom en hästsvansprydd flicka i samma ålder. Hon hade ljusblå långbyxor och en rödrandig, båtringad kortärmströja. Brösten var inte så stora, men behån gjorde att de putade ut som små koner. När hon kom innanför den tunga ekdörren och slöt upp vid Arons sida såg Gabriella att det var Charlotte. *Höll hon ihop med dom pojkarna*, for det frågande genom huvudet. *Charlotte och Aron?*

Charlotte drog i resåren på tröjan och nuddade vid Arons överarm med ena bröstet. Hon tuggade slarvigt på ett tuggummi. Aron gjorde en hastig rörelse med axeln.

"Fan … gå och sätt dig", sa han tufft.

Charlotte tittade på Gabriella, men hejade inte.

"Vad ska vi här och göra?" frågade hon Aron. "Ett jävla tråkigt ställe … här luktar ju unket och äckligt."

Gabriella höll stadigt i brickan.

"Det är ett jättegammalt kulturhus", informerade hon om och nickade mot en vägg med hängande föremål såsom slevar, skärbrädor och andra antika bruksföremål.

"Jasså, det var ju *kul* och *tur* att vi gick till detta *hus*", ironiserade Charlotte med betoning på de tre orden, och vaggade sidledes med huvudet.

"Du ville ju hänga med, så sätt dig eller stick", svarade Aron och kastade upp luggen med en huvudrörelse åt sidan. Gabriella fick en svag känsla av att han gick i försvar för henne. Hon kände sig glad, och tänkte fortsätta mot köket.

"Jaha, så du jobbar här?"

Hon stannade i steget och sänkte brickan.

"Tjänar pengar, va?" fortsatte Aron.

Gabriella tittade på honom och sen på Charlotte som släntrade iväg efter de andra. Herre Gud, varför kände hon sig skakis, och dum? Det var väl inget att bli nervös för – hon hade känt honom i åtta år. Men sista gången de sågs, eller hon såg honom, ville hon helst glömma.

"Mm", nickade hon. "Fick det genom arbetsförmedlingen ... kul och ha något att göra."

Aron nickade tillbaka.

"Och tjäna pengar ... det är ju det bästa..."

"Har du något jobb?" Hon tittade frågande på det välkända ansiktet som var solbränt.

"Nä, inte just nu ... jag har jobbat lite hos farsan, men det är inte så jävla kul och köra traktor."

Det var tyst några sekunder. Gabriella började bli trött i armarna av att hålla brickan. Hon ville säga något mer, bara fortsätta prata med honom.

"Var din far arg?" slank det ur henne. Hon flyttade kroppstyngden till vänster ben, och mindes hur Aron klämt henne på brösten.

"Va'då arg?" undrade han.

Usch, hon tyckte det var förargligt att han inte begrep vad hon menade. Vad dumt att hon sagt något.

"Ja ... då ... efter festen", skruvade hon sig och kände hur kinderna blossade.

Aron skrattade till.

"Jag fick mig en jävla omgång ... fy fan vad dålig jag var sen ... alltså av brännvinet..."

Tankar poppade upp hos Gabriella, om vad hon själv blev utsatt för den där kvällen efter festen i skolan. Hon hade gjort allt för att förtränga det hemska.

"Kommer du med lemonaden snart!" ropade Gunnar som varit sen i målbrottet. Han och den andre och Charlotte hade satt sig vid ett bord längst ner i serveringslokalen, som för övrigt var tom. Charlotte lutade sig nonchalant bakåt i en väggfast hörnsoffa med rutiga dynor och trärygg. Som vanligt tuggade hon tuggummi.

Aron slog avvärjande med handen mot dem.

"Shut up", sa han och nickade mot kylen vid serveringsdisken. "Jag har lovat bjuda småpysarna på dricka, och ni har väl ingen öl här..."

"Småpysar för dig", dundrade Gunnar. "Få nu tummarna loss din jävla bonndräng!"

"Ja, det var en helvetes fest ... men nu tål man lite mer", sa Aron sturskt med båda händerna i byxfickorna.

Gabriella nickade och tyckte han såg vuxen ut. Kanske för att han svor så mycket.

"Jag kommer bort med fyra lemonader", sa hon avledande. För hon ska väl också ha?" Gabriella nickade igen, mot Charlotte. "Vill ni ha krusbär, hallon eller sockerdricka?"Aron bestämde sig för sockerdricka, gav Gabriella tre kronor och satte sig hos de andra.

En kvart senare reste de sig och lämnade serveringen. Gabriella var på väg in med ytterligare en bricka från bersån där ute. Hon stannade och släppte förbi pojkarna och Charlotte.

"Vi ses kanske igen om vi blir mer törstiga", flinade Aron och höjde en låtsad flaska till munnen. Gabriella tyckte inte det var speciellt roligt, och kände både spänning och obehag inför klasskamraten.

"Det är inte säkert ... jag ska inte jobba här så länge till", svarade hon avvaktande för att höra hans åsikt om det. Men han sade inte mer och tog de fyra trappstegen i ett skutt, efter Charlotte. Hästsvansen guppade. Han tog ett tag i den och drog.

"Idiot!" skrek Charlotte, men skrattade samtidigt och tittade mot Gabriella. Hon vände sig bort med ett sting i hjärtat. Av någon anledning hoppades hon på att få se Aron igen innan hon slutade på serveringen.

Vid stängningsdags, på dagen en vecka senare, kom Charlotte instuffande i serveringen just som Gabriella skulle gå med kassalådan till kontoret. Hon hade jeans och gymnastikskor, och ställde sig demonstrativt en meter framför Gabriella med armarna i kors.

"Har Aron varit här i dag?" frågade hon uppfordrande.

Gabriella hade aldrig känt sig underlägsen Charlotte. Bara lite tillbakadragen och tystare när hon var i närheten, i skolan. Nu tyckte hon verkligen inte om hennes framfusiga sätt, och hade inte heller någon anledning att svara på frågor. Detta var Gabriellas revir, och det stärkte henne. Charlotte kunde åtminstone säga *hej*. Gabriella hade inte sett Aron sedan förra veckan, då han och de andra var inne på serveringen.

"Det har han kanske", svarade hon och njöt av sitt eget svar.

"Jaha", sa Charlotte och trampade omkring på stället. "När då?"

"Är du kissnödig?" Gabriella förvånades över sig själv.

"Va fan … när var han här?" Charlotte höjde rösten.

"Spelar det någon roll?" Gabriella lyfte på ögonbrynen, oskyldigt och frågande. Hon tryckte kassalådan mot magen under korsade armar.

Charlotte satte händerna i sidorna.

"Jag ska ha tag på honom … och du, han skiter fullkomligt i dig. Bara så du vet." Hon skakade på huvudet och vred med munnen när hon sa det.

"Ja, jag ski … bryr mig väl inte om Aron", förklarade Gabriella och korsade pek- och långfinger vid sidan om kassalådan.

"Nä, det hoppas jag … och fortsätt med det … din lilla skenheliga…"

Aron kom inte tillbaka mer.

En varm lördag, i slutet av augusti, var Gabriella på Tivoli i Köpenhamn. Hennes allra första utlandsresa. Hon hade slutat på serveringen och åkte tåg med föräldrarna till de några år yngre kusinerna, Ingvar och Bertil, i Malmö tidigt på lördagen. Farbror Hugo föreslog att de skulle åka båten över till Danmark.

Den dagen var bland de roligaste Gabriella upplevt. Tillsammans med kusinerna åkte hon karuseller, irrade bort sig i spegellabyrinten, spelade på chokladhjulet och åt spunnet socker. Hon till och med sköt luftgevär, och nästan en hel veckolön gick åt. Men hon var generös och bjöd pojkarna på ett par åkturer. Och själv åt hon nog för mycket kladd (= skånska för godis) eftersom hon kräktes våldsamt efter en tur i Virvelvinden. Föräldrarna satt i skuggan och drack kaffe från termosen de hade med sig. Det var varmt för att snart vara september. Farbror

Hugo och faster Aina hade ett annat sätt och lynne än Gabriellas föräldrar. De var inte kyrkliga och Hugo var många år yngre än sin bror. Han fick dem att skratta flera gånger. Till och med Helge såg ut att släppa på heligheten denna dag. Gabriella saknade att de inte träffades lite oftare. De avslutade Tivolibesöket med röd pölsa och potatismos, under en stor parasoll som såg ut som danska flaggan.

De spännande böckerna på biblioteket, jobbet på kaffeserveringen i parken – och att hon träffat Aron – och turen till Danmark, var det bästa som hände Gabriella den sommaren. Men den fick ett slut som hon aldrig skulle glömma.

På tillbakavägen från grannlandet stod hon ute på däck och lutade huvudet över relingen. Båtmotorerna överröstade allt utom vinden. Den for över ansikte, hår och skuldror, och hon njöt med stängda ögon. Fiskmåsar följde skriande efter. Danmark. Hon hade varit utomlands, tänkte hon med en pirrande känsla i magen. Hon hade tretton och sjuttiofem kvar, och på måndag skulle hon gå till arbetsförmedlingen igen.

Efter övernattning i Malmö hade Gabriella tagit adjö av Ingvar och Bertil i köket – skojat och skrattat med dem – och skulle just kliva över tröskeln till tamburen, där föräldrarna stod klara för avfärd, när hon hörde faster Ainas halvviskande röst: ”… *och Gud give mej, Agnes, att det inte är så … men tösen ser gravid ut…*”

Det var då Gabriella själv förstod.

20

Strax före lunch, när stöldärendet var klart och de misstänkta frigivna, plockade Annika fram datautdraget på Gabriella Frank, som Sture gett henne. Hon gjorde en ny relationsfråga och fann att hon hade en dotter, Maria Morén, född i mars 1966. Annika trodde hon räknat fel. Men jodå, det stämde, Gabriella hade fått en dotter när hon var endast sexton år. Det fanns ingen man bland relationerna, och föräldrarna Helge och Agnes var avlidna. Annika gick vidare till dottern Marias relationer och fann två döttrar, Nora född -85 och Mia född -88. Båda skrivna på Marias adress i Halmstad. Även en pappa fanns med i bilden, på samma adress.

Annika hade ingen rättighet att ta fram utdragen eftersom hon inte var involverad i ärendet. Men vaddå, kunde hon tillföra utredningen någonting, tänkte hon göra det. Hon kände sig redan inblandad. Man fick säga vad man ville, men hon tänkte definitivt inte släppa det. Hon skulle prata med Peter när han kom klockan två. Och så hade hon något hon ville prata med Danne Skager om. En annan dag. Hon summerade: Gabriella Frank och hennes dotter Maria, samt Marias döttrar Nora och Mia, med adress i Halmstad. Naturligtvis hade Eddie och hans gäng koll på detta, och hade underrättat Maria.

Annika förde in alla nya namn, adresser och telefonnummer i sin lilla vinröda agenda. Hon la den i det blixtlåsförsedda facket i väskan och programmerade telefonen för lunchuppehåll. Tre minuter senare lämnade hon och Tina polishuset för en välbehövlig promenad, i den kalla men friska marsluften.

Peter stannade utanför Annikas rum.

"Du, jag har lite intressanta grejer att berätta."

Klockan var strax före två på måndagseftermiddagen och Peter hade just kommit.

"Kan vi ta det efter fikat? Jag måste ha kaffe." Annika cirkulerade med pek- och långfinger i höger tinning. "Du kan väl komma in till mig sen?"

"Okej, men du kan gott vara lite nyfiken", svarade Peter.

Han viftade med ett ärende som han hämtat hos inre befäl, och försvann in på sitt rum.

Annika tyckte fikapauserna var viktiga. Att lägga ifrån sig pappren och gå bort från datorskärmen. Att prata med arbetskamraterna om annat än jobb. Många av dem var i Annikas ålder och barnbarnen hade börjat ramla in. Men det kunde bli för mycket tjafs om det också. Annika lyssnade med ett halvt öra. Hon tyckte om att bara sitta där. Att tömma huvudet. Och att, som i dag, vänta på att klockan skulle bli fyra.

Hon satt med armbågarna på bordet och smuttade på cappuccinon. Ingen höjdare med påsvarianten. Men i nödfall spisar fan flugor. Hon stängde ute kaffebordssnacket och sneglade, utan att röra på huvudet, mot det så kallade chefsbordet. Göte Rubin i vit polisskjorta samtalande med två smilande och nickande lillkommissarier. I blå skjortor.

Exakt samma scenario, tänkte Annika. Samma personer på samma platser flimrade genom huvudvärken som hade tilltagit. Hennes blick svartnade när hon tittade på Göte Rubin.

Efter en fikarast för några år sedan hade Göte Rubin hejdat Annika när hon skulle passera bordet han satt vid.

"Har du tid en stund?" frågade han.

Annika stannade i steget, med koppen i ena handen, och avvaktade.

"Visst."

Ytterligare två chefer satt vid bordet. De nickade mot henne.

"Vad har jag nu gjort för fel på världskartan?" sa Annika i skämtsam ton. Göte Rubin log. *Göte Rubin log mot henne!* De båda andra såg roade ut.

"Du har inte gjort något fel … inte vad jag vet." Han hade fortfarande ett fånigt smil i ena mungipan, och höll med båda händerna runt kaffemuggen. "Jag tänkte erbjuda dig att gå instruktörskursen i nya

DUR (Datoriserad Utredningsrutin), om du tycker det skulle vara något för dig?"

Annika trodde inte hon hört rätt – Rubin erbjöd henne utbildning! Men hon avslöjade inte sin förvåning.

"Jaha", sa hon och tittade på alla tre cheferna. "Det kan väl vara intressant. Om det är något som passar mig."

"Jag har hört att du tycker om att jobba i DUR…"

"Ja … jo, det gör jag … visst, det är ett bra utredningsprogram. Man jobbar effektivt i det och protokollen blir snygga."

"Då säger vi väl det. Jag anmäler dig till utbildningen. Ni blir tre härifrån."

"Skoj, det ser jag fram emot", log hon falskt.

Instruktörsutbildningen sträckte sig över en vecka, på två olika orter. Eftersom Annika kunde det mesta inom DUR, så handlade det nu även om att lära sig lära ut till andra. Utbildningen blev ett lyft för henne, och beviset satte hon främst i pärmen bland andra obligatoriska fortbildningar. Kanske skulle hon sätta det i ram på väggen.

Under åren som sedan följde anlitades hon *aldrig* som instruktör. Hon nämndes *aldrig* i några sammanhang då det gällde att utbilda nyanställda i DUR. Göte Rubins verk.

21

Lördag 15 mars 2008

Karl Bergström, som bodde vägg i vägg med Gabriella Frank, hade redan satt på kaffepetter när tidningen kom i brevlådan. Klockan var fyra på lördagsmorgonen. Karl var alltid uppe tidigt. Han hade ju sin onda rygg så det blev inte många timmars sömn på natten. Men sen kunde han ta sig en lur vid elvatiden, när hemtjänsten varit där med middagen och han hade ätit. Maten smakade inte honom, men han åt ändå. Äta och dricka, det var viktigt för att hålla sig på benen. Innan hans fru dog för några år sedan, ja, redan innan hon blev sjuk, sa hon till honom: *Karl, om jag går först så bli aldrig lat eller lägg dig på soffan i tid och otid. Gör du det så reser du dig aldrig igen.*

Han hade tagit henne på orden och när ryggen sviktade skaffade han en rollator. Han gick dåligt och hörde knappt, men dum var han inte. Var det bara bra väder promenerade han en lång runda. Det blev en sväng i centrum av stan och en tur ner i parken. Där träffade han alltid någon som han kände eller var bekant med. Han brukade sitta en stund vid fågeldammen, och hade han gammalt bröd hemma tog han med det till ankorna. Märkligt, för när han närmade sig dammen kom änderna simmade mot hans håll. Som om de kände på sig att han kom med mat.

Men nu var det omöjligt att gå ut, med all snön. Det blev mycket TV och korsord och läsande. Och så kom sonen och hälsade på ganska ofta. Ibland också sonhustrun. Barnbarnen såg han inte mycket av. Men dom var också vuxna nu, och hade ju sitt. Ja, livet rullade på, en dag i sänder.

När Karl tuggat i sig två korvsmörgåsar, som han doppade i kaffet, tog han på sina läsglasögon. Tidningen hade han framför sig på

78

köksbordet, och det stora fotografiet på första sidan fångade hans intresse. Bilden såg bekant ut på något sätt. Det liknade ... men det var det ju ... huset där han bodde. Och hans port. Han kunde till och med se att det stod en etta och en fyra ovanför den. Karl läste rubriken. **"58-årig kvinna funnen mördad i sin lägenhet på Norra Boulevarden ... motivet okänt ... ännu ingen misstänkt."**

Karl läste igenom texten. Den innehöll inte så mycket information, men polisen efterlyste personer som kunde lämna uppgifter eller som gjort iakttagelser under fredagen. Karl tittade länge på bilden.

Det var ju en kvinna som ringde på hans dörr i går. Hon hade sagt att hon var polis. Vad var det hon hade frågat om? Jo, om han sett eller hört något ovanligt i trappan. Men han hade suttit och tittat på en Elof Ahrlefilm då, efter middagen. Och det hade han sagt till den kvinnliga polisen. Sen hade hon inte sagt mer och han hade inte frågat vad det gällde. Men inte tusan kunde han tro att det skett ett mord. Där, i lägenheten intill hans, hos Frank. Gabriella hette hon. Det kändes ju riktigt obehagligt. Tur att han har en extra låskedja innanför dörren, och ett sådant där titthål. Han skulle nog titta i det lite oftare, när det ringde på dörren. Det hade hans son sagt till honom många gånger. Men det var inte så ofta han fick besök. Förresten, var det inte i går som Daniel var inne hos honom? Han mindes inte så väl.

Det är inte många unga som ger sig tid till att sitta och prata med en gubbstrutt på åttiofem, filosoferade Karl. Men Daniel är trevlig. Han kommer gärna in och pratar bort en stund. Det är bra med grannar som bryr sig, och håller lite koll på en. Sa han inte att han hade varit inne hos Gabriella? Då, i går innan han kom in till mig? Eller det var en annan dag? Ja, minnet sviktade. Hon brukade visst låna honom lite pengar då och då. Det var inga stora summor, men ändå. Det är väl rätt så fräckt att gå ner till grannen och vilja låna pengar. Daniel har aldrig bett honom om pengar. Nåja, han är en rejäl pojke. Det är alltid uppmuntrande att prata med honom.

Karl läste vidare i tidningen. De lokala nyheterna var intressantast, och dödsannonserna och väderkartan. Och så TV-programmen förstås. Han bläddrade tillbaka och läste om mordet igen. Obehagligt, tänkte han och bredde en ny smörgås. Med leverpastej och saltgurka.

Det var fortfarande tidigt på morgonen och som vanligt rådde tystnaden i huset. Karl reste sig mödosamt från stolen när han ätit klart, och gick med rollatorn bort till sin dörr. Jodå, säkerhetskedjan låg på. Han tog av glasögonen, böjde sig fram och tryckte ena ögat mot titthålet i dörren. Det var en konstig vinkel i trapphuset men han såg både trapporna upp och trapporna ner, och han såg Gabriellas lägenhetsdörr och hissen som fanns mitt emot.

Polisen är antagligen där och jobbar, tänkte Karl när han uppmärksammade att det blåvit-randiga bandet, mellan dörrhandtaget och trappräcket på väggen var uppknutet, och dörren stod på glänt. Karl gick tillbaka till köket och tog den sista kaffeslurken på bit.

22

Efter fikarasten gick Annika in till Peter. Han lade just på telefonluren.

"Hur är det med Pia?"

Peter strök sig om hakan och vände sig mot henne.

"Tja, det är väl ganska hyfsat just nu."

Han hade ibland pratat med Annika om Pias problem – som också var hans problem – och att hon inte mådde bra. Annika kände till missfallen och förstod att de båda inte hade speciellt roligt.

"Hon har så förbannat svårt för att ta tag i sig själv, och det blir ju inte bättre av att hon inte gör något. Men hon kan inte jobba så länge hon mår dåligt."

"Nej, det är trist för henne, och det påverkar naturligtvis alla."

Några sekunders tystnad uppstod. Peter snurrade sidledes fram och åter på stolen.

"Är det bra med Pierre?" fortsatte Annika.

"Jadå, bara fint." Peter fick en annorlunda glimt i ögat. "Han kommer hem till påsk med tjej." Peter tittade på Annika med överdrivna, leende nickar.

"Oj, oj, oj då! Och du som hade lite konstiga vibbar om honom."

Peter skrattade.

"Ja, du vet, tjugofem och ingen tjej, man funderar ju."

Annika satte sig i en karmstol, vid väggen bredvid dörren.

"Du hade älskat honom ändå."

"Ändå? Ja, ja, självklart", garanterade Peter.

Annika bytte ämne.

"Jaha, du ville prata om något?"

81

Det var både en fråga och ett konstaterande. Peter snurrade på stolen så att han satt mitt emot Annika. Han lutade sig framåt och lade underarmarna på knäna.

”Pia berättade att hon var klasskamrat med Gabriella Franks dotter, Maria. Att Gabriella bara var sexton när hon fick henne, och att man trodde det var en politiker i stan som var far till tösen. Det finns ingen pappa i mantalet, och Maria har själv två döttrar.

Annika nickade.

”Ja, och hur tänker du?”

Peter såg eftertänksam ut.

”En politiker i stan … han har aldrig erkänt faderskapet … finns inte i Gabriellas personakt.

Vad har hänt som gjort att någon tagit livet av Gabriella?”

Efter diverse hypoteser beslutade de sig för att gå in till Eddie.

I hans rum rådde febril verksamhet och även teknikern Rolf fanns där.

”Vi har fått tag på Maria”, sa Eddie. ”Så det är lugnt. Hon identifierade sin mamma i går förmiddag, på bårhuset.”

”Jaha?”, sa Annika och väntade på en fortsättning.

”Nej, det är inget mer speciellt.”

Annika förstod att Eddie inte hade för avsikt att säga mer till henne och Peter.

”Blev hon strypt?”

Eddie nickade.

”Ja, med största sannolikhet.”

”Och Marias pappa, vet man något om honom?” Annika tittade på Peter när hon ställde frågan till Eddie som stod bredvid sitt skrivbord och samlade ihop en bunt papper. Han låtsades räkna dem. Vad det nu skulle ha för syfte.

”Nej, Maria känner inte till något om honom. Hon sa att det varit Gabriellas stora hemlighet genom livet och misstänker att hon begick några misstag som ung. Hennes föräldrar, alltså Marias mormor och morfar, var religiösa och stränga.”

Eddie tittade på Annika.

”Att Gabriella helt enkelt inte vet vem som är Marias pappa … ja, det var ju ofta så, då, förr…” förtydligade han.

"En femtonårig flicka från ett strängt hem ... att hon skulle ha legat med flera? Det tror jag inte", sa Annika. "Det lutar nog mer åt en våldtäkt. Det är min övertygelse."

Annikas egen stränga fader flimrade förbi. Hur han förbjöd henne att vara ute om kvällarna, långt upp i åldern. Att hon skulle vara hemma från dansen, när hon var sjutton år, senast klockan tolv, just som damernas timme började. Hur hon missade tiden ibland när hon satt i en bil och oskyldigt hånglade med en kille. Alla örfilar när hon kom hem.

Eddies kroppsspråk sade Annika och Peter att han ville bli av med dem. Ena mungipan åkte upp och han ryckte på axlarna. De var inte sena att fatta vinken, och lämnade rummet.

"Synd att han inte var intresserad av våra uppgifter. En politiker, det låter onekligen intressant", sa Annika utanför sitt rum. Hon funderade några sekunder.

"Har du något på schemat nu, Peter?"

"Ja, det kommer in två väktare som blev hotade i lördags, utanför Rodeo."

"Okej, ta du det, vi ses." Annika tänkte definitivt inte dra sig ur Gabriellaärendet.

23

Annika lade händerna på skrivbordet och satte sig med rak rygg i stolen. Ögonen föll samman, hon böjde nacke och huvud framåt och bakåt och sidledes några gånger. Tabletterna hade hjälpt mot den begynnande huvudvärken. Hon tittade på fotografierna av Liv och Måns, framför sig, och kunde inte låta bli att småle. Ja, hon behövde avbräcket med sagor, svamp-Bob, skratt, Pippi, fika och allt annat som hade med barn och barnbarn att göra. För såg man krasst på helheten så handlade hennes arbete bara om tråkigheter.

Måns full med bus som numera smittade av på den blyga Liv. Till sommaren skulle det bli Astrid Lindgrens Värld. Annika hade lovat Klara att beställa stuga. Bara det inte var för sent.

Hon hade aldrig personligen upplevt något av det elände som hon konfronterades med nästan varje arbetsdag. Tjuvar, våldsverkare, bedragare och fyllon. Vilket tragiskt sätt att leva på. Det handlade ofta om personernas uppväxt. Föräldrar som också varit nere i skiten. Vad hade de att ge sina barn? Jo, samma skit.

Hon kom på sig med att tänka på detta oftare än tidigare. Men det var naturligtvis för att de små fanns. Gud give att det aldrig hände dem eller Klara något illa. Annika kunde känna viss panik när hon ibland fördjupade sig i sådana tankar. Hon visste att det hade med åldern att göra. Ju äldre hon blev ... tankarna poppade upp av sig självt. Men ännu var hon inte den äldsta generationen.

Annika rycktes ur tankarna när en dörr smällde igen, längre ner i korridoren. Peter brukade stänga sin dörr när Pia ringde. Men Annika hade någon gång hört hans irriterade stämma när han pratade med henne. Fast det hände också att han talade lugnande; kanske till och med uppgivet. Tråkigt att det var som det var. Unga människor, de borde ha det bra med varandra.

Hon skulle kanske köra bortom till Pia på hemvägen. Sitta och prata en stund. Kanske få henne att skratta. Eller åtminstone le.

Annika gick ut i receptionen för att lägga post i avgåendefacket innan hon körde hem. Chansade på att personerna hon skickade kallelser och delgivningar till skulle komma på utsatt tid. Målsägare och vittnen var de som mest respekterade skriftliga uppmaningar att komma på förhör. Misstänkta struntade oftast i dem. Och det gjorde att många ärenden drog ut på tiden.

Hon växlade ett par ord med Tina som samtidigt fick en kund i passluckan. Med låg röst frågade kvinnan efter någon polis som jobbade med mordet på Gabriella Frank. Tina vände sig mot Annika. Hon nickade mot kvinnan.

"Jag kan nog hjälpa dig. Kom bort till glasdörren så öppnar jag."

Kvinnan gjorde som hon blivit tillsagd. Annika blinkade till Tina och lämnade receptionen. Hon gick med kvinnan bredvid sig mot kriminalavdelningen. Utanför dörren stannade hon bråkdelen av en sekund, men tog ett steg till vänster och fortsätta mot sitt eget rum. Kvinnan följde tätt efter. I ena handen bar hon en svart, mindre ryggsäck i skinn.

"Varsågod, sitt gärna", sa Annika och stängde dörren. Hon räckte handen mot kvinnan.

"Annika Vester, jag är utredare."

Kvinnan tryckte Annikas hand lätt och snabbt, och satte sig. Hon placerade ryggsäcken på det lilla bordet intill och knäppte upp sin vinröda vindjacka. Den matchande halsduken behöll hon på. Hon tittade med stadig blick på Annika.

"Jag är Maria Morén ... Gabriella Franks dotter."

Annika nickade och begärde hennes legitimation. Hon är noga med de rätta färgerna, tänkte hon och noterade att bootsen var grå, liksom byxorna.

"Tråkigt det här, Maria. Jag kan inte annat än beklaga."

Maria tog ett djupt andetag och plockade fram en plånbok från ryggsäcken. Också den vinröd. Hon vek upp en flik och visade körkortet. Annika tackade, dröjde kvar med blicken bråkdelen av en sekund och konstaterade att Maria var nagelbitare.

”Det här är ju inte klokt.” Maria skakade sakta på huvudet och mötte Annikas blick. ”Jag bor ju i Halmstad och poliserna kom hem till mig i fredagskväll. Först förstod jag ingenting, fattade inte att någon hade tagit livet av mamma i hennes egen bostad.”

Maria visade inga tecken på att hon skulle gråta eller vara svag på annat sätt. Inte det minsta. Hon var fortfarande stadig på rösten när hon talade.

”Mamma och jag har inte haft så mycket kontakt de senaste åren. Det har blivit julkort och födelsedagskort, från min sida, och … ja, det har bara varit så.”

”Varför då?” Annika ställde frågan kort och rakt. Hon tyckte inte om att vela hit och dit, eller linda in saker för att de skulle bli mjukare.

”Det är mycket som ligger bakom och jag kan inte redogöra för allt. Mamma har varit sjuk i stort sett hela mitt liv. Inte så att hon inte klarat sig, för det har hon gjort. Hon har ju arbetat och tagit hand om mig emellanåt. Vi bodde hos mormor Agnes och Helge när jag var barn och tonåring. Men varje gång mamma blev sjuk och inte orkade något drog hon sig undan och levde i sin egen värld. Då fick mormor vara min mamma.”

”Vad menar du med sjuk? Fysiskt? Psykiskt?”

”Jag menar psykiskt, och det gjorde henne inte fysiskt bättre. Hon var så liten och mager.”

”Vet du varför hon sjönk in i det tillståndet?”

”Ja, det handlade med all säkerhet mycket om min pappa. Jag fick veta tidigt, av välvilliga människor, att han övergav henne när hon blev gravid. Men ingen vet vem han är. Det spekulerades om någon högt uppsatt person. Att mammas hjärta brast, om man kan uttrycka det så. Inte av olycklig kärlek, men kanske…” Maria tystnade.

”Gjorde henne med barn … kanske genom våldtäkt? försökte Annika.

”Mm”, nickade Maria.

”Och hon har aldrig pratat med dig om honom?”

Maria skakade på huvudet.

”Nej, det har varit tabubelagt. Varje gång jag försökt få henne att diskutera på ett vettigt sätt, både när jag var ung och senare i vuxen ålder, har hon slutit sig som en mussla. När hon har sagt det är ett avslutat kapitel, har jag kontrat med att det är min rättighet att få veta. Men hon har aldrig velat lyssna. Det värsta är ju att det inte heller finns något faderskapserkännande. Ingenting i mantalsregistret. När nu mamma är död så jag lär aldrig få veta det."

"Du har ju pratat med en kriminalutredare om detta."

"Ja, Olsson tror jag han hette, och en annan. Men jag tar det gärna med dig. Känns bättre med en kvinna."

"Okej." Annika plockade fram en burk med valnötter ur skrivbordslådan. "Ta några stycken, de är nyttiga."

Tystnaden lade sig en stund. Maria gnuggade halsdukens fransar mellan fingrarna.

"Men om det är något speciellt du vill prata om nu så bör vi gå in till Eddie Olsson." Annika kände att det var fel av henne att ta sig an Maria.

"Ja, men jag ska först visa något."

Maria sträckte sig efter ryggsäcken och öppnade huvudfacket. Hon stack ner handen och tog fram tre tjocka sedelbuntar. Det var etthundra- och femhundrakronorssedlar blandat. Annika tittade häpet på pengarna.

"De låg i mammas bankfack, här i stan", sa Maria.

"När var du där?" undrade Annika.

Maria sänkte handen med sedlarna.

"I förmiddags. Jag kom hit från Halmstad i gårkväll och har bott på Best Western i natt. När jag identifierat mamma i morse gick jag till banken klockan tio. Vet du hur mycket pengar här finns?"

"Nej, det är svårt att uppskatta, men det ser mycket ut. Hur kunde du...?"

"Drygt sexhundra tusen kronor. Mamma skrev en fullmakt till mig för många år sedan, angående att jag skulle få tillgång till hennes bankfack när hon var död. Så det är fullt legalt. Banken har både fullmakten och bankfacksnyckeln. Jag har alltid haft en av nycklarna." Hon plockade upp ytterligare något från ryggsäcken.

"Här är en liten tygpåse med enkronor också. Men nu vet jag inte riktigt hur jag ska hantera detta."

Maria var vältalig och pratade fort. Annika blev nyfiken på vad hon hade för yrke.

”Det är naturligtvis dina pengar, men man kan ju undra varför Gabriella stoppat så mycket kontanter i bankfacket. Fanns det något annat … brev eller vad som helst? Inget som visar vem din pappa är?”

Maria skakade på huvudet.

”Ingenting alls. Men jag har ju mina funderingar om de här pengarna.”

”Jag tror jag vet vad du tänker.”

Maria tittade på Annika och nickade.

”Mm”, mumlade hon. ”Pengar som min pappa skickat till mamma under alla år. Att hon orkat hålla tyst. Kanske tvingats hålla tyst.”

”Vi går in till utredningsgruppen på krim. Det är dom som håller i ärendet.”

Annika räckte sitt visitkort till Maria, som samtidigt stoppade tillbaka sedlarna i ryggsäcken. Med jackan på armen följde hon efter Annika till kriminalavdelningen. Eddie Olsson fanns i ett av mötesrummen tillsammans med ett par utredare från länskrim. Samtidigt som han hälsade på Maria, spände han ögonen i Annika. Hon vände i dörren och gick. Eddies blick brände henne i ryggen. Det var inte hennes bord, hon försökte inse det. Fan också!

24

Senare denna måndagseftermiddag körde Annika in på Petuniavägen. Området i utkanten av stan hade både villor och marklägenheter. Snösvängen gjorde vad den förmådde, men ändå låg stora drivor packade längs tomtgränserna utmed gatan. Den i vanliga fall lummiga lövträdsdungen, bakom marklägenheterna, bestod nu av snötyngda, spretiga trädgrenar och i trädgårdarna började solcellslamporna avge ett matt sken. Klockan var halv fem. Det var omöjligt att parkera längs trottoaren så Annika svängde bort mot carportarna där det var snöfritt. Hon parkerade på Peters och Pias plats, nummer 5. Samma som husnumret.

Annika hade lärt känna Pia genom Peter för några år sedan. De hade aldrig umgåtts familjevis, men när Annika och han arbetade kvällspassen, och det var lugnt, körde de ibland hem och fikade hos Pia. Det verkade som om hon fått förtroende för Annika för hon ringde ibland till henne för att bara prata. Tydligen hade hon inte någon nära anförvant som hon ville diskutera sina problem med, så Annika hade blivit ett bollplank. Och de största trauman för Pia var hennes missfall. Hon hade även utvecklat någon sorts kontrollbehov och ringde till Peter flera gånger under hans arbetspass. Om det var för att känna sig trygg, eller för att kolla honom, kunde Annika inte svara på.

Annika steg ur sin röda Ford, låste med fjärrkontrollen och rundade husgaveln. Just som hon passerat nummer 1, öppnades dörren till nummer 5. Annika saktade på stegen, och stannade helt när en man backade ut genom Pias ytterdörr. Han höjde handen till en vink och sa något. Sen vände han sig om, fällde upp kragen på midjejackan och passerade ut genom den svarta smidesgrinden. Han försvann skyndsamt

89

med ryggen mot Annika. Hon stod stilla och fick en känsla av något välbekant. Samma avslappnande men något slängiga gång som Daniel Skager. Det var väl ändå inte möjligt att…?

Annika fortsatte fram till Pias hus, tvekade inte utan ringde på. Pia öppnade omedelbart, som om hon stått innanför dörren.

”Har du…”

Hon bet av när hon såg Annika.

”Nämen hej, kommer du?” Pia tittade över hennes axel. ”Är du och Peter ute och kör?”

Annika log och såg en rodnad på Pias hals. Hon var klädd i en mörkblå joggingdress. Omedvetet tog hon tag i öglan på dragkedjan och drog upp den under hakan. Annika gnuggade de kalla händerna mot varandra.

”Nej, det är bara jag, jag har jobbat dagpass. Peter är på jobbet.” Annika kände att hon ville göra Pia trygg för stunden. ”Han avslöjade att du inte var riktigt fit for fight, så jag tänkte bara pigga upp dig lite.”

Hon tänkte inte låtsas.

”Vem var det som jag nästan kolliderade med?” småskrattade hon och gjorde ett liftartecken åt sidan.

”Eh … det var en kompis till Pierre. Han visste att han ska komma hem till påsk, så han undrade bara lite om hur länge han ska stanna för han vill gärna träffa honom … att dom ska gå ut någonstans.”

Pia drog upp axlarna, la huvudet på sned och höjde ögonbrynen.

”Ja, du vet … gamla kompisar…”

Annika var inte människokännare för inte. Hon visste att Pias forcerande förklaring inte var annat än ljug. Men hon tänkte inte bry sig om det. Ännu.

”Får jag komma in en stund? Det blir inte länge.”

Pia gick åt sidan.

”Självklart … förlåt … det är väl klart du får komma in. Jag brygger lite kaffe.”

När Annika hängde sin jacka på en krok, och krängde av stövlarna, såg hon i ögonvrån att Pia kastade en blick i hallspegeln och drog med handen genom håret. Sen gick hon snabbt ut i köket. Hon slamrade med porslin i vasken innan hon laddade kaffebryggaren.

"Ja, jag hörde att Pierre ska komma hem ... och att han har skaffat tjej", sa Annika och satte sig vid furubordet. Där låg två bruna, linneliknande underlägg mitt emot varandra, och mellan dem en Begonia i terracottakruka. Inte riktigt på modet, och inte likt Pia, tänkte hon.

Pia stod vänd mot Annika, med ryggen mot diskbänken.

"Ja, det är jätteskoj ... ska bli kul och träffa henne. Hoppas det blir långvarigt ... att de kanske får barn..."

Pia vek undan med blicken och tittade mot fönstret.

"Hur mår du själv nu då?" frågade Annika.

Deras ögon möttes.

"Det är väl ganska okej, men det är så jävla tråkigt att det är så här ... och att inte kunna arbeta ... eller komma ut bland folk..." Pia drog ett djupt andetag. "Du kan inte sätta dig in i hur det känns att inte få några barn med sin man, när man så helvetes gärna vill. Att käka tabletter för att hålla sig på benen."

Pia tystnade och tårarna steg i ögonen. Hon gjorde inget för att hindra dem. Rösten var tjock.

"Jag är fyrtiotvå. Ska jag gå så här resten av livet?"

Annika reste sig och gick bort och lade armen runt hennes skuldra.

"Nej, det ska du inte, men både du själv och Peter måste hjälpas åt att förändra situationen. Jag säger inte *"ryck upp dig"*, men du måste på något sätt försöka ta dig ur det här, Pia. Klarar inte du det, så klarar inte Peter det. Det kommer alltså att rasa för er."

Pia grät tyst.

"Det har det redan gjort."

"Det tror jag inte ... nej, plocka nu fram något till kaffet!" Annika släppte taget om Pia och lyfte bort filterhållaren från bryggaren.

En stund senare satt de mitt emot varandra med kaffe och Pågens minikanelbullar. Annika tog tillfället i akt.

"Peter har skvallrat lite för mig i dag. Han sa att du vet vem den mördade Gabriella Frank är; att du har gått i skolan ihop med hennes dotter Maria."

Pia nickade och satte ner sin kopp.

"Ja, både låg- och mellanstadiet. Sen flyttade familjen. Men några år senare kom Gabriella tillbaka till stan, utan Maria.

”Umgicks du med Maria, i skolan?”

”Inte speciellt. Hon var lite konstig … jag menar inte knäpp eller så, men hon var så svåråtkomlig och gick mest för sig själv. Det var som om hon *ville* vara för sig själv. Det var ingen som stötte ut henne. Hon var duktig i många ämnen … alltså hon hade verkligen läshuvud. Och det var väl något religiöst med familjen.”

Annika nickade och tog sin tredje kanelbulle. Egentligen var hon vrålhungrig.

”Pratade hon om sin pappa?”

”Hon sa någon gång att hennes föräldrar var skilda och att hon inte träffade sin pappa.”

Annika satt tyst en stund. Det kändes inte riktigt bra att hon i stort sätt höll förhör med Pia. Men hon måste få veta.

”Pia, hörde du någon gång någon vuxen prata om Marias pappa? Alltså, om det spekulerades i vem han var?”

Pia nickade.

”Ja, det hörde jag nog, men det var inget man lade på minnet när man var tonåring.”

”Gabriella hade inte haft någon att prata med. Tänk att vara femton år och gravid.”

”Jag skulle ha varit lycklig för det!” Pias skratt kom inte från hjärtat.

Annika väntade på att hon skulle fortsätta.

”Jag har alltså inget namn i huvudet just nu … men jag skulle kanske kunna ta reda på det.”

Annika ville inte pressa Pia. Det här kunde bli en uppgift för henne; att luska runt lite. Få henne på andra tankar en stund.

”Du … du behöver ju inte nämna … Pierres kompis för Peter”, sa Pia när Annika lämnade huset. De tittade en kort stund i varandras ögon.

”Nej … det gör förhoppningsvis du själv.”

25

Annika kände sig småfrusen när hon kom hem efter besöket hos Pia. Det hade varit en av de där alldeles för långa dagarna då hon gjort för mycket. Vadmusklerna och nacken stramade.

Under tiden hon tillagade en ugnspannkaka med bacontärningar kröp hon ner i ett hett skumbad. Förra året hade hon investerat i ett stort kar, dock inte bubbel, och använde det flitigt under vinterhalvåret. Värmeljusen i Ikeas små röda glaskoppar, på badkarskanten, fladdrade i det för övrigt mörka badrummet. Martinin spred en matt och behaglig känsla i kroppen. Hon lutade sig bakåt mot nackkudden, med något böjda knän åt sidan för att tårna inte skulle vara ovanför ytan, och sträckte på sig. Vattnet var varmt, nästan på gränsen till hett, och gjorde att huden knottrade sig för en stund. Hon slöt ögonen och tänkte på ingenting, en förmåga som många avundades henne. Armarna flöt upp till ytan, skummet täckte hakan. Hon låg så en lång stund. Sen förde hon sakta ena handen längs höften, och upp mot bröstet på samma sida. Hon kupade handen om det, och kände sig totalt avslappnad. Det enda som saknades var en trevlig karl. Just nu.

I detsamma ringde äggklockan.

På onsdagen, samma vecka, fick Annika ett kort meddelande på den interna mailen att hon skulle inställa sig hos Göte Rubin klockan 13.00. Om en kvart.

"Det är till att ha framförhållning. Kanske ett nytt erbjudande om instruktörsutbildning", sa hon roat till Peter som stannat utanför hennes dörr efter lunchen. Han skrattade kort.

"Säkert ... du ligger bra till hos Rubin."

93

Annika övervägde om hon skulle gå eller inte – låtsas som om hon inte läst mailet – men reste sig. Vänd mot Peter satte hon händerna i sidorna.

"Allvarligt talat … vad farao vill han mig?"

"Kanske att ni ska fika tillsammans?" Peter såg allvarlig och spefull ut.

"Ja, herre min skapare. Får väl dra en borste genom håret … kanske lite rött på munnen."

"Lycka till." Peter höjde handen och fortsatte till sitt rum.

Kommissarie Göte Rubins kontor låg på tredje våningen, där även lillcheferna huserade i sina välmöblerade rum. Moderna, sittvänliga besöksfåtöljer, små björkbord med porlevatten och glas, bjudchoklad invirade i guldpapper, frukt i leasingkorgar.

Götes dörr var stängd. Hon undrade varför – inga andra chefer satt med stängda dörrar. Inget svar vid hennes knackning. Hon avvaktade en stund, tryckte ner handtaget och dörren gled upp. Ingen där inne. Annika tog ett steg över tröskeln och såg sig omkring. Rummet var större än polismästarens.

I en guldram på väggen, till vänster om dörren, hängde det dokument som fanns uppsatt här och var på strategiska platser i polishuset. Man kunde inte undvika det och Annika hade läst raderna många gånger:

Polisens värdegrund

"Polisens uppdrag är att öka tryggheten och minska brottsligheten.
Vi genomför vårt uppdrag professionellt och skapar förtroende genom
att vara:

Engagerade – med ansvar och respekt.
Vi tar ansvar för vår uppgift och värnar om allas lika värde.

Effektiva – för resultat och utveckling.
Vi är fokuserade på resultat, samarbete och ständig utveckling.

Tillgängliga – för allmänheten och för varandra.
Vi är hjälpsamma, flexibla och stödjande."

Inte en enda krukväxt i fönstren, noterade hon och ställde sig intill skrivbordet. Papper låg i prydliga högar. Där fanns en brevsprättare, ett par olika almanackor, skrivbordsunderlägg i läder, kulspetspennor av finare sort –inte de svarta som alla andra i huset använde.

Ett dokument låg lite avsides, vid gavelsidan på bordet där Annika stod. Först tittade hon mot dörren, och sen vände hon diskret dokumentet emot sig. Hennes PM från dörrknackningen i Gabriellas trappa, morddagen. Hon lät blicken gå runt över skrivbordet, men såg inga andra lösliggande dokument liknande hennes.

Det hördes en spolning från toaletten, snett mitt emot Göte Rubins rum. En dörr öppnades och stängdes, och sekunderna efter kom Göte in på sitt rum.

Undrar om han tvättade händerna, tänkte Annika.

"Där är du ju," sa han. "Varsågod och sitt." Han gjorde en gest mot en av de vanliga kontorsstolarna som det fanns ett par av i rummet. Alltid så formell. Annika satte sig med höger ben över vänster knä och lade armarna i kors. Göte Rubin stod vid ett av de kala fönstren med händerna på ryggen. Översta skjortknappen var knäppt, så kragen sjönk in i den nedre hakan. Annika undrade om han fick tillräckligt med luft. Han vaggade lite på klackarna.

"Det är väl lika bra att gå rakt på sak."

Inte tillstymmelse till leende, vilket fick Annika att le. Men hon gillade inte att sitta, medan han stod.

"Låt mig gissa … jag ska gå en ny utbildning?" Var fick hon modet ifrån, tänkte hon.

Göte Rubin tycktes inte höra eller uppskatta skämtet.

"Jag har fått påpekande om att du blandar dig i mordet vi just nu arbetar med."

Annika trodde inte sina öron. Vi. Göte var inte ett dugg inblandad. Hon satt tyst några sekunder, kände sig inte bekväm med situationen. Hon var ingen tjugofemårig tjej som skulle ta emot en uppstramning, utan en medelålders kvinna och medarbetare som varit polis snart trettio år. Och hon föraktade Göte Rubin som hindrat hennes karriär som våldsutredare.

"Det säger du?" sa hon och höjde hakan och ögonbrynen mot honom.

”Vi behöver inte göra någon stor affär av detta … jag vill bara att du tänker dig för lite.”

”Affär?”

”Ja, Per-Edvin Olsson menar att du har andra arbetsuppgifter att sköta, och det har du ju, eller hur?” Han nickade som om han förväntade sig ett jakande svar från Annika.

Hon reste sig resolut, fortfarande med korslagda armar.

”Jasså, det menar han?”

”Jag vill bara påpeka det. Du är intresserad av jobb på hans avdelning, det vet vi, men som sagt är det inte dina arbetsuppgifter just nu. Kanske längre…”

”Men det är ju inte bra”, avbröt hon. ”Jag ska tänka på det … att inte lägga mig i.”

Göte Rubin nickade och log glädjelöst. Som alltid, när han blev irriterad, knöt han händerna utmed sidorna. Annika var väldigt obekväm för honom just nu. Inte alls populär. Men det bjöd hon helt gratis på.

”Okej, vi håller här … nu har jag framfört…” Han såg gammeldags auktoritär ut.

”Absolut, jag tar det till mig.” Annika lösgjorde armarna och satte upp ena handen som klartecken. Hon kunde inte avgöra om han uppfattade ironin.

”Nu måste jag gå ner … ska hålla ett kvalificerat förhör med en tjej som snattat läppglans på Lindex.”

På väg ut stannade hon till i dörren, tog ett steg tillbaka och pekade på tavlan.

”Snygg ram.”

Därefter klapprade hennes steg genom korridoren. Åh, vad förbannad hon var. Jävla stofil. Att han överhuvudtaget brydde sig om att hon luskade runt lite! Och varför intresserade han sig så mycket för mordet att han dragit fram en kopia på just hennes PM om makarna Agustsson och Daniel Skager?

26

Karl Bergström tog det som sin uppgift att hålla ett öga på Gabriella Franks lägenhetsdörr. Fyra, fem gånger om dagen stapplade han bort till sin dörr med rollatorn och kikade ut i trapphuset. Häromdagen var polisens avspärrningsband trasigt och dörren stod på glänt. Karl tog för givet att det var polisen som var där inne. Han trodde att Daniel skulle komma in och prata lite med honom, men pågen hade inte synts till på några dagar.

Mot kvällningen, den här torsdagen, tänkte Karl försöka ta sig ut och köpa mjölk och bröd. Och några öl. Det var enkelt att ta sig ner med rollatorn i hissen och han behövde inte korsa någon gata för att komma till affären. Bildårar fanns det gott om. Det gick inte en dag utan att det stod om bilolyckor i tidningen. Han var nöjd med att det var hans eget beslut om att sluta köra bil, då efter knäoperationen för några år sedan.

Det tog en stund, men till sist hade han fått på sig kängorna och den tjocka vinterjackan. Han drog ner öronlapparna på mössan och knöt banden under hakan. Vantarna la han i korgen på rollatorn, tillsammans med de båda konsumpåsarna. Han klappade utanpå jackan för att förvissa sig om att plånboken låg i innerfickan.

Karl tryckte upp hissen och just som han lyckats krångla in sig själv och rollatorn i den, och dragit för gallret, såg han genom hissrutan att dörren till Gabriella Franks lägenhet öppnades. När Karl tryckte på bottenvåningsknappen kom en person ut från Gabriellas lägenhet. Märkligt, tänkte han. Deras ögon hann mötas innan Karl åkte neråt.

Karl tog sig ur hissen och sen genom porten. Trottoaren var skottad och det var skönt att komma ut i friska luften igen. Det var inte heller så mycket trafik eller folk ute, så här sent. Nu skulle han köpa sina efterlängtade öl. Han hade inte velat skicka bud med sonen eftersom han kunde tro att Karl fått dåligt ölsinne sedan hustrun dog. Och så skulle han köpa fem djupfrysta middagsportioner för åttiofem kronor, som butiken annonserat om. Det behövdes variation mot hemtjänstens mat. Men han gillade inte mikrovågsugnen som sonen förmått honom att köpa. Maten blev godare i den vanliga ugnen.

Den trevliga kassörskan, Ulla hette hon visst, var som vanligt pratsam när hon knappade in Karls varor. Han nickade och låtsades som om han hörde vad hon sa. Sen betalade han och packade med stela fingrar ner varorna i sina plastkassar. Han placerade dem i korgen på rollatorn. Sen höjde han handen mot Ulla, nickade och lämnade butiken genom de isärglidande glasdörrarna.

Karl Bergström andades in den friska kvällsluften och styrde hemåt med färdmedlet. Det gick sakta men säkert, och trottoarerna var sandade. Bättre det än salt. Han hade ingen brådska. När han var nästan framme vid sin port uppfattade hans dåliga hörsel ett rusande motorljud. Han stannade med rollatorn och vände sig om. Bilen brakade genom snövallen vid trottoarkanten. Karl stirrade mot de släckta strålkastarna. Han märkte inte hur kassarna for i en båge genom luften, eller hörde hur ölburkarna exploderade när de nådde marken. Innan han föll tungt ner såg han med uppspärrade ögon in i bilen som backade. Svart och vitt, siffror och yrande snö om vartannat. Smärtan i ryggen var olidlig. Mörkret kom som en befrielse.

Annika vaknade med begynnande migrän. Skit! Det var nästan alltid så på fridagarna. Hon vacklade, inte helt vaken, ut till badrummet och tog en Imigran. Sen la hon sig igen. En telefonsignal skar genom tystnaden. Hon vred på huvudet och tittade på klockan. Halv tio. Då hade hon lyckats somna om. Och ja, huvudvärken var borta. Hon svarade med sitt efternamn.

"Hej Annika, det är Pia … väckte jag dig?"
Annika satte sig upp.
"Hej … nej, inte alls. Jag är bara lite slö i dag."
"Ja, Peter sa att du var ledig."
"Hur är det med dig själv då?" frågade Annika och kvävde en gäspning medan hon svängde benen över sängkanten.

"Det är väl så där, upp och ner ... bara det blir vår så man kan få lite färg i ansiktet."

"Jag håller med dig, det har varit en jobbig vinter."

Det var tyst några sekunder.

"Du", fortsatte Pia, "jag har kollat runt lite ... det där om Maria."

"Vad bra ... har du hittat något?" Annika försökte att inte låta alltför entusiastisk.

"Jag pratade med min mamma om det. Hon är ju född och uppvuxen här i stan. Marias pappa hette troligtvis Gustav. Hon kunde inte redogöra för några detaljer, förutom att namnet Gustav skulle vara iblandat i *skandalen*, som hon uttryckte det. Mamma var flera år äldre än Gabriella, och hörde väl hur det pratades. Och stan var ju liten på den tiden, med bara en skola. Och Gustav var ett vanligt namn."

Pia hade inte så mycket mer information, men att ha fått ett namn var inte helt fel. Om nu Marias frånvarande pappa överhuvudtaget hade något med mordet på Gabriella att göra, var bara en hypotetisk fråga. Någonstans måste man börja. Annika var sugen på att kolla runt lite. Hon kom att tänka på mötet hos Göte Rubin. Att han ständigt skulle slå undan benen. Aldrig komma med något positivt, bara leta upp saker som gjorde folk ledsna eller förbannade. Att trampa på anställda, trycka ner dem. Egentligen skulle man strunta i honom totalt, men hela hans person vilade som en mörk skugga över polishuset. Måtte vårsolen snart titta fram.

27

Fredag 21 mars 2008

Nästa dag, på fredagen, hade Annika just hållit målsägareförhör i ett bedrägeriärende när Sture Nilsson bad henne köra till sjukhuset med anledning av trafikolyckan kvällen innan, då en man hade blivit svårt skadad utanför sin bostad. Påkörd av en bil när han kom gående med sin rollator. Märkligt nog bodde han på samma adress som Gabriella Frank. Till och med dörr i dörr med henne. Karl Bergström, åttitvå.

Annika kände igen namnet; hon hade pratat några ord med honom när hon och Peter knackat dörr förra fredagen. Hon mindes att han hade dålig hörsel och gick med rollator. Hade han inte ... jo, han hade suttit och tittat på en gammal film på TV, och varken sett eller hört ifall någon besökt Gabriella. Jaha, och nu hade han blivit nermejad av en bilist.

Som vanligt låste Annika in sina pennor innan hon lämnade rummet. Hon lade jackan över armen och gick bort till Peter, men hans dörr var stängd. Antagligen hade han förhör. Sture Nilsson hade tagit kopior på trafikmålsanteckningarna, och dem tog hon med när hon körde bort till sjukhuset.

Annika tyckte inte om sjukhusmiljö. Det luktade visserligen inte sjukhus som förr, och varken hon eller hennes närmaste hade haft anledning att besöka inrättningen för något allvarligt. Men det var atmosfären. Korridorer, vita väggar, vitklädda människor som tyst och snabbt försvann ut och in genom dörrar. Det mesta andades sjukdom och död. Visst, det fanns färgklickar i form av konstväxter och tavlor, men det hindrade inte henne från att tänka på när hon var barn och blev

100

sövd för att operera bort polyperna. Hon glömmer aldrig hur händerna bands vid sidan av kroppen. Rädslan och paniken när hon andades in eter. Någon höll en genomskinlig gummimask över hennes mun och näsa, och sen droppades en vätska ner på en tygbit, och hon var tvungen att andas för att få luft. Men så länge hon levde skulle hon minnas den fruktansvärda lukten av eter, och hur hon försökte att inte andas för att slippa den. En kort tid efter operationen, som egentligen var ett enkelt ingrepp på ett litet barn, drabbades hon av feber och någon sorts infektion. Medan en sköterska höll henne skulle läkaren ta sänkan i armvecket. Annika fick panik när hon såg nålen och förstod var läkaren skulle sticka. Hon grät och vrålade i sin förtvivlan, allt vad lungorna tålde. Trots hennes fruktansvärda rädsla inför sticket som skulle komma, tvingade man henne utstå detta. Varken empati eller sympati existerade på den tiden. Modern stod maktlös och tittade på, och skräcken inför sprutor satt i under många år. Men efter att Annika fött Klara blev hon av någon anledning blodgivare. Hon brukade säga att om man fött barn så var en spruta i armvecket rena nysningen. Och det var en bra hälsokontroll tre gånger om året.

Annika gick förbi kassorna och informationen, och letade sig fram till intensivavdelningen. Hon legitimerade sig och sade sitt ärende. En sköterska hänvisade till en annan sköterska, som i sin tur hänvisade till läkaren. Som skulle komma om en halvtimme. Tänk att inget ska vara enkelt, tänkte Annika och lämnade avdelningen för att ta en kopp kaffe på nästa våningsplan.

Hon tog fram sin agenda ur väskan. Den var av brunt, äkta skinn och hade hängt med länge. Klara gav henne den i julklapp för flera år sedan. Det var bara almanackan som hon bytte varje år; skinnfodralet och telefonboken höll år efter år. Hon tyckte ibland att hon hade halva sitt liv mellan pärmarna, och skulle inte kunna vara utan den.

Annika bläddrade till förra fredagen och gick igenom allt hon skrivit i Gabriellaärendet. Kontakten med grannarna – Karl Bergström, snorkiga Vera och Wilhelm Agustsson, Asta Kroon som inte kände Vera men ändå stått och pratat med henne utanför porten dagen efter mordet, de lättklädda ungdomarna Tanja och Stefan samt förhöret i bilen med Daniel Skager. Mötet med Maria, pengarna i Gabriellas bankfack, Pia, Eddie, Göte Rubin...

Just som hon stoppat undan agendan och satte koppen till munnen fick hon se ett ansikte hon kände igen. Daniel Skager. Han stod borta vid cafeterians tidningsställ och bläddrade förstrött i en dagstidning. Ibland tittade han upp på personer som gick förbi, och så fick han se Annika. Hon höjde hakan som hälsning och Daniel var inte sen att stoppa tillbaka tidningen och komma bort till henne. Han var klädd i en grå lumberjacka och innanför den en beige fleecetröja. Han bar jeans, var barhuvad och hade ett par dagars skäggstubb. Märkligt, tänkte Annika, jag tänker alltid signalement när jag träffar en person.

"Tjena", sa Daniel och satte sig vid bordet. "Känner du igen mig?"

"Klart jag gör. Vad har du gjort på kinden?"

Daniel tog med fingertopparna på höger kindben. Han skrattade till.

"Cyklade omkull i gårkväll." Han tittade neråt och pekade på byxbenet. Där fanns en vågrät reva i höjd med knäet. "Halt som fan, jag slog ansiktet i styret."

"Tur det inte tog värre", sa Annika. Hon nickade mot byxbenet. "Jag trodde det var det moderna snittet på jeans, en legal reva ... förresten vill du ha kaffe?"

Han satte upp handen i en avvärjande gest.

"Nej, jag ska in till farsan ... dom är nog snart klara med ronden."

"Hur är det med honom?" Annika frågade avvaktande. Och nyfiket.

"Inte så där speciellt bra ... han har ju cancer ... det har varit från och till."

"Är det ... är det kris då?"

Daniel nickade.

"Mm, det är bukspottskörteln ... men han är tuff ... en riktig fighter."

"Det är en förrädisk sjukdom, att dom inte kan komma på nå´t."

"Vad gör du här?" Daniel bytte samtalsämne.

Annika tog en klunk kaffe.

"Ett konstigt sammanträffande, men din granne Karl Bergström har varit med om en trafikolycka utanför er port."

"Kalle? Va fan då för olycka?"

"Du svär mycket. Det var likadant i fredags, i polisbilen. Välj dina ord."

Daniel skruvade sig på stolen.

"Jamen, va f... vad har hänt honom?"

”Han har blivit påkörd av en bil.”

”Aha, då vad det det som hade hänt där. Jag tyckte det såg konstigt ut i snövallen och runtomkring när jag skulle cykla till jobbet, då, vid halvelvatiden i går kväll.

”När såg du Bergström senast?”

”Jag brukar gå in till honom ibland … vi sitter och snackar och…”

”Ja, men när såg du honom senast frågade jag?”

Daniel stack händerna i jackfickorna och lutade sig bakåt mot stolsryggen.

”Äh … jag har nog fan inte träffat honom sedan förra veckan. Jo, jag var inne hos honom på morgonen, i fredags.” Daniel nickade som för att bekräfta det han själv sa.

”Samma fredag som Gabriella hittades?”

”Mm”, nickade Daniel.

”Inte alls i går?” Annika tittade frågande på honom. Blicken dröjde sig kvar en sekund på gropen i kinden.

”Nej, inte i går. Det var i fredags. Jag brukar ringa på och gå in en stund. Han tycker om att snacka. Men han bjuder aldrig på något … jo, kaffe förstås … och så pratar han om förr i tiden. Han behöver väl lite sällskap då och då.”

”Kanske du också?” menade Annika.

Han nickade.

” Mm, jag med för den delen. Klart jag har kompisar, men det är inte så enkelt med ett socialt liv när man jobbar nätter.”

Daniel tittade på sitt armbandsur.

”Jag får nog gå upp till farsan. Du, hoppas inte det är allvarligt med Kalle. Hälsa honom.”

Annika reste sig samtidigt med Daniel. En skarp lukt kändes från honom. Hon kunde fortfarande inte identifiera den – någon form av lösningsmedel.

”Var ligger din pappa?” slank det ur henne.

”På nästa våning, på fyran.” Daniel höjde handen och gick mot hissen.

”Du kan ju höra av dig. Om det är något mer”, sa Annika efter honom och placerade sin kopp på brickvagnen.

”Visst … jag har ditt mobilnummer.”

Annika tittade efter honom när han gick in i hissen, åtföljd av två unga läkare med öppna, fladdrande rockar. Hon stod stilla och såg när hissen snabbt gick uppåt. En värmevåg spred sig från bröstkorgen och upp till hårfästet. Pulsen jobbade extra i halsgropen. Hon kände en namnlös sorg, blandad med bitterhet. Danne, sa hon tyst, jag hoppas din pappa blir frisk.

Annika blev hänvisad till läkaren som hade ansvar för Karl Bergström. Hon fick titta på honom där han låg i sängen. Bara för att få en uppfattning om hans tillstånd, ett förhandsbesked att skriva in i trafikrapporten som fanns hos utredaren. Rummet var vitt och sterilt. Ett par olika apparater, men inte kopplade till Karl. En atmosfär och syrlig lukt som vittnade om sjukdom och död.

Annika stod vid fotändan på sängen. Mannen som låg där, under en gul sjukhusfilt med ett vit- och grårandigt lakan, såg tunn och nästan genomskinlig ut i ansiktet. Det grå håret var stripigt, ögonen slutna och munnen halvöppen. Han andades för egen maskin, men hade en tunn syrgasslang i näsan. Bröstkorgen hävdes och sänktes för varje rosslande andetag. Annika tittade på den kraftiga sköterskan vid sin sida.

"Hur är det med honom?"

"Det verkar till att vara krut i gubben ... han röntgades i natt och sen har han sovit mycket. För en stund sedan öppnade han ögonen och sa något ohörbart. Men han var ju halvt medvetslös, så han föll in i drömmarnas värld igen."

Krut i gubben, tänkte Annika och förvånades över sköterskans ordval. Men liksom poliser var väl också vårdpersonal yrkesskadade, och föll in i en viss jargong.

"Så man vet inte om han behöver opereras?"

"Nej, det får röntgen visa ... om han nu lever så länge."

Annika gav henne ett snabbt ögonkast.

"Hade Karl några personliga ägodelar på sig?"

"Ja, det ligger ett kuvert på avdelningssköterskans expedition. Bergströms son är visst på väg hit."

Annika lämnade intensivvårdsavdelningen. Innan hon kom till huvudentrén stannade hon och tittade på informationstavlan. Avd. 4 Kirurgi, vårdavd. Hon skänkte Daniel en tanke. Och hans pappa.

28

Annika sprang på Rolf utanför polishuset. Hon var på väg in, han ut. Hon stampade av snön på fotskrapan och knäppte upp jackan. Rolf stannade. De hade varit kollegor i över tjugo år. Han kommenterade hennes röda näsa.

"Nej, jag har inte pimplat vin", skrattade hon. "Ytliga blodkärl ... ja, du kan väl en del om sådant? Förresten, hur är läget på mordfronten?"

"Gabriella Frank? Det är märkligt för det finns inte tillstymmelse till teknisk bevisning. Ordning och reda i lägenheten, var sak på sin plats. Bara Gabriellas fingrar på telefonluren. Endast en använd kaffekopp och en termos med halvvarmt kaffe. Fimparna i vardagsrummet kan kanske ge något. Får se när DNA-resultatet kommer. Inte alls säkert att de matchar någon. Inga identifierbara skoavtryck i hela lägenheten, inget blod. Det enda som såg slarvigt ut, med tanke på Gabriellas prydlighet, var det utspillda tvättpulvret på golvet i badrummet. Som om paketet ramlat och någon skrapat ihop pulvret med fingertopparna, men inte fått upp allt."

"Att dom placerat henne i tvättkorgen. Jag fattar inte hur liten hon måste ha varit."

"En nätt kvinna, 160 lång och 48 kilo. Hon hade inte en chans mot förövaren. Han tryckte in struphuvudet, hade handskar på sig. Det gick snabbt."

Annika nickade.

"Vad har Eddie sagt? Att jag lägger mig i?"

"Nej för tusan, ingenting. Han är egentligen bra att ha och göra med. Men du vet, när man kommit upp sig lite ... vill gärna sköta ruljangsen själv."

"Nej, det vet jag verkligen inte", sa Annika. "Jag anser att man ska jobba som ett team, ta till vara allas kunskaper och kompetens, inte spela någon jäkla översittare, eller motarbeta."

Hon slog ut med handen.

"Förresten, varför tror du polisen tagit fram Värdegrunden? Vi har själv varit med om att utarbeta den. *Vi är fokuserade på resultat, samarbete och ständig utveckling,* är en av grundpelarna."

"Jo, det är rätt, förstår hur du menar. Nej, nu måste jag vidare, vi synes."

"Du!" ropade Annika efter honom. "Har ni kollat sedlarna och mynten som fanns i bankfacket?"

"Pengarna är beslagtagna eftersom det handlar om mord. Vi förvaltar dem på ett särskilt konto. Dottern blev lite avig. Kom in i morgon så kan vi titta på mynten. Du ska få läsa brottsplatsprotokollet."

Hon nickade okej och sökte upp Ronny som höll på med trafikolyckor. De kom överens om att hon skulle hålla kontakten med sjukhuset, angående Karl Bergström.

Annika åt en försenad lunch strax efter klockan ett. De flesta hade lämnat cafeterian, så hon satte sig på den väggfasta soffan, krängde av inneskorna och lade upp fötterna på en stol. Hon slöt ögonen. Lisa kom bort med en kopp kaffe.

"Det bjuder jag på", sa hon och svepte med en Wettexduk över bordet.

Annika nickade utan att öppna ögonen. Hon masserade höger tinning.

"Tack", mumlade hon. "Du är en ängel, Lisa."

"Vet jag väl. Du ska få lite extra sallad."

Annika hade inte sett Peter på flera timmar. När hon gick tillbaka mot sitt rum, efter den avkopplande pausen i cafeterian, såg hon att hans dörr – några rum förbi hennes – fortfarande var stängd. Det var inte likt Peter att låsa in sig och definitivt inte under lunchtimmen.

Hon gick stegen bort till hans dörr och knackade. Inget svar. Hon tryckte ner handtaget och satte knäet lätt mot dörren. Den grep, så hon pressade lite hårdare. Det knakade i dörrfodret när dörren gled upp.

Det första Annika såg var ett ben, med en halvkänga på foten, som spretade rakt ut till höger. Det andra benet var vinklat bakåt, in under stolen. Kroppen låg framåtlutad över skrivbordet. Höger handflata vilade på vänster hands ovansida, under Peters ena kind.

"Vad farao ... Herre Gud Peter!"

29

Annika var snabbt framme och greppade om båda hans axlar, bakifrån. Han rörde sig inte men andades tungt. Just som Annika skulle dra upp den tunga kroppen kände hon lukten. Hon stannade i rörelsen och släppte taget om kollegan. Hon gick bort och stängde dörren och öppnade fönstret. Spritångorna gick inte att ta miste på.

Annika skakade honom milt i ena axeln.

"Skärp dig", väste hon. "Här kan du inte sitta, hör du, vakna …!"

Peter reste på huvudet och tittade rakt fram med halvöppna ögon.

"Upp med dig", manade Annika. "Vad sjutton håller du på med? Är du spritt språngande galen?"

Peter for upp rakryggad i stolen. Annika ställde sig på andra sidan skrivbordet, framför honom. Han såg definitivt inte fräsch ut.

"Inte ett ord", sa Peter och viftade med handen mot henne. "Inte ett jävla ord!"

Annika hämtade upp sin tappade haka.

"Jag kör dig hem … okej?"

Han skakade på huvudet.

"Inte nu … vi tar det klockan fyra. Hur mycket … hur mycket är hon nu?"

"Kvart i två."

"Jag sitter här ett par timmar till." Han var inte nykter, han lät inte nykter. "Du kan gå härifrån…" Han fortsatte att vifta slött med handen utan att titta på sin kollega.

Hon gick mot dörren.

"Hur i helsike kan du komma på idén att dricka dig full på arbetet? Se till och kom på fötter, och häll i dig en liter vatten. Så kör vi fyra."

Annika gick ut på toaletten, hämtade två muggar vatten och ställde dem på bordet framför Peter. Hon tittade sig omkring, men kunde naturligtvis inte se någon flaska.

Annika visste inte om hon skulle skratta eller gråta när hon gick mot sitt rum. Vad i glödheta hade det tagit åt Peter? Hon trodde knappt på vad hon just upplevt. Hon ville inte tro det. Men hon hade sett det med egna ögon. Var det verkligen så illa?

Peter hade inte opponerat sig när Annika på nytt kommit till hans rum och sagt att hon skulle skjutsa honom hem. Han mådde inte bra men lyckades, trots ostadiga ben, skärpa sig när de promenerade ut från polishuset.

Det låg fortfarande snövallar på trottoaren utanför marklägenheterna. Annika undrade om inte de boende var skyldiga att skotta framför brevlådorna. Så var det hemma hos henne. Men grannen Sixten hade alltid varit framme med skyffeln, både hos sig själv och hos Annika.

Peter sa inget när Pia öppnade dörren. Han knuffade henne omilt åt sidan och tog ett kliv in. Utan att ta av jacka eller snöiga kängor banade han väg genom huset och in i sovrummet. Dörren stängdes med en smäll. Pia stod med armarna i kors och tittade på Annika.

"Det anade du väl inte, att han super?"

Annika skakade på huvudet.

"Super? Herre Gud, det låter lite väl magstarkt. "

"Dricker då, om det låter bättre", sa Pia.

Annika letade efter de rätta orden.

"Alltså, inte stadigt, menar du?"

"Sista månaden, ungefär", höftade Pia.

"Han har varit lite korthuggen den senaste tiden. Butter, inte alls sitt vanliga jag. När...? Men varför...?" Annika slog ut händerna i en frågande gest.

"Jag var otrogen", upplyste Pia om rättframt. "Det här jävla livet vi lever. Åhh, jag blir galen!" Hon slog en knuten hand i dörrkarmen, vände sig mot Annika och lät händer och axlar sjunka. Håret var glanslöst och ögonen trötta.

"Jag orkar inte prata om detta nu", sa hon uppgivet. "Jag orkar inte."

"Det behöver du inte, men se till att han stannar hemma i morgon."
Annika lade sin hand på Pias skuldra. Hon nickade.
"Tack för hjälpen."
"Jag ringer i kväll och hör hur det är."

På hemvägen svängde Annika hem till Klara och barnen. Martin hade inte kommit. Liv och Måns rusade mot henne innanför dörren.
"Hur är det med mina små godingar?" skrattade Annika.
Hon blev alltid lika varm inombords när hon fick se och hålla om deras små kroppar. Måns lite knubbig, Liv mer spenslig. De hade pyjamas på och doftade nybadade.
"Vi tittar på Feck, mormor!" skrek Liv. Måns knuffade till henne på armen så hon snubblade åt sidan, men utan att ramla.
"Inte så hårt", manade Annika.
"Det heter inte Feck, det heter Srek ... mormor, du kan också få titta!"
"Jag ska först prata med mamma en stund", sa Annika, och efter en snabbkram återvände de små till träskmonstret.
"Jag tror de har sett den hundra gånger", sa Klara och dukade fram två kaffemuggar.
"Du vill väl ha en kopp?"
Ibland förundrades Annika över hur Klara hann med allt. Hon hade alltid varit självständig, fixat och grejat. Det var ingen överraskning, eller oro, att hon flyttade till egen lägenhet när Annika lämnade huset och Tore. Hon klarade sig i alla väder och hade träffat Martin ganska omgående efter att Annika och Tore separerat. Och det kändes bra för Annika. Villan köpte de ett halvår innan Måns föddes.
Nu arbetade hon sjuttifem procent som läkarsekreterare, och det var ruter i tjejen. Hämtade på dagis, laddade tvättmaskinen, slängde ihop en plåt muffins, umgicks med sina gamla kompisar och deras barn. Och hade alltid kaffebryggaren laddad, såg det ut som.
"Säg till när det är serverat, jag sitter hos barnen en stund."
Liv och Måns älskade att fika med mormor och hennes spontana besök var uppskattade. Det var inte så att de klättrade på henne, men ville gärna att hon skulle sitta i samma soffa, och skoja lite med dem.
"Gud, vad jag längtar efter att få komma ut i trädgården. Måtte den här snön försvinna fortare än kvickt."

Annika var tillbaka vid köksbordet med Klara. Hon kupade händerna runt den gröna Höganäsmuggen och tittade på snövallarna längs uppfarten.

"Det är du inte ensam om att önska", medgav hon. "Än kommer att stiga massor när snön smälter. Det blir kanske som för några år sedan när hela parken låg under vatten."

"Hoppas inte det. Förresten, från det ena till det andra, har ni kommit fram till något? Alltså med mordet på den där kvinnan?"

Klara hade alltid tyckt det var intressant och spännande att modern var polis. Hon var medveten om att hon inte fick berätta om sina ärenden, men så där i det stora hela brukade hon ventilera det hon jobbade med. Inga namn eller detaljer.

De fortsatte prata om vardagliga ting. Det mesta rullade på som vanligt. Klara undrade om inte modern hade *något på gång,* och menade naturligtvis en karl. Annika gav upp ett skratt.

"Bra fråga, har du fler?"

Nu skrattade båda två. Liv och Måns kom springande efter varandra.

"Varför skrattar ni?" frågade Måns.

Då skrattade Annika och Klara ännu mer, så att de små också började småfnittra. För att sedan återvända till Shrek.

"Herre Gud!" sa Annika och torkade sig med pekfingrarna under ögonen. "Ja, du store tid, nej, jag har inget på gång. Jag tänker inte liera mig med någon karl. Åtminstone inte före sommaren."

Hon tittade allvarligt på Klara, men sen brast det igen. Det var härligt att skratta. De fikade klart, och småpratade som bara en mor och en vuxen dotter kan.

Just som Annika satt sig i bilen för att köra hem ringde telefonen. Klockan var strax efter sex på kvällen.

30

”Ja, det är Annika.” Tyst i luren och någon hostade till.

”Hej, det är Danne … Daniel … ja, jag var tvungen att ringa. Är det okej?”

”Ja, ja, javisst.” Hon hörde hur Danne drog efter andan.

”Jag har ju varit hos min pappa hela dagen, och när jag gick där ifrån tänkte jag se hur det var med Kalle. Jag fick veta vilket rum han låg på men jag blev inte insläppt. Dom sa att jag skulle gå därifrån. Jag sa att jag var granne med Kalle, men det brydde dom sig inte om.”

”Det är ju intensiven, så där finns säkert restriktioner”, sa Annika. ”Och han är väldigt illa däran.”

”Mm, men jag satte mig ändå på en stol precis utanför avdelningen där Kalle fanns. Jag bara satt där, och så öppnades dörren och ett par sköterskor kom ut med en säng. Dom sa att jag inte fick sitta där. Sen körde dom direkt in i en hiss.”

”Alltså, var det Karl de kom med?” frågade Annika.

”Det låg någon i sängen, men han var helt täckt med ett lakan. Ja, huvudet också. Jag tyckte det kändes obehagligt, så där lite skrämmande, så jag gick ut i centralhallen och ringde till dig nu.”

”Det var hyggligt. Så du menar alltså, ja, att det var Karl Bergström som låg under lakanet? Att han är död?”

”Jag vet ju inte, men det kan vara han. Kan du inte komma hit?”

Daniels fråga lät som en vädjan. Annika ville egentligen hem, men situationen krävde att hon körde till sjukhuset. En polis är alltid polis. Även på fritiden. Och det var en smitningsolycka. Kanske skulle det kännas bra för Danne om hon kom dit, så att han fick se Karl. På något sätt kände de alla varandra. Han och Karl. Hon och Danne.

Karl Bergström låg i ett mindre rum dit anhöriga och nära kunde komma och ta ett sista farväl. En säng, ett bord med ett tänt stearinljus i en silverljusstake och en bibel, samt tre stolar. Den gamle mannen såg ut som tidigare, förutom att huden var gulaktig och slät, och hakan uppbunden med gasbinda.

Konstigt med döden, tänkte Annika. Man blir som en nyfödd – rynkorna försvinner i ansiktet. Det grå, tunna håret låg bakåtstruket och ytliga skrubbsår syntes på ena kindbenet. Sonen, som varit där på förmiddagen, hade lämnat sjukhuset så man fick ringa honom igen.

Annika och Danne stod bredvid sängen och tittade på Karl. Danne såg tagen ut och andades med halvöppen mun. Han böjde på huvudet och slöt för några sekunder ögonen. Annika undrade om han tänkte på sin pappa, som också fanns på sjukhuset.

När de lämnat rummet blev Annika ombedd att följa med in på expeditionen. Danne satte sig på en stol utanför. Sjuksköterskan Agneta, som Annika tidigare tyckte pratade ohyfsat om Karl, bad än en gång att få titta på hennes polislegitimation. Hon knappade på datorn och skrev därefter ut ett dokument som hon signerade och räckte Annika.

"Han vaknade aldrig upp?"

"Nej, jag och ett biträde var hos honom nästan hela tiden", svarade Agneta. "Strax innan han drog sista andetaget öppnade han ögonen och rörde på munnen. Det är oftast så att döende personer, i många fall, liksom vaknar till just innan dödsögonblicket. De ser ett ljus, sägs det, och vill vända sig mot det."

Annika nickade utan att säga något. Hon respekterade verkligen döden. Lika mycket som livet. Hon vek ihop dokumentet som innehöll tider och annan fakta om Karl Bergström.

"Jag lämnar det till vår trafikutredare", sa hon och sträckte handen till Agneta.

"Jag uppfattade att han sa *dan*", tillade Agneta. "Jag böjde mig över honom och två gånger hördes det som *dan* när han andades ut."

Annika nickade igen. Strax därpå kom en läkare in på expeditionen. Han hälsade överdrivet artigt och sa att han inte kunde utfärda dödsattest eller begravningstillstånd ännu, eftersom dödsorsaken inte var fastställd och polisen inblandad. Annika sa att trafikutredaren skulle kontakta honom senare. Hon och Danne lämnade sjukhuset gemensamt. Han hade cykeln en bit bort.

"Har du ingen bil?" undrade Annika.

"Körkortet är indraget. Jag körde i sjuttio utanför en skola. Ja, det var jävligt dumt, helt utan anledning, urbota dumt."

Annika höll med.

"Jag får tillbaka det om två månader. Den artonde maj."

Danne satte sig på cykeln.

"Så … du har bil också?"

"Nej, jag sålde den när dom tog lappen – det är fyra månader sen – för jag behövde lite pengar."

"Det måste kännas botten att inte få köra bil?" Annika granskade hans ansikte.

"Nej, det är inte så farligt. Man vänjer sig, och så har jag ju järnhingsten!"

Han lyfte styre och framhjul, och släppte det igen. Han verkade besvärad av att Annika betraktade honom.

"Mår du bra?" frågade hon.

"Klart jag gör. Men det kändes lite taskigt med Karl … hyggligt du ville komma."

Klart han inte gör, konstaterade Annika. Sjukhuset, Karl, hans pappa…

"Nej, nu får man sticka. Ska upp till farsan i kväll igen."

Han lämnade kvar den svaga lukten. Aceton? Nästa gång hon träffade honom skulle hon fråga.

Annika körde till polishuset och lade ett meddelande på Ronnys bord. Att läkaren hör av sig. Hon skrev ner lite om mötet med Daniel och om hans indragna körkort. Därefter körde hon hem, efter ytterligare en lång dag.

Senare på kvällen ringde hon till Pia, som hon lovat. Peter sov fortfarande. Klädd i jacka och kängor.

31

Lördag 22 mars 2008

Nästa dag, som var en lördag, hade Peter sjukskrivit sig. Annika hade svårt för att förstå gårdagens händelse. Hon hade aldrig någonsin sett några tecken på att Peter skulle missbruka sprit, eller ens vara storkonsument. Inga egna iakttagelser, ingen dålig lukt, inget korridorsnack. Men Pia verkade inte överraskad när Annika kom hem med honom i går. Vad var det hon hade sagt tidigare? Att hon varit otrogen?

Annika gick upp till Ronny och lade kuvertet från sköterskan på hans bord. Han var ute med en av jourteknikerna på platsen där Karl blivit påkörd. Det var drygt en vecka sedan mordet på Gabriella. Tillbaka på sitt rum lutade hon sig tillbaka i stolen. Dags att massera tinningen igen. Jäkla skit. Hon måste varva ner. Efter frukostfikan gick Annika in till Rolf, som också arbetade i helgen. Han visade in henne i ett mindre undersökningsrum där Gabriellas kläder, som hon hade på sig när hon hittades, hängde.

"Halvbra kvalitet på allting", sa Rolf.

"Trosor och behå inköpta hos Butik Ahl, långbyxor och tröja okänt fabrikat, vanliga bomullssockor, och innetofflor från P.E. Johnssons."

"P.E. Johnssons här i stan?"

"Troligtvis. De är enda butiken i stan som säljer det skomärket."

"Och är dyrast i stan", påpekade Annika.

Med en sifferkombination öppnade Rolf säkerhetsskåpet i rummet. Han plockade fram påsen med mynt som Gabriellas dotter, Maria, lämnat in. En mossgrön sammetspåse med svart snöre.

115

"Lite märkligt, det finns tolv enkronor, alla präglade 1929."

När Rolf hällde ut mynten på bordet framför Annika, föll samtidigt en liten brunröd sten ut. Den hade en kantig, kvadratisk form och sidorna var 6 – 7 millimeter långa. Matt yta. Hon höll upp den mellan tummen och pekfingret.

"Vad sjutton är detta?" frågade hon.

"Kan vara en ädelsten", gissade Rolf och böjde sig fram.

Fahrenheit, tänkte Annika

"En oslipad sådan."

Annika stoppade tillbaka stenen i tygpåsen, och lade sen några enkronor i handflatan. Hon vände och vred och granskade.1929. Gustaf den femte var kung. Gustaf … 1929. Hon försökte få fram ett mönster. Hon tittade på dem, räknade och stoppade tillbaka dem i påsen. Varför hade Gabriella stoppat ner just tolv enkronor?

"Kanske någon sorts sifferkod."

Annika nickade.

"Mm, jag tänker samma."

Hon vägde påsen upp och ner i handen. Då poppade något upp i huvudet. Pias mamma hade sagt att namnet Gustav figurerat i samband med Gabriellas graviditet. Javisst, så var det ju! Annika reste sig.

"Jag ska gå in och kolla lite på datorn."

Rolf lade tillbaka pengarna i säkerhetsskåpet.

"Du kan ju höra av dig."

"Ska se om mina intuitioner stämmer", sa hon.

"Varför skulle de inte göra det?" Han log illmarigt.

Peter hade vaknat strax före midnatt på fredagskvällen, dagen innan. Det dunkade i huvudet och halsen kändes som Nevadaöknen. Han blev sittande en stund på sängkanten och upptäckte att Pia inte låg bredvid honom. Han var nödig till tusen, och när blodet fördelat sig i kroppen stapplade han ut i hallen och tog av jacka och kängor.

En lampett i hallen var tänd och på väg till badrummet kunde han skönja konturerna av Pia i vardagsrumssoffan. Han uträttade vad han skulle, glömde tvätta händerna, svalde två Treo Comp, klädde av sig naken och kröp ner i sin säng igen. Fyllan hade gått ur kroppen och han kunde tänka något så när klart, trots ångvälten i huvudet. Fan ta Pia, tänkte han. Fan ta henne. Han huttrade en stund innan dunet började avge värme. Här hade de kämpat tillsammans i flera år. Levt i hopp och förtvivlan, stöttat varandra efter varje missfall och försökt leva vidare med tanken på att de inte kunde bli föräldrar. Som kvinna, och den som burit och förlorat fostren, var det naturligtvis hon som mått sämst, men han hade ställt upp och verkligen försökt få henne på fötter. De hade resonerat som vuxna, vettiga människor, även om Pia fått hjälp av kurator att bearbeta sina traumatiska upplevelser och besvikelser.

Och så kommer hon och säger att hon varit otrogen. Inte hittat en annan – bara varit otrogen. Knullat, var ett lämpligare ord i detta sammanhang. Två gånger med samma snubbe. Nej, hon ville inte skiljas. Hon ville bara att Peter skulle förstå. Förstå vad? Ville hon bli befruktad av en annan man och sen leva vidare med Peter som vanligt? Trodde hon att det var han som inte kunde göra barn? Han hade ju för helvete Pierre.

Det var kaos i huvudet på Peter. Han ville inte tänka på att Pia knullat med en annan, men bilderna kom ständigt upp i hans huvud. Det hade hänt för en månad sedan. Hon hade mått dåligt av att ha det på sitt samvete, hade hon sagt. Det var ingen som Peter kände eller visste vem var. Hon hade blivit bekant med honom förra året, när hon gick på stödträffarna. Han hade mått dåligt efter en skilsmässa. Hade börjat missbruka sprit och inte fått träffa sina barn. Pia och han hade haft djupa diskussioner, och för cirka en månad sedan hade han ringt till Pia. De hade båda varit nere i en svacka och kommit överens om att livet var för jävligt. Han hade föreslagit att hon skulle komma hem till honom.

Det hade hänt först en gång, och efter några dagar en gång till. Ingen sex, bara prat, närhet och kramar. Jovisst, hon kunde ju ta den om Snövit också. Pia berättade att han sedan dykt upp igen här hemma för några dagar sedan. De hade suttit i köket, hon hade förklarat att de båda inte var någon lösning på varandras problem. Hon hade vänligt men bestämt förklarat att hon gjort ett misstag. Han hade förstått, inte propsat på. De skulle aldrig ses mer.

Innan mörkret helt slukade Peter lät han en liten del av manligheten gå förlorad. Han grät, och visste han att han aldrig ville förlora Pia. Trots allt.

Annika satte sig framför datorn. Hon tog fram ett nytt Word-dokument och förde över allt hon skrivit i agendan. Gabriellas samtal med kommunikationscentralen, Anders och Bosse som hittat henne i tvättkorgen, plånboken som saknade Visakort, körkort (Gabriella hade körkort men ingen bil) och pengar, samtalet med hennes dotter Maria, pengarna i bankfacket, Pias mamma som sagt att det pratades om en Gustav i samband med Gabriellas graviditet.

Ja, sen var det Karl Bergström. Dödad av en smitare några dagar efter Gabriellas död. De två som bodde dörr i dörr med varandra. Det kunde inte vara en slump. Var Karls död också ett mord? Visste någon att han visste något? Och vad hade han i så fall känt till? Sköterskan, Agneta, hade hört att Karl sagt *"dan"* innan han somnade in. Dan … hade inte Karl orkat säga hela namnet, Danne … eller Daniel…? Det kunde väl ändå inte vara Danne som kört på Karl? Tanken kändes främmande, men å andra sidan kände polisen inte honom. Och Annika, hur bekant var han för henne? Hur skulle den gamle mannen kunnat känna igen Danne, om han blev påkörd bakifrån? Det lät för enkelt. Det fanns ingen bil registrerad på Danne och det stämde, som han sagt, att han sålt den en tid efter att han blev av med körkortet. Annika markerade alla frågetecknen med fetstil. Just nu fanns det alldeles för många sådana.

Hon skrev: 12 enkronor präglade 1929, Gustav den femte… Var det så enkelt att siffrorna hade någon betydelse? Alla tolv mynten var från 1929. Gabriella hade samlat ihop tolv enkronor med samma årtal. Det måste finnas något relevant, ett mönster, ett pussel…

Annika satt länge och stirrade på det hon skrivit. Hon gnuggade tinningen och kände hur det pulserade i halsgropen. Här fanns något. Här måste finnas någonting med siffrorna. 12, 1929, Gustav … 5 naturligtvis! Var Marias okända pappa född 1929? Visst, det kunde mycket väl stämma. Det sades att han var tjugo år äldre än Gabriella, och hon var född 1949.

Annika skrev 290512 och 291205. Nu gällde det att hitta en Gustav som var född någon av dessa två tider. Vad hade man mer sagt? Jo, att Marias pappa kunde vara en välkänd kommungubbe. Ytterligare något att leta på. Vilka fanns i kommunfullmäktige 1965?

Tankarna kretsade i huvudet på Annika, och hon slappnade av på stolen. Hon rullade med huvudet och axlarna. Skulle hon ge detta till Eddie? Nej, inte ännu.

Jeppe, som hade rummet intill Peters, tittade in och sa att de fick köra ut på en hängning. Patrull fanns redan på platsen, men det behövdes förhör med två skärrade ungdomar som hittat kroppen, och som kände den döde mannen. Annika sparade dokumentet, tog sin jacka och väska samt hämtade en banan i fruktkorgen i fikarummet. Det hade varit mycket död den senaste veckan. Men det var ju det Annika ville – arbeta med döden, eller hur? Ja, på sätt och vis. Att medverka i mordutredningar. Det var vad hon ville syssla med. Att hålla långa och innehållsrika förhör med inblandade. Att söka och leta, spana och luska runt. Att gå in i gärningsmannens medvetande, att räkna ut hur han tänker, och varför han tänker så.

Men man hade inte förstått hennes kapacitet till detta.

Samma kväll, på lördagen, satte sig Annika framför datorn där hemma. Hon gick in på Astrid Lindgrens Värld och sökte efter två nätters boende i stugbyn. Allt var uppbokat – det fanns inte en stuga eller ett rum att tillgå! Hon letade vidare och hittade ett boende cirka en mil därifrån. Det var någon form av Bed & Breakfast, och de hade två rum kvar. Ett av dem med två våningssängar och där man kunde sätta in en extrasäng. Annika bokade på studs. Information och bekräftelse skulle komma med posten. Betalning skulle ske senast två veckor innan ankomstdatum. Annika drog en lättnadens suck och ringde till Klara. Sen gick hon ut i köket och dukade en bricka med ett par smörgåsar, en mazarin och en stor kopp skogsbärste. Hon bar in det till datorn.

Hon började söka på i stort sett alla kombinationer med namnet Gustav, politiker, kommunens namn, 1929, 291205, 290512 etc. Massor med information, innehållande ledorden, kom upp. Men inget som öppnade upp något mer.

På arbetet skulle hon komma in i fler register att söka i. Hon undrade om Eddie tänkte i samma banor. Om han fått samma associationer som Annika gällande pengarna.

Annika drack det sista av teet och släckte ner datorn. Hon satt kvar en stund och masserade nacken med ena handen. Det fick räcka för i kväll.

Men hur hon än ansträngde sig fanns dagens händelser där. Det var svårare att koppla bort saker och ting när man var ensam. Efter alla år var det kanske dags att bli två igen. Hon både ville och inte ville. Inte flytta ihop, men att där ändå fanns någon. Att diskutera med, laga mat tillsammans med, ta ett glas vin, resa, krama, älska…

Men inte i kväll. Nu var hon alldeles för trött. Ville bara krypa under täcket och somna. Kanske sova bort de två kommande fridagarna. Fast det skulle hon definitivt inte göra.

32

När Annika lagt sig och släckt sänglampan kom tankarna upp till ytan. Hon försökte schabbla bort dem, göra allt svart i huvudet som hon aldrig annars hade några problem med. Men ikväll var det annorlunda. Det undermedvetna höll fortfarande på att bearbeta alla intryck från veckan som gått. Danne dök upp som gubben i lådan. Hans vemodiga leende när han pratade om sin cancersjuka pappa, hans lite nonchalanta sätt att närma sig henne, prata med henne. Han hade blivit rasande när han inte fått komma in i trapphuset. Men det var liksom ingen ruter i killen. Fast det behövde inte betyda att han var ointelligent; snarare tystlåten och bohemisk av naturen.

John Blund vägrade infinna sig. Det hade inte hänt på åratal. Hon reste sig, tände sänglampan och gick ut i tvättstugan. Inne i städskåpet fanns ett säkerhetsskåp och där förvarade hon minnen från förr. Snapsglas från olika länder, brev, vykort, skolbetyg, Klaras teckningar och hennes första par skor ... ja, där fanns minnen och nostalgi. Det var många år sedan hon tittade på detta. I ett kollegieblock hade hon antecknat titlar på alla filmer hon sett på biograf, vad de kostade, vem hon sett filmen tillsammans med. I dagböcker hade hon gjort ett litet kryss när hon kysst en kille. Hon skrattade till spontant rakt ut i luften, i ensamheten, i tvättstugan.

Snapsglasen hade hon köpt på utlandsresor tillsammans med Tore. Hon visste inte varför hon sparat på dem genom åren. Klara ville definitivt inte ärva dem, och i skåpet var de inte till någon glädje. Om man nu kunde bli glad av att titta på snapsglas. Hon skulle rensa ur skåpet. Någon gång.

121

Breven hon letade efter låg hopbuntade i ett större kuvert. Ett femtiotal handskrivna brev på beige, linnestrukturliknande papper. En vacker högerlutande handstil, ord som skapat de mest underbara kärleksförklaringar en kvinna kan önska. Ord, som aldrig någonsin kommit över Tores läppar, eller som han troligtvis aldrig kunnat formulera, eller ens tänkt.

Hon satte sig på knä och vek upp det översta brevet: *"Min Kära! Att lämna dej, även om det bara handlar om ett par dagar, är som att se solen gå i moln och stjärnor slockna. Att inte få röra vid dej, inte se dina glittrande ögon..."* Annika öppnade ett annat brev:

"Min Käraste! När jag skriver dessa rader är det endast två timmar sedan vi skiljdes åt. Jag har fortfarande ditt leende ansikte på näthinnan, och jag förnimmer din mjuka hud under mina fingertoppar..." Hon läste nästa brev, och nästa, och nästa...

Efter varje olovligt möte hade de skrivit brev som de gav varandra vid nästa möte. Under alla fyra åren. Inga avslöjande datum, inga namn, inga platser – endast bearbetning av de förbjudna känslorna. De hade älskat varandra utan förbehåll eller krav. Ingen av dem kunde göra illa, eller lämna, sina respektive familjer. Ingen skulle lida för deras kärlek, eller förstå den. Inte Tore eller Klara, inte Yvonne eller Daniel. De visste själva att det skulle ta slut.

Och det tog slut – inte kärleken, men förhållandet – när det var som vackrast och intensivast. Beslutet fanns hos dem båda. De hade inte haft någon framtid.

Under de kommande tjugo åren pratade de med varandra på telefon två gånger om året. De pratade nutid – inte om det som varit eller om framtiden. Det skulle ha varit för svårt. De träffades aldrig mer. Telefonsamtalen upphörde för tre år sedan. Varför, fick hon aldrig veta.

Benen under Annika höll på att domna. Hon vaknade upp ur tankarna och kände att något lämnade tårkanalen. Hon blinkade bort slöjan för ögonen, tittade på breven och tryckte dem mellan händerna. Hon luktade på dem, drog med fingret över det skrivna. Kände pennans nertryckning i pappret. Hon måste få träffa honom, se honom, kanske hålla honom i handen. Innan cancern segrade.

Med en kraftansträngning lyckades hon resa sig, med breven pressade mot bröstet. En stund senare somnade Annika av känslomässig utmattning. Hon sov lugnt hela natten.

33

Obduktionen av Gabriella Frank visade att hon blivit strypt av en handskbeklädd hand framifrån. En tumme och ett pekfinger hade strypt syretillförseln till hjärnan, på halspulsådrorna. Hon hade haft dåliga lungor, troligtvis på grund av stor tobakskonsumtion, och bräckligt skelett. Hennes vikt på fyrtiofem kilo var en lätt match för mördaren, och hon hade inga motvärnsskador.

Man hade undersökt den sönderslitna säkerhetskedjan på dörren, men funnit endast Garbriellas DNA. Dörrnyckel, eller nycklar, saknades. Varför hade hon blivit mördad? Det fanns många frågor, men inga svar just nu. Eddie och hans gäng lade ner mycket arbete. Det gjordes även grundliga undersökningar i Karl Bergström lägenhet, utan att något som kunde sättas i samband med Gabriella Frank hittades. Något som talade om att Karl dödats för att han visste något om Gabriellas mördare.

Kontakten med dottern Maria, i Halmstad, förde inte heller utredningen framåt. Hon hade uttryckligen sagt ifrån om att Gabriella inte skulle begravas förrän mördaren var fast. Själv hade Maria inte kommit någon vart med sina efterforskningar. Det fanns ingenting bland Gabriellas tillhörigheter som avslöjade något. Hon hade ingen aning om vad hon skulle leta efter. Maria hade erbjudit sig att lämna blod- och DNA-prov, om det framöver skulle ha någon betydelse för den fortsatta utredningen.

En intressant upptäckt gjordes när man sökte DNA på cigarettfimparna i Gabriellas lägenhet. Märket var samma på alla, men sju utav de tjugoåtta fimparna hade inte Gabriellas DNA. De avvikande spåren tillhörde samma person, men matchade inte mot någon i registret. Det kunde klarläggas att Gabriella haft besök i sin lägenhet. Av någon som rökt sju cigaretter i vardagsrummet.

124

Men detta löste sig otroligt nog av sig självt. Gabriellas arbetskamrat Birgit, från församlingshemmet, hade själv kommit in på polishuset när hon förstått att det var Gabriella som hittats mördad. De brukade träffas hos varandra och dricka kaffe, kanske ett par gånger i månaden. De pratade om allmänna saker, tittade på TV och löste Sudoko. Ibland gick de till ett café och fikade, men det var flera månader sen de var där sist. Gabriella hade aldrig anförtrott henne några hemligheter, eller så. De var bara två ensamstående arbetskamrater som slog ihjäl tiden tillsammans. Och även Birgit rökte – samma märke som Gabriella.

Man lyssnade otaliga gånger på samtalet som kommit från Gabriella till polisen, men fick inte ut annat än att hon talade tyst och verkade rädd. Fingeravtrycken på hennes telefonlur tillhörde endast henne själv. Utdrag från Telia, på inkommande och utgående samtal sex månader tillbaka, visade inget som förde utredningen vidare. Gabriella hade ringt en del samtal till Försäkringskassan, några till Birgit och ganska många till kvällstidningars korsordstävlingar. Normala banktransaktioner. Biblioteksböcker, på en hylla under soffbordet, föranledde att man kollade hennes boklån, och ifall någon anställd kände Gabriella lite extra. Nej, hon var den där lilla ensamma damen som kommit under många år. Pratade inte mycket och letade själv upp de böcker hon ville ha.

Anders och Bosse, som först hade varit i lägenheten, hade skrivit var sitt detaljerat PM från det att man fått ärendet, ringt på hos Gabriella, tittat genom brevinkastet, sökt i bostaden och till sist hittat Gabriella i tvättkorgen.

Ytterligare förhör hade hållits med alla hyresgästerna i Gabriellas trappa. Ingen kände Gabriella på annat sätt än som granne. *"Var och en sköter sitt"*, hade Vera Agustsson sagt i sitt förhör. *"Varken jag eller Wilhelm springer runt till grannarna, som vissa gör, och för övrigt har vi bara bott här fyra veckor"* Hon hade fått frågan om hur hon visste att vissa springer runt. *"Man har ju ett tittöga i dörren"*, hade hon svarat tillbaka. Nästa fråga hon fått var hur hon kunnat se att vissa springer runt – hon bodde ju högst upp. *"Man hör väl när dörrarna smäller, än här och än där..."* Sen hade Vera blivit tillfrågad hur pass väl hon kände Asta Kroon på första våningen. *"Vi har inget att göra med varandra, och vi pratar aldrig ... jag vet inte ens hur människan ser ut."* Man erinrade sig att Annika Vester, dagen efter att Gabriella hittats, sett att Vera Agustsson stått och pratat med Asta Kroon på trottoaren utanför porten där de bodde. Asta själv hade i förhör sagt att hon brukade växla några ord med Vera, när de råkades i trappan eller tvättstugan. Varför ljög Vera om en sådan banal sak? Jo, det stämmer, sa Asta i sitt förhör, att hon och Vera pratade med varandra dagen efter att Gabriella hittats. Vera frågade henne om Gabriella var gift. Asta sa som det var att Gabriella var ensam och att de inte kände varandra så väl.

När Wilhelm Agustsson skulle höras hade Vera propsat på att få vara med. Men det fick hon inte gehör för. Förhörsledaren hade bett Wilhelm följa med ner till bilen, och det hade han gjort. Vera hade stått med korslagda armar och trumpen uppsyn när han åkte ner med hissen.

Nej, Wilhelm kände inte till mycket om Gabriella. Han visste inte heller vilka hon umgicks med. Däremot brukade han ibland växla några ord med Karl Bergström, när de träffades i affären. Men Karl var i det närmaste döv, så det gick inte att samtala vettigt med honom. Han svarade "ja" på allt som Wilhelm sade. *"Och en så'n kan man inte ha nå't närmare umgänge med"*, menade Wilhelm.

På fråga vad Wilhelm kände till om Daniel Skager, svarade han att han hört att det var en drönare som säkert satt och drack i sin lägenhet. Han brukade visst gå ner till Karl Bergström ibland, och där söp dom väl tillsammans. Wilhelm Agustsson kunde inte svara på hur han kände till dessa saker om Daniel Skager. *"Man hör ju lite här och lite där"*, försvarade han sig. På fråga om vad Wilhelm arbetat med i sitt yrkesverksamma liv, rätade han aningen på ryggen och svarade föraktfullt att det var ointressant i förhöret.

Tanja och Stefan Jansson, på första våningen, var fortfarande nykära och visste inte något om någon. Bara att det var ett gäng sura kärringar och gubbar som bodde där. Nej, dom hade nog aldrig sett Gabriella Frank. Danne hade Stefan pratat med en gång, men det var för länge sedan. Han hade tappat sin nyckel och kom inte in i trappan. Han hade då kastat en sten på Tanjas och Stefans fönsterruta, så Stefan hade öppnat för honom. Ja, han kunde ju inte komma in i sin lägenhet i heller, så han fick sova på en luftmadrass i Tanjas och Stefans hall. Han verkade schysst, Danne, men det luktade om hans kläder. T-sprit, eller nå´t.

Ytterligare tre personer, från ett mindre kontor på andra våningen, hade man pratat med, men ingen hade haft någon närmare kontakt med Gabriella Frank. Tyvärr, hade Asta Kroon sagt, så är det ofta så här i hyresfastigheter. Var och en sköter sitt, och man känner inte varandra.

Detta var i stort det som Eddie arbetade med, och förhören hade blivit många. Kanske borde man höra Daniel Skager mer ingående..

Annika var tillbaka på arbetet. Och så även Peter. De stötte samman i personalentrén där Annika stannat för att se om det fanns några nya anslag uppsatta.

”Hur är det?”

”Jo, det är hyfsat.” Han sa inte mer utan gick vidare och svängde av mot sitt rum.

Annika fortsatte ögna igenom lapparna på tavlan och såg ett nytt anslag som kommit upp. **”Vårspinning i källaren, onsdagar klockan 12.00, anmäl dig hos Hälsoinspiratören.”** Att de orkar, tänkte hon. Är det inte step up så är det pilates, och sen är det GI-metoden, kolhydrater och BMI. Hon nöjde sig med ett par långpromenader i veckan, i området där hon bodde, och ibland ett styrkepass i polishusets fyshall.

Annika gick bort till sitt rum. Hon såg att Peters dörr var stängd, men brydde sig inte. Han fick ta första steget om han ville prata.

Det fanns inget akut denna morgon. Annika tog vid där hon slutat hemma; kollade upp Gustav och 1929. Hon gick in i mantalsregistret och matade in namnet och årtalet. Alldeles för många träffar, naturligtvis. Hur många hette inte Gustav och var födda 1929! Hon matade in 290512. Även där fick hon ett oansenligt antal. Samma med 291205.

Hon började om från början och tog fram alla Gustav, födda 290512 och 291205, med bostadsort i Skåne. Antalet eliminerades sedan förra slagningen, men där fanns ändå massvis. Skit! Annika markerade godtyckligt ett av namnen, Tommy Gustav Jönsson boende i Skurup. Ja, vaddå? Det var kanske han som var pappa till Maria. Hur skulle man få veta det? Annika markerade en annan, Gustav Valter Mehlin med samma födelsesiffror, bosatt här i stan. Marias pappa? Visst, antagligen! Varför inte Gustav Arne Truedsson i Eslöv?

Nej, Annika förstod att detta var dö´fött. Hon plockade fram Maria Moréns telefonnummer och ringde. Maria svarade med sitt namn.

"Hej Maria, det är Annika Vester hos polisen."

"Jaha, hejsan… jag trodde det var Eddie Olsson igen, för jag har just pratat med honom."

"Jag ringer för egen del", förklarade Annika. "Jag har suttit och gjort lite slagningar på namnet Gustav och årtalet 1929. Men det är stört omöjligt när vi inte har något efternamn. Jag tänkte bara fråga om du kommit på något mer, minsta lilla ledtråd, om din pappa…?"

"Olsson hade samma fråga, men det är svårt. Mamma och jag hade så lite kontakt och det kändes inte alls som att hon var min mamma, snarare en avlägsen moster eller så. Det hade säkert varit annorlunda om vi umgåtts på ett normalt sätt, som mor och dotter, men det gick ibland år mellan träffarna."

"Trist", kommenterade Annika.

"Ja, jag vet att det låter märkligt, men det *var* verkligen så. Det går inte att hålla en relation levande om man glider isär som vi gjorde, under alla år."

"Jag minns inte om jag frågat tidigare, men när träffades ni senast?"

"Som jag sa till Olsson så var det när mamma fyllde femtio … för åtta år sedan. Hon var intagen på Psyket då. Jag och flickorna åkte dit. Mamma mådde mycket dåligt, så det gick inte att föra ett normalt samtal med henne. Inte heller roligt för flickorna att se sin mormor på det sättet."

Annika hummade.

"Att en människa kan gå ner sig så till den milda grad, för en karlslok", kom det forcerat från Maria. "Men måtte man bara få tag på honom. Om det nu är han, min pappa, som tagit livet av henne. Han hade inte behövt gå så långt. Han tog hennes liv för många år sedan."

"Kan det vara så enkelt att Gabriella hotat med att avslöja hans namn?"

"Du ställer samma frågor som Olsson. Ja, det är den enda förklaringen jag kan se. Att det ändå funnits någon slags kontakt mellan dem, att det

128

handlade om pengar. Hade det bara funnits något ... en enda liten detalj som poppat upp hos mig. Inte ens mormor kunde berätta för mig."

"Kunde inte, eller ville inte?" frågade Annika.

"Varken mormor eller Helge gjorde någon antydan till att vilja prata om det. De var mycket konservativa och speciella, men ... men mormor behandlade mig väl."

Annika avslutade samtalet efter noll i framgång. Hon hade just tänkt tanken att hon borde lägga detta åt sidan, när telefonen ringde. Det var Peter.

"Jag pratade med inre befäl. Man har hämtat Daniel Skager till förhör."

"Danne ... jaha, varför då?"

"Vet inte, men jag kan kolla runt lite om du vill."

"Jag gör det själv."

Annika förstod, det var ett spaningsmord man jobbade med. Det fanns inget konkret att ta på just nu. Hittade man ingen skäligen misstänkt inom trettio dagar efter mordet, var polismyndigheten ålagd att kontakta Rikskriminalpolisen för att aktivera ett uppdrag hos Nationella bedömandegruppen.

Och varför hade Daniel hämtats?

34

Annika gick ut till arrestintaget. Anders och Bosse höll på att skriva in Daniel Skager som satt på träbänken. Han såg trött ut, och skäggstubben från i fredags, på sjukhuset, hade tätnat. Kläderna var de samma.

"Jag fick inte ens duscha", sa Daniel och viftade med händerna. "Jag låg och sov, jag hade arbetat i natt … och så kommer dom här idioterna och väcker mig."

Annika kunde inte annat än känna visst medlidande med Daniel. Hon hade en svag aning om varför de plockat in honom. Det gällde antagligen Karl Bergström och hans sista ord i livet. Men att *dan* skulle betyda Daniel, var lite väl långsökt. Men visst, allt måste kontrolleras.

"Det löser sig", sa Annika till Daniel och gjorde en dämpande gest med handen när han tänkte resa sig.

Han sjönk tillbaka på bänken och tittade surt på Anders och Bosse.

"Ett rutinförhör bara", sa Annika. "Du blir hemskjutsad igen."

Daniel lade armarna i kors och skakade på huvudet.

"Det är ju sjukt, det här." Han tittade på Annika för att få medhåll. "Ska du höra mig?"

"Nej, det blir nog *proffsen*", svarade hon, med betoning. "Nu måste jag gå, vi hörs."

"Jag måste snacka med dig sen!" ropade Daniel efter henne.

Okej, mimade hon mot honom och lämnade arrestavdelningen.

Annika gick till inre befälet, Sture Nilsson, och frågade varför Daniel var hämtad. Det var åklagaren Christian Björfelts beslut efter att han tagit del av dokumenteringen från sjukhuset, angående Karl Bergströms död. Annika förstod att man kopplat samman de båda dödsfallen och Eddie arbetade tydligen snabbt och effektivt. Innan Annika lämnade Stures rum såg hon, på ett sideboard, ett papper som låg i en plastficka tillsammans med ett kuvert. En typisk pengainsamlingsmapp. Hon tittade på det, för att se om det var någon som gjort sig förtjänt av hennes tjuga.

"Insamling till Göte Rubin som ska gå i pension! Lägg 20 kronor och skriv ditt namn. Göte bjuder på kaffe och tårta torsdagen den 3 april."

Annika tittade på Sture. Han tittade tillbaka i samförstånd. På sitt eget, kryptiska sätt.

Just som Annika lämnade rummet ringde hennes mobil.

"Hallå syrran!" kvittrade en glad röst. Annikas fem år yngre syster, Kristina, i Falsterbo.

"Tjena, tjejen!" Annika glömde omedelbart Göte Rubin, och efter lite kärvänligt gnabb med barn- och barnbarnsredogörelser kom Kristina till saken.

"Ska du hänga med på Mama Mia i London?"

Annika gick in på sitt rum och stängde dörren. Det var inte ofta som systern kom med dylika förslag.

"London?" upprepade Annika med förvåning och intresse. Hon satte sig och tog en penna.

"Det blir inte förrän i september … kan väl vara kul, eller vad säger du?"

"Nej, det hade inte varit helt fel", medgav Annika.

"Det är inte så ofta vi träffas. Och du gillar ju Abba."

"Ja förvisso, det är härlig musik." Annika kände och visste att hon behövde avsätta lite mer tid för nöjen och kultur. Det hade varit segt med det de senaste två, tre åren, och hon visste egentligen inte varför.

"Du kan väl ta med dig någon", tipsade Kristina. "Har du nå´t … på gång?"

"På gång? Det frågade Klara häromdagen också. Nja, man vet aldrig…"

"Berätta, för Guds skull!" manade Kristina viskande.

Annika skrattade.

"Nej, jag har ingenting på gång, får jag hänga med till London ändå?"
Hon lät bedjande och det var Kristinas tur att skratta.

"Bra med resten av familjen?" undrade Annika.

"Ja, allt är bra och rullar på. Anneli skulle vilja träffa Klara. Om inte förr kan vi väl ses i sommar. Jag och Uffe kör upp några dagar efter midsommar."

"Absolut, det tycker jag. Då samlar jag ihop alla. Men beställ Londonresan. Jag följer med."

Annika knäppte på CD: n och sänkte volymen till mycket svagt. På sitt rum lyssnade hon gärna på Lars Roos´ pianomusik, både populär och klassisk, eller Zamfirs panflöjt, när hon arbetade. De var en lisa för själen och fick henne att gå ner i varv. Dan hade lärt henne tycka om de njutbara tonerna. Varje gång han köpte en Zamfir till sig själv, köpte han en till henne. Så de kunde lyssna på samma musik, på var sitt håll. Förr gav hon sig sällan tid att sitta ner, ha sin egen stund, göra ingenting. Vid andra tillfällen lyssnade hon på odödlige Elvis, eller Abba. Klaras pappa, Tore, hade alltid tyckt om dansbandsmusiken när de var unga, och visst, de hade varit ute mycket och dansat. Men var sak har sin tid. De hade utvecklats så olika; hon på sitt sätt och Tore på sitt. Slentrian, ett ord man gärna tog till för att urskulda sig, bli förlåten. Men det var ett bra ord just då.

35

Hon plockade fram ett större misshandels- och skadegörelseärende som skulle redovisas till åklagaren. Den misstänkte hade haft tio dagar på sig att läsa igenom utredningen. Han hade inte hört av sig inom utsatt tid och var därför ansedd som delgiven.

Misshandeln hade han förnekat, men erkänt skadegörelsen. Det fanns dock tre, av varandra oberoende, vittnen till misshandeln så den misstänkte skulle åka dit så det rök om det.

När förundersökningsprotokollet var klart signerade Annika det och drog ut fyra ex. Sen lämnade hon dem till tjejerna på expeditionen, för vidare befordran till åklagaren. Ett ärende mindre i Annikas hög.

Just som hon stängt CD:n och skulle gå till lunch stod Eddie i dörren med Daniel.

"Han vill prata med dig. Om vad, vet jag inte."

Det ska du inte bry dig om heller, tänkte Annika.

"Vad bra, kom in Daniel." Hon vände sig mot Eddie. "Är Daniel misstänkt för något?"

"Nej, han är bara hörd rent allmänt. Han är fri till att gå sen." Eddie lämnade dem, med händerna i byxfickorna och släpande skosulor.

Daniel kastade sin jacka på en stolsrygg. Han sjönk ner slarvigt i stolen intill, medan Annika satte sig mitt emot honom med korslagda armar.

"Jaha, varför är du egentligen här?"

Daniel skrattade till glädjelöst.

"För att någon idiot bestämt att jag ska väckas just när jag somnat efter ett nattpass!"

"Du bor ju granne med Karl Bergström, och det…"

"Dom sa att Kalle hade sagt mitt namn innan han dog."

”Då är det väl anledningen till att de ville prata med dig.”

Daniel rätade upp sig på stolen.

”Som om jag skulle haft ihjäl honom … dom är ju inte kloka, hur fan tänker dom?”

”Svär inte när du pratar med mig”, sa Annika vasst.

Daniel satte upp en handflata mot henne.

”Okej … ursäkta då.”

”Så, du har arbetat i natt?”

”Ja, det sa jag ju. Och sen måste jag sova … det är enkel matematik; uppe på natten, sova på dagen.”

Annika nickade med ett återhållet leende.

”Du sa i arresten att du ville prata med mig. Var det något speciellt?”

”Nej, det kändes bara taskigt att sitta där, på träbänken.”

”Mm, var det inget annat?” Hon studerade smilgropen i hans vänstra kind.

”Det var ju det som han Stefan, han på första våningen, hade hittat.”

”Jaha, Stefan i din trappa?”

”Han på första våningen.”

”Vad hade han hittat?”

”Jag berättade för den där Eddie Olsson att jag träffade Stefan, då, i går när jag kom hem från sjukhuset.

”Jaha?”

”Ja, han öppnade dörren när jag var på väg upp och frågade om jag hade hört smällen, då, kvällen innan.”

”När Karl Bergström blev påkörd?”

”Mm … men det hade jag inte gjort, jag tror att jag duschade då, innan jag skulle iväg till jobbet. Och så har jag ju inte min lägenhet åt gatan.”

”Ja, sen då?” Annika ville veta mer.

”Stefan sa att det hade varit en jävla smäll utanför hans fönster och när han öppnade balkongdörren … eller det är egentligen inte någon balkong, bara så man kan sätta ut en fot och så är där ett järnräcke … ja, du vet hur jag menar, va?”

”Det kallas för fransk balkong”, upplyste Annika om.

”Ja, och han såg att det låg en gubbe i snövallen och en sådan där rollator halvvägs ute i körbanan. Sen såg han en bil som backade därifrån med en jä … himla fart. Stefan sa att han ringde 112, och sen ville han inte lägga sig i det mer. Sen, nästa förmiddag, hittade han en glasbit innanför balkongräcket, alltså på den där lilla balkongen han har. Han visade det för mig.”

”Från en billampa?”, försökte Annika.

”Kanske.”

”Du har sagt detta till Eddie Olsson?”

”Ja, dom skulle visst hämta det hos Stefan.”

Annika visste att Eddie samarbetade med Ronny på trafikavdelningen, och gjorde vad han skulle. Hon tänkte inte lägga sig i det mer. Eller åtminstone försöka att inte göra det.

”Nu får du hem och sova igen.” Annika reste sig och lät Daniel gå före ut ur rummet. ”Du ska väl gå till din pappa i eftermiddag?” Hon sneglade på honom när de gick mot utgången.

”Det blir nog så”, svarade han och tog på jackan.

”Du brukar kanske sammanträffa med din mamma där?” Annika avvaktade.

”Dom är skilda”, sa Daniel utan omsvep. ”Hon bor i Kalmar och hon har besökt pappa några gånger sedan han blev sjuk. Dom är inte speciellt goda vänner.”

Annika släppte ut honom genom personalentrén.

”Trist, och jobbigt, det förstår jag.”

Hon kände sig totalt överrumplad över vad Daniel just sagt – att Dan skilt sig. Det visste hon inte. Han fällde upp kragen och stack händerna i jackfickorna. Han mötte hennes blick, något stadigare än förut. Annika kände att han blivit säkrare på sig själv i hennes närvaro.

”Det var väl för några år sedan, jag vet inte riktigt. Hon hade hittat gamla brev i en väska på vinden. Kärleksbrev från en kvinna.” Daniel stannade i steget och skrattade till.

”Kärleksbrev, kan du tänka dig det? Farsan förklarade – om man nu kan förklara en sådan sak – men vägrade tala om vem hon var. Morsan och han försökte väl reda ut så gott det gick, men hon tog ut skilsmässa. Och sen blev han sjuk. Fast jag tror hon hade velat skiljas långt innan.”

Annika trodde inte det var sant, det hon hörde. Dan hade också sparat breven! Hon fick stålsätta sig för att inte avslöja de kaotiska känslorna som kändes i varje por. Daniels rättframma avslöjande, rakt upp och ner. Hans sätt att titta på henne. Som om han visste. Men det visste han naturligtvis inte. Hon kände lättnad när han lämnade henne med ett *"hej då."* Åter igen förnam hon en svag aceton- eller tinnerlukt.

36

Han hade kört direkt till Banverket och förbi den nerlagda kvarnen, vid ån. Där bodde inte en enda människa och vid slutet på den för tillfället snöbelagda grusvägen fanns en ensam gatlykta som bara lyste upp sig själv. Vegetationen runt om var tät och snötyngd. Han var väl bevandrad i området och visste att där aldrig, eller mycket sällan, fanns folk. För flera decennier sedan brukade stans ungdomar hålla till där. De smygrökte och drack sprit, och lockade ofta med sig några bortkomna töser till platsen. Ja, han hade själv varit där många gånger, och kommit innanför trosorna på några av dem. Men efter olyckan, när två pojkar ramlat i kvarndammen och den ene drunknat, blev platsen helt avfolkad. Man kände inte längre för att hålla till där en kamrat hade dött. Med åren växte platsen i stort sett igen, och det var inget ställe folk besökte. Men den antika lyktan fanns kvar, och underhölls av en pensionerad kommunanställd.

Han visste inte varför han valt denna plats. Kanske för att han ville vara helt osynlig och visste att hit kom aldrig någon.

Det var kallt. Med ficklampans hjälp undersökte han hela frampartiet på bilen, bit för bit och mycket noggrant. Metallisten satt hjälpligt kvar på ett par ställen på gummispoilern. I den intryckta grillen, som var packad med snö, satt något. Han drog fram en brun vante. En svag obehagskänsla svepte genom hans hjärna. Han tittade på vanten några sekunder och slängde ner den i en stor, dubbel plastkasse. Därefter plockade han fram ett bräckjärn och bröt bort hela listen från spoilern.

Han sjönk ner på knä och i ficklampans sken skruvade han bort den skadade registreringsskylten. Den hamnade i plastkassen tillsammans med vanten och den hoptryckta metallisten. När han tagit sig upp på fötter krafsade han runt i snön och lyckades hitta en större stenbumling. Den stoppade han också i kassen. Fy fan, vad kallt. Han började bli stel om fingrarna. Innan han knöt ihop plasthandtagen slet han av sig plasthandskarna och lät dem följa med. Han tog på sina fodrade handskar som låg i baksätet.

Han visste var den smala stigen fanns, som ledde ner till ån. Med platskassen i handen pulsade han genom snön. Där var tungt att gå och han blev andfådd. En kraftigt duns hördes när plastkassen landade i mörkret. Han lyste med ficklampan mot föremålet han med möda kastat ifrån sig. Is på ån. Det borde han ha förstått. Han svor en ramsa och pulsade tillbaka till bilen. Så mycket besvär för något som kunde ha gjorts enklare. Men det var kaos inom honom, och det fanns inga rationella tankar. Bland verktygen i bagaget fann han en mindre yxa. Han tog sig tillbaka till ån och upptäckte att det gick ganska lätt att hugga upp isen invid kanten. Några minuter senare sänkte han plastkassen i isvaken.

Han höll andan och tittade på hålet i isen. Några bubblor sökte sig uppåt, men snart var vattenytan lugn igen. Han lyste sig tillbaka till bilen, backade, vände och körde sakta därifrån. När han kom hem gick han in på Transportstyrelsens hemsida och beställde en ny registreringsskylt.

37

På sitt typiska sätt, med båda händerna i byxfickorna, stod Peter i dörren till Annikas rum. Han såg fräschare ut än några dagar tidigare och hade en ny, svart tröja med en grå t-shirt under.

"Snyggt va? Pia som handlat. Postorder." Han skrattade till, men blev sedan allvarlig.

"Vad är det?" Hon tittade frågande på honom.

Han sökte efter orden och skakade sakta på huvudet.

"Jamen, vad är det då?" Annika ställde sig nära honom.

Peter hade fortfarande händerna i byxfickorna.

"Pia är gravid igen", sa han med en suck som kom långt nerifrån magen.

Annika kunde inte läsa av hans ansikte, och visste inte vilket gensvar han ville ha.

"Jaha … och det känns bra?" försökte hon och höjde ögonbrynen.

Peter skakade åter på huvudet.

"Jag vet fanimej inte … jag vet inte ens om ungen är min."

Herre Gud, tänkte Annika, naturligtvis.

"Barnet, heter det."

"Va?"

"Barnet … inte *ungen*", upprepade Annika.

"Ja, ja …" Han tog ett steg in i rummet. Annika släppte honom inte med blicken.

"Det var du som kom till mig … du får gärna prata. Du har själv berättat att Pia varit otrogen, eller hur?"

Peter nickade.

"Jag måste ju för fan snacka med någon."

”Jamen snacka då, du vet att jag lyssnar. Vad säger Pia?”

”Hon vet inte om hon orkar en gång till.” Peter skrattade uppgivet. ”Och så säger hon att hon inte låg med honom … den där andre.”

”Vad menar hon då med att hon varit otrogen?”

”Dom träffades, kramades, kysstes … inget mer. Ja, det kallar hon också otrohet.”

”Litar du på henne? Jag menar, det är ju omänskligt att gå igenom en graviditet och inte veta säkert vem som är pappa till barnet.”

Peter nickade upprepade gånger.

”Självklart. Det skulle vara olidligt.”

”Ja, men ni känner varandra utan och innan och det är du som bestämmer om du ska lita på henne. Det är det viktigaste, innan ni börjar glädjas.”

”Mm, det är väl så, vi får se hur det blir. Nej, nu får jag fortsätta med mitt.”

”Peter…”

Han tittade på henne.

”Pia får gärna ringa om hon vill. Och du, kolla upp vilka tabletter hon ätit. Jag hoppas verkligen jag kan säga grattis till er.”

Annika ringde till Klara. Det var Måns som svarade och han frågade genast när hon skulle komma och om hon hade satt in några bovar i fängelset. Annika skrattade och skojade med den lille och sedan växlade hon några ord med Klara. En spontan kontakt, höra att allt var bra. Klara skulle hälsa på sin mormor och morfar på eftermiddagen, med Liv och Måns. Annika uppskattade det.

Efter den försenade lunchen sorterade Annika post som Tina lagt på skrivbordet. Analysbesked i narkotikaärenden, ett par ersättningskrav från målsägare, internpost med kommenderingar och nyanställningar, ja, lite av varje. Därefter höll hon ett vittnesförhör på telefon, skrev ner för hand, läste upp det för den hörde och skrev sedan in det i ärendet på datorn.

Annika kunde inte helt släppa namnet Gustav och alla siffrorna. Det kändes kryptiskt på något vis. Hon skrev namnet på blocket framför sig. GUSTAV V 1929, stod det på mynten. Och så fanns det 12 stycken. Det slog henne att den romerska femman inte behövde vara en femma, kanske ett vanligt V. Men hon var övertygad om att årtalet var det år som Gustav var född. Hon fortsatte plocka och vända och vrida på siffrorna, men gav upp klockan tre, tog en snabbfika och gick sen ner i fyshallen. Hon behövde jobba bort sin frustration. Även om det tog emot.

38

På kvällen plockade Annika fram breven igen. Hon satt med ryggen mot tvättmaskinen och läste högt för sig själv. Orden blev levande och verkliga. Hon kunde höra honom säga dem, se honom framför sig när han med mjuka handrörelser skrev dem, direkt från hjärtat. Hans blonda kalufs, de leende, ärliga ögonen, skrattgropen i ena kinden, hans varliga, manliga händer. Fyra år, de bästa kärleksåren i hennes liv. Något hon inte kunde hjälpa ha hänt. Inte rå för. Kärleken går inte att styra. Och nu var han svårt sjuk.

Det kändes som om en hand knöt sig kring hjärtat och kramade till. En pulserande förtvivlan kändes i halsgropen. Små kvävande ljud undslapp henne. Var det detta som kallas ångest? Den känslan man inte kan beskriva förrän man själv upplever den? Hon lutade sig bakåt, pressade bakhuvudet mot tvättmaskinen och grät hejdlöst.

Den följande veckan gjorde Annika inget annat än skötte sitt ordinarie jobb. Ställde sig i ledet, så att säga. Solen hade vaknat till liv och snön började tina det frusna. Genast tittade vintergäcken fram i rabatten vid personalentrén. De nikotinberoende, som trotsat snö och kyla, tog nu lite längre rökpauser och såg mer avslappnade ut. Vinterstövlar byttes mot skor, även om det var vått och sörjigt efter smältvattnet. Våren var välkommen och det var påsk om drygt tre veckor.

Annika hade ältat fram och tillbaka, för sig själv, om det var vettigt att besöka Dan på sjukhuset. Hon visste inte hur pass sjuk han var och kände det var fel att tränga sig in i hans liv efter alla år. Tänk om hon stötte ihop med Daniel. Hur skulle hon förklara varför hon besökte hans pappa? Och om före detta hustrun kom samtidigt? Nej, det var orätt, även om hon hade en svidande känsla av att vilja återse honom, kanske få en naturlig förklaring till varför hans telefonsamtal upphörde. Även om hennes undran inte upptog tankarna varje dag -eller ens varje vecka- fanns de där. Och nu hade hans son, Daniel, kommit i hennes väg.

Annika ringde till Rolf. Det var inte mycket man fått fram när det gällde glasbiten innanför Stefan Janssons balkongräcke.

"Troligtvis blinkersen på en Saab", sa han. "Vi har kollat runt hos de flesta bilmekare och märkesverkstäder, men ingen har haft något sådant glasbyte den senaste veckan"

"Nej, sådan tur har vi väl inte. Men jag kan inte släppa hela den här historien. Jag är övertygad om att bilolyckan har ett samband med mordet." Annika kände att det snart måste komma en öppning. Något måste ske. Rolf hörde hennes frustration.

"De jobbar dagligen med det, men har troligtvis kört fast. Gubben Bergström hade bara *en* vante på sig – den andra är helt väck. Man tinade all snön runt omkring där han blev påkörd. Ingen vante hittades, men däremot blinkersglas från en Saab."

"Då vet man åtminstone bilmärket. Hade man bara fått tag på dåren… Inget i Gabriellaärendet heller?"

"Vi har hittat bra fingrar på flera av sedlarna från bankfacket, men ingen träff i registret. Han kan vara straffad tidigare, men i så fall för lindrigare brott som inte krävt daktning (daktyloskopering = signalementsupptagning genom fingeravtryck och fotografering)."

"Men varför öppnade hon för mördaren? Det finns ju ett tittöga i dörren."

"Det sitter för högt för hennes 160 centimeter. Antagligen fanns det där redan när hon flyttade in."

"Aha, det har jag förbisett", svarade Annika. "Men det här ska vi lösa … sjutton också om vi inte ska lösa det! Det får inte ligga som ett oppklarat spaningsmord. Nej, vi får ha lite lunch nu."

Hon bet sig i tungan, det lät nästan som en invit när hon sa *vi*, men Rolf hade redan nappat.

"Ska vi gå bort till China House och ta en buffé?"

"Varför inte?" Annika tyckte det lät bra. Hon hade inte ätit kinamat på månader och fick ett plötsligt sug efter friterat.

Maten smakade bra. Det var en avslappnad stämning mellan dem och Annika tyckte det kändes bra att prata om annat än jobbet. Kanske blev det automatiskt så när man kom på en neutral plats.

"Vad gör dina ungar nu?" frågade hon.

"Micke arbetar som datakonsult, som alla andra naturligtvis, och Fidde går som väktare. Han har för sig att söka till Polishögskolan nästa år. Fast jag har avrått honom."

Annika skrattade.

"Klart han ska gå i pappas fotspår! Inga barnbarn på gång?"

Nu skrattade Rolf. Annika betraktade honom. Han var sextiett och skild sedan några år tillbaka. Hon tyckte han såg likadan ut som för drygt tjugo år sen. Lite högre hårfäste, ålderns fåror i kinderna. Snygg? Njae, inte som Richard Gere eller Steven Seagal, men ändå manlig och med ett vinnande sätt. Charmig? Absolut! Snygga tänder också, för den delen. Något gjorde att han kändes trygg. Ja, han kunde mycket väl motsvara hennes krav. För krav hade hon. Numera.

"Nej, det dröjer nog. Dom är lite för ombytliga och kanske för unga."

"Va? Jovisst." Annikas tankar flackade. Ombytliga, tänkte hon. Du själv då? Korridorsnacket gick ibland om Rolfs kvinnor – dock aldrig någon i polishuset.

"Jag menar inte för unga för tjejer, men kanske lite tidigt med barn", rättade han.

Det var tyst en stund medan de åt.

"Tänker du gå i förtid?"

Det blev jobbsnack ändå! Annika förbannade sig själv.

Han svalde en klunk lättöl och satte ner glaset.

"Nej, det tror jag inte. Jag gillar ju jobbet, och va fan, gå hemma när man är fullt frisk." Han nickade mot henne. "Du själv då? Du har väl några år kvar. Har du fyllt fyrti?" Han tittade på henne ovanför glasögonen.

"Till hösten", skrattade hon som en tonåring och lade ner besticken. "Nej, jag har väl tio år kvar att jobba. I sämsta fall. Får se om arbetsgivaren kommer med något frestande erbjudande. Då kanske man överväger."

"Ja, pengar måste man ha."

Det blev tyst några sekunder. Rolf pekade mot buffébordet och höjde ögonbrynen.

"En sväng till?"

Annika småskrattade för sig själv när hon skiljts från Rolf i korridoren. Hon drog ner blixtlåset i jackan och gick med snabba steg till sitt rum. Kändes ovant och lätt med skor efter så många stövelmånader. Jackan hade sin plats bakom dörren. När hon tryckt ner sin rutiga halsduk i ena ärmen ställde hon sig framför den lilla ovala spegeln, på väggen intill bokhyllan.

Rodnaden på kinderna hade inte kommit av kylan i dag. Hon såg sig stint i ögonen, grimaserade och lade pekfingrarna på tinningarna. Sen stramade hon huden snett uppåt så att de trådfina rynkorna slätades ut. Vaddå, tänkte hon, jag har själv skrattat ihop dom. Hon lyfte den rufsiga luggen. Jaha, tre millimeters utväxt. Dags för färg. Annika lade händerna på de varma kinderna. Den där glimten i ögat. Han hade banne mig flörtat!

39

Annika tryckte på mobilen som varit avstängd under lunchen. Ett pip meddelade att någon ringt henne. Av någon anledning kände hon igen Daniel Skagers nummer. Hon knappade in siffrorna.

"Bussigt att du ringer", sa han. "Jag vet inte varför jag ringde dig … men … men jag är på väg till pappa … på sjukhuset."

Det började pulsera mitt uppe i huvudet på Annika och en kvävande ångestkänsla fick grepp om henne.

"Ja, har det hänt något?" Hon försökte låta normal.

"Han är sämre … riktigt dålig … och jag tycker det känns jobbigt … lite skrämmande."

"Och…?" Annika väntade ut honom.

"Ja … kan du inte följa med upp där?"

Annika tvekade inte.

"Klart jag kan, ska vi träffas vid cafeterian?"

Annika meddelade Sture Nilsson att hon blivit kallad till en sjuk anhörig och fick klartecken att gå. Hon slet åt sig jackan och väskan och halvsprang bort till sin bil.

"Har han blivit mycket sämre?" Annika lade sin hand på Daniels rygg och gick med honom till hissen.

"Mm", nickade han. Inne i hissen vände han sig urskuldande till henne.

"Hoppas du inte tog illa upp, men det … jag hade…"

Han ryckte uppgivet på axlarna.

"Du hade ingen annan att ringa till", fyllde Annika i. "Din mamma då? Du har väl ringt till henne?"

Han nickade.

”Hon är på Kanarieöarna med en väninna. Pappas bror, och kanske hans fru, åker tåget ner från Östersund … dom är inte här förrän senare.”

Det var Annikas tur att nicka.

”Han är så pass dålig, alltså? Det gjorde inget att du ringde. Vi har ju pratat om din pappa tidigare, och vi har pratat om annat.” *Tack för att du ringde*, ville hon skrika rakt ut när minnesbilderna och de otillåtna åren med Dan passerade förbi.

Hissen stannade och dörrarna gled isär. Två undersköterskor trängde sig förbi och ut. Annika gick efter Daniel bort till avdelningen. Hon stod några meter ifrån när han pratade med en sköterska. Sköterskan tittade förbi Daniels axel, bort mot Annika. Hon sade något till honom och han vände sig om.

”Vi kan gå in till honom”, sa han lågmält.

Annika gick bort till Daniel och mötte samtidigt sköterskans blick.

”Är det … är han…?”

”Han har inte långt kvar. Han är i stort sett medvetslös, men ni kan sitta hos honom.”

”Har han ont?” Annika var stadig på rösten.

”Nej, han har fått mycket morfin, han visar inga tecken på smärta.”

Daniel vände sig mot Annika. Han andades djupt och högt.

”Jag vill att du går med in … jag är inte van vid sådant här…”

Den sötaktiga lukten i rummet var kväljande. Ljuslila, tunna gardiner rörde sig svagt över ventilationen i fönsterkarmarna. Annika svalde undan saliv ett par gånger och lade sin hand på Daniels arm. Han tittade på henne och under tystnad hängde de av sina jackor. Där fanns två trästolar med kromade ben; en vid varje sida om sängen.

Daniel satte sig på stolen till höger om pappan. Annika tog ett steg mot tvättstället och vaskade av händerna. Sen ställde hon sig bakom Daniel. På sängbordet fanns en plastmugg med röd saft och sugrör, och några pappershanddukar. I en vas stod fem rosa, halvvissna nejlikor och bredvid låg ett armbandsur. Den bruna läderremmen var sliten och missfärgad.

Annika hade sett många döda människor under åren som polis. På olycksplatser och i hem. Och i sjukhusets kylrum när hon fäste namnetiketter på avlidnas stela, missfärgade och kalla handleder. Hon tålde det mer när hon var yngre även om hon då också kände ett visst obehag över att åka hissen ner i källaren där obduktionssalen fanns. Lukten i kylrummet var inte angenäm. De döda låg i rad på metallbårar, i väntan på att få komma i jord. Kropparna var täckta med vita lakan, här och var stack en fot eller en arm fram. Mest reagerade hon när konturerna på lakanet visade en människa som inte var mer än en meter lång.

Syrgasmasken över Dans näsa och mun var immig. Ett svagt rosslande hördes vid de oregelbundna andetagen. Lakanet låg uppdraget över bröstkorgen och armarna vilade längs sidorna, med fingrarna lätt böjda.

Daniel tog hans blåa, syrefattiga hand i sin och kramade den lätt. Annikas blick var fastnaglad vid det vaxgula ansiktet med insjunkna kinder. Gropen i kinden syntes inte.

Men hon såg inte den bisarra verkligheten. Hon såg en leende solbränd och brunögd man. Hon såg den envisa, ljusa locken i pannan som hon så många gånger snurrat runt sitt finger. Hon såg örsnibbarna som hon nafsat i och masserat med tummen och pekfingret.

Annika lade händerna på Daniels axlar och böjde sig mot hans kind.

”Tala med honom, Daniel”, sa hon. ”Tala med din pappa, hörseln är det sista som lämnar honom.”

Daniel hasade stolen närmare sängen.

”Vad ska jag säga?” viskade han oroligt, utan att titta på Annika.

”Säg att du är här hos honom, tryck hans hand, säg att du håller hans hand, säg att han inte är ensam. Säg vad som faller dig in.” *Säg att Annika är här*, tänkte hon med förtvivlan i muskeln innanför revbenen.

Daniel böjde sig mot pappans kind. Nära hans öra sa han det som Annika sagt, och sen flödade orden av sig självt med en röst som blev tjockare och tjockare. Samtidigt kramade han pappans hand hårt.

Annika tog ett steg fram mot sängbordet och tryckte på en knapp. Strax därpå öppnade en sköterska dörren. Annika gick bort till henne.

”Kan vi på något sätt få in en CD-spelare här?” sa hon lågt.

Sköterskan nickade och gick iväg. Ett par minuter senare kom hon tillbaka med en mindre bärbar radio med CD-spelare och lämnade den till Annika. Hon pluggade in spelaren i ett eluttag ovanför huvudändan på sängen och satte den på sängbordet. Sen plockade hon fram skivan från väskan. Skivan som hon av någon anledning burit med sig de senaste dagarna. Hon tog den ur plastfodralet och lade den i spelaren.

Daniel tittade med glansiga ögon på Annika. Hon tryckte på "play" och satte sig på motsatta sidan av sängen.

"Får jag hålla honom i andra handen?" Hon visste inte om Daniel uppfattade det svaga darret på rösten.

Han nickade samtidigt som de milda panflöjtstonerna slingrade sig ut och fyllde rummet.

De satt där länge. På var sin sida om mannen som betytt mycket för dem båda. På olika sätt. De satt där när slutet kom, och de sista tonerna ebbade ut.

Daniel tryckte pappans handflata mot sin mun. Han försökte inte kväva gråten, men lät den stanna i handen. Annika reste sig. Hon ville nudda med sina läppar mot Dans panna, men lät bli. Hon nöjde sig med att trycka hans hand. Sen släppte hon sakta och masserande finger efter finger, vände far och son ryggen och ställde sig vid fönstret. Hon lade händerna på ventilationsöppningarna och kände hur den svala luften sökte sig upp över armarna. När hon försökte kväva gråten var det som om strupen snördes samman. Hon drog efter andan men fick inte luft. Det dunkade i ena tinningen. Hon vände sig mot Daniel som fört upp Dans hand mot sin kind, och gick snabbt in på toaletten. När hon spolat och öppnat vattenkranen lutade hon sig över tvättfatet och stirrade på sig själv i spegeln. Hon öppnade munnen och släppte ut förtvivlan.

40

Det bestämdes att Dan skulle ligga kvar på rummet tills hans bror och svägerska varit där och tagit farväl. Daniel hade ringt sin farbror, som var på väg, och sen suttit ensam hos sin pappa en halvtimme. Annika och Daniel hade lämnat sjukhuset tillsammans.

"Cyklade du hit?"

"Nej, jag gick. Någon har snott min cykel." Daniel hade tummarna nerkörda i jeansfickorna. Trots den varma jackan så huttrade han och skakade tänder.

"Snott? Utanför huset? Då kan du åka med mig till stan. Ska vi ta en fika någonstans? Jag tycker inte du ska vara ensam just nu." I detta ögonblicket kände hon sig som allt annat än polis.

"Vi kan fika, men sen sticker jag hem och sover en stund. Jag ska jobba i natt."

"Är det vettigt, tycker du? Att jobba i natt, menar jag?"

"Hellre det än att ligga och tänka."

De kom fram till Annikas bil och satte sig in i den.

"Då ligger väl Göran och hans fru över hos dig?"

Daniel tittade på Annika. Hon skulle ha kunnat bita tungan av sig. Fan, fan, fan!

"Kanske kommer Göran ensam. Det är lite strul i deras förhållande, så jag vet inte. Men vi ska träffas i pappas hus, ikväll. Han ringer mig på mobilen. Förresten, hur vet du att pappas bror heter Göran?"

"Jamen, det sa du väl innan … jo, det sa du nog…" Gud, vad dumt det lät. Hon visste att Dans bror hette Göran och nu hade hon i hastigheten låtit orden snubbla över tungan.

Hon startade och lämnade sjukhusparkeringen.

150

"Vi kan ta en kopp kaffe hemma hos mig i stället", sa Daniel när de kommit in i centrum.

"Om du har tid, och så är det lättare med parkering vid parken."

"Okej, vi gör så", svarade Annika.

Det hade gått ett par veckor sedan hon var i fastigheten på Norra Boulevarden. Parkeringsrutan, där hon höll det första förhöret med Daniel, var ledig. Snödrivorna hade smält utanför husen och längs med trottoaren. Daniel öppnade dörren till trapphuset.

"Vill du gå eller åka hiss?"

"Vi går, motion är aldrig fel."

Annika studerade dörrarna som de passerade på väg upp. Hon kände igen namnen och på tredje våningen kunde man inte ana att två hyresgäster blivit mördade där. Uppkomna till fjärde tittade Annika på Agustssons dörr, intill Daniels. Han öppnade till sin lägenhet och klev in före henne.

Lukten i Daniels lägenhet slog emot henne. Han tände i hallen och köket. Hon kunde inte hålla sig längre.

"Vad är det här luktar?"

"Häng av dig", sa han och tog av sin egen jacka och lade på en stol. "Jag sätter på kaffe, du kan ju slå dig ner i vardagsrummet."

Hon undrade om han hade något kaffebröd hemma.

Medan Daniel skramlade med kaffemuggar och skedar gick Annika in i det kombinerade vardags- och TV-rummet. Det omedelbara intrycket var att där såg rent ut. Inte uppställt med kläder och prylar, som kan förväntas hos en ungkarl. Varje sak på sin plats. En hörnsoffa i oxblod och ett soffbord i ek. Gedigna saker. Inga dukar, askfat eller cigarettändare, men däremot ett litet glas och en flaska Drambuie – som hon själv gärna smuttade på vid rätt tillfälle. Bokhyllan var välfylld. John Grisham, Michael Connelly, Stieg Larssons Millenniumserie, Mankell. Även en bok av Tobias Barkman, som skrev om autentiska, lösta mordfall i Kristianstad. Inga svåra eller sega böcker. Raskt tempo. Deckarförfattare som hon själv läste.

Där fanns även ett par familjefoton. Pappa, mamma och en liten pojke på en strand. En äldre Daniel och pappa på besök i ett tavelgalleri. "Skagens Museum", gick att läsa.

Daniel kom med två muggar kaffe och några Singoallakex i sin förpackning.

"Jag läser inte så värst mycket." Han nickade mot bokhyllan när han såg att hon studerade bokryggarna. "Det var pappas böcker. Han gav mig dem för flera månader sedan."

Hon satte sig i soffan, medan Daniel slog sig ner i en amerikainspirerad reclainerfåtölj på andra sidan bordet. Hela han verkade utmattad. Han tog korken ur flaskan och hällde upp i glaset.

"Hur känns det?" undrade Annika.

"Jag slutade röka förra veckan, för pappas skull. Jag lovade honom. Så jag får väl börja dricka lite mer istället." Daniel höjde glaset och svepte innehållet. Han hällde upp en till.

"Du vill väl inte ha?" frågade han och tömde den också.

Hon satte upp handen och log mot honom.

"Jag gillar Drambuie – inte för sött, inte för starkt – och inte i dag."

En naturlig tystnad rådde en minut. Hon lät blicken gå runt i rummet.

"Jag vet inte hur det känns. Konstigt när jag tänker på att han är borta … död … det är så slutgiltigt … att jag inte ska träffa honom mer." Han sträckte sig och lirkade två kex ur paketet.

Annika satte ner kaffemuggen.

"Mm, och det kommer säkert att kännas ännu konstigare om ett par veckor, när du inser att han verkligen är borta."

Daniel hällde upp ett tredje glas. Det blev åter tyst.

"Vad är det som känns så skarpt? Kan du verkligen sova i denna lukten?"

Annika upprepade sin tidigare fråga som hon inte fått svar på. Daniel tog sig upp ur fåtöljen, gick bort och drog undan draperiet. Bakom fanns en dörr som han öppnade. Annika vände sig mot rummet.

"Oj, då!" Hon reste sig och tog ett par steg mot dörröppningen. En ateljé. En fullt utrustad målarateljé. Äntligen kunde hon sätta namn på lukten; terpentin!

"Herre Gud, varför har du inte sagt att du målar." Hon gick in i rummet.

Daniel ryckte på axlarna.

"Inget märkligt med det, jag har kluddat och målat sedan jag var liten."

Annika tittade på målningarna som hängde tätt på alla väggarna. De var fantastiska i hennes ögon.

"Jag målar djur och natur. Som alla andra målarkluddar."

"Men de är ju bra ... riktigt bra. Och då menar jag verkligen bra. Jag är absolut ingen konstkännare men har lite näsa för konst."

Daniel nickade mot ena kortväggen.

"Jag gillar Skagenmotiven. Det är fina grejer."

Där var du flera gånger när du var liten, sa Annika inom sig.

"Hela familjen brukade åka dit när jag var barn och tonåring. Vi hyrde en liten omodern stuga flera somrar."

Det vet jag!

"Pappa målade till husbehov och han gillade platsen så mycket att han ville heta Skagen. Men det blev Skager istället." Han log vemodigt mot henne.

"Flera gånger åkte bara han och jag dit. Han var verkligen en närvarande pappa att umgås med. Schysst på alla sätt. Jag tänker på det mer nu än när jag var yngre."

Annika nickade, fullt förstående.

"Han var en sådan som ... ja, hur ska jag uttrycka det... "

Daniel gjorde små gester med händerna, som om han sökte förklarande ord.

"Han ställde upp för alla ... till och med när han var sjuk."

"Har du hört ordspråket *"When you're drowning, you don't stop to teach somebody else how to swim"*? frågade Annika.

Daniel funderade till en stund.

"Nej, men exakt så var han ... precis så." För en sekund glimtade det till i hans ögon.

Burspråket tjänade som takfönstret i en vindsvåning och ljuset föll på en halvfärdig målning på staffliet. Annika tittade på Daniel.

"Dina föräldrar måste ha varit stolta över dig."

"Pappa har alltid uppmuntrat mig. Jag kan nog säga att han var estet. Han lade märke till saker som ingen annan såg, och kunde förklara allt jag inte förstod. Natur och musik och böcker var hans avkoppling."

Åh Daniel, jag vet, jag vet! Hon ville fråga så mycket om Dan men visste att det var en omöjlighet just nu. Hon mindes alla naturupplevelser de haft, alla fikastunder i skogen, hans leende när hon varje gång bredde ut den rutiga duken, solen som glittrade när hon låg på rygg och tittade mot trädtopparna, hans händer som omsorgsfullt smekte utan att vara pockande, hans mjuka läppar, de envisa myggen…

41

Efter att Annika förvissat sig om att Daniel kunde vara ensam – han garanterade att det inte var några problem – och med överenskommelsen att han fick ringa henne om han ville prata, lämnade hon honom med ett fast handslag. Ingen spontan kram – hon kände att hon måste vara tjänsteman just nu.

I entrédörren mötte hon paret Vera och Wilhelm Agustsson som var på väg in i trapphuset. Annika nickade och höll upp dörren.

"Har det hänt något mer här i huset", frågade Vera som tydligen kände igen Annika. Rösten var gäll och entonig, helt befriad från vanligt hyfs.

Wilhelm nickade tillbaka mot Annika och passerade bakom hustruns rygg. Han tryckte ner hissen.

"Nej då, det räcker väl med det som redan hänt", svarade Annika och drog upp blixtlåsen på jackan.

"Man har naturligtvis inte fått tag på mördaren."

Annika tolkade Veras konstaterande som en fråga.

"Nej, varken Gabriellas eller Karls mördare, men vi är på god väg. Det är bara ett par detaljer som saknas." Annika visste inte varför hon hetsade Vera.

"Jasså, det står det inget om i tidningen", kom det vasst från henne.

Annika förstod att den äldre damen höll på att spricka av nyfikenhet.

"Nej, det är av utredningstekniska skäl", svarade hon professionellt. "Polisen går inte ut med saker som kan vara till gagn för mördaren. Så är det ju."

I detsamma gnisslade hissen till bredvid dem. Wilhelm öppnade gallergrinden.

"Ska du åka med, nyheterna börjar snart."

Vera svepte sin bruna, uppknäppta kappa omlott och gick förbi Annika med hopknipen mun.

"Ha en trevlig kväll", tillönskade Annika.

Veras ena mungipa åkte upp, men hon log inte.

Den silvergrå Saaben stod nästan kloss i kloss med Annikas bil. Det var inte många centimeter till hennes dragkrok. Men ingen skada skedd. Hon läste registreringsskylten: DAN 853. Ironiskt, tänkte hon. Högt för sig själv sade hon David Adam Niklas åtta fem tre. Hon kunde inte låta bli att bokstavera registreringsnummer, var hon än befann sig. Ytterligare en form av yrkesskada, eller sviter från Polishögskolan.

Då hade hon haft en mycket arrogant lärare i ämnet Förbindelsetjänst. Stig Ström hette han, var omkring femtio och tyckte inte om kvinnliga poliser. Annika fick underkänt på slutprovet i Stigs ämne. Underkänt för att hon missade två frågor. Den ena kunde hon inte, och den andra gav hon felaktigt svar på. Hon skrev FREDRIK istället för FILIP, när det gällde bokstaven F i namnsystemet för alfabetet. Hon fick göra om hela provet och när Stig senare gav henne det godkända resultatet upplyste han henne om att hon var sämst av terminens 220 elever i hans ämne. *Kiss my ass*, mimade hon när Stig vände ryggen till. En annan gång hade hon, på Stigs lektion, tuggat tuggummi. Inte intensivt eller ljudligt, bara haft det i munnen efter att ha glömt spotta ut efter rasten. Stig sa inget men kom bort och la ett papper, innehållande skolans ordningsregler, på bordet framför henne! *Gubbe,* tänkte hon. På den tiden hade man ännu inte börjat tillämpa långfingret.

Annika parkerade på sin uppfart. Det hade åter igen varit en lång dag och det bultade i tinningen. David Adam Niklas, David Adam Niklas, kunde hon inte låta bli att säga. Hon kom in i hallen, tände, hängde av jacka och halsduk, kastade väskan på en stol och sparkade av sig skorna. Efter ett riktigt varmt snabbad micrade hon en kopp citronte och sjönk ner i soffan, invirad i sin hellånga, vinröda plyschmorgonrock. Omodern men skön.

David Adam Niklas, DAN. Det hade nästan blivit för mycket för henne idag. Hade hon verkligen varit med om allt detta? Hade hon suttit vid Dans dödbädd och sett honom somna in? Hade hon suttit och fikat med sonen han så ofta pratat om? Det kunde inte hjälpas, men det förflutna var påtagligt. Och borde vara slut för gott.

Tankarna följde henne i sängen och de två senaste veckornas händelser spelades upp gång på gång. Klockradions röda neonsiffror på sängbordet lyste ilsket. Hon brukade vanligtvis inte lyssna på Karlavagnen – stod inte ut med Lisa Syréns gulligullgull – men ställde nu radion på en halvtimme i tron att hon skulle somna av malandet. Radion tystnade klockan tjugotre och tolv. Mitt i "För att du finns" med Sonja Aldén. Det var omöjligt att somna. Efter ytterligare tio minuter knäppte hon till radion igen och hamnade i ett samtal mellan Lisa Syrén och en kvinna som blivit rullstolsbunden efter att ha blivit påkörd av en rattfyllerist. Hon var nästan död när hon hittades flera timmar senare. När kvinnan berättade att bilföraren smet efter olyckan kom Karl Bergström upp i huvudet på Annika. Hon lyssnade klart på kvinnans berättelse samtidigt som olika tankar formades i huvudet.

Var man fel ute? Hade man tänkt i fel banor? Var det helt enkelt en rattfylla som mejat ner Karl Bergström och kört därifrån i panik? Vad betydde Karls sista ord, som sköterskan uppfattat som *dan*? Daniel hade upprörd frågat om man misstänkte honom för att ha kört ihjäl Karl.

Annika blev med ens klarvaken. Hon svängde benen över sängkanten, satt en stund och stirrade på de nerfällda persiennerna och lät blodet fördela sig i kroppen. Hon klev i morgontofflorna och sen huttrande in i morgonrocken.

DAN –var det bilens registreringsskylt som Karl fick på näthinnan innan han blev medvetslös? Snön, svarta siffror på vit bakgrund. Svart och vitt, tydliga kontraster. Här var det ingenting att be för. Annika satte sig vid köksbordet med den sladdlösa telefonen. Hon tryckte fyrkant 31 fyrkant, för att hennes nummer skulle visas som anonymt, och sedan 11414. Hon bad att få bli kopplad till polisen i Malmö eller Lund. En stund senare fick hon kontakt.

"Ursäkta den sena timmen, men jag skulle bli tacksam om ni kan hjälpa mig med en ägarfråga (ups, det där var lite för polisiärt) ... vem som äger en viss bil?"

"Varför vill ni veta de´?" lät en skånsk, släpig och föga tillmötesgående röst.

157

"Bilen har parkerat framför min garageuppfart."

Annika visste att det inte fanns någon sekretess. Hon hade rätt att få veta.

"Kan ni inte parkera på gatan i natt?"

Herre Gud, människa, slå en ägarfråga!

"Där står fullt med bilar."

"Det är inte säkert ni får tag på bilägaren nu ... han är kanske på besök i området."

Trilskades han, eller vad?

"Men det blir ju mitt problem, eller hur?"

"Visst, men så här dags..."

"Du, jag uppfattade inte ditt namn?" avbröt Annika.

Kort paus.

"Vilket nummer gäller det då?" Rösten hade blivit något vaknare.

"D-A-N åtta fem tre", bokstaverade Annika.

"T-A-N ... åtta fem ... vad sa du sen...?"

Gode tid!

"David Adam Niklas åtta femma trea", upprepade hon långsamt.

Det var tyst i luren, men femton sekunder senare skrapade det till på linjen igen.

"Jaha, då får vi se ... det är en silvermetallic Saab u.a. som tillhör Wilhelm Ruben Agustsson, Norra Boulevarden 14 i..."

"Tack för hjälpen ... sov gott!"

Annika knäppte av samtalet.

Klockan var fem över halv tolv på natten. Lisa Syrén malde. Annika drog på sina joggingbyxor och hoppade barfota i stövlarna.

42

Nästa morgon gick hon in på tekniska avdelningen och bad Rolf tanka över bilderna från sin kamera till datorn, samt bränna en CD.

"Var finns bilderna från olyckan med Karl Bergström?" frågade hon.

"Vad håller du på med?" blev motfrågan.

"Du ska få se, jag vill först skriva ut bilderna från CD: n. Kan jag få titta på era bilder från olycksplatsen?"

"Vill du se dem på skärmen?"

Annika sjönk med axlarna.

"Snälla, jag vill ha vanliga pappersbilder. Är de inte utskrivna?"

"Du får som du vill så gråter du inte. Pärm fyra, översta hyllan." Rolf pekade.

Annika bläddrade i pärmen medan Rolf vant tankade över, brände och skrev ut hennes foton. Därefter lade hon ut sina bilder på golvet tillsammans med polisens bilder med hjulspåren i snön. Hon ställde sig med händerna på höfterna och frustade.

"Ser du", sa hon till Rolf.

De växlade mellan att stå och sitta på huk när de jämförde bilderna med varandra. Här kände hon åter hans doft, Fahrenheit. Det fanns naturligtvis många bilar som hade samma däckmönster, så det gällde att hitta flera punkter som var identiska med varandra. Annika hade fotograferat på natten med sin egen digitalkamera och bilderna var klara och tydliga. Det hade varit ljust på platsen; både av den kvarvarande snön och av gatlyktan som fanns på andra sidan gatan. Hon hade även tagit några bilder av hela bilen, både framifrån och bak, för att få med registreringsskyltarna.

Teknikerna hade tagit massvis med bilder av däckens position i snön, och hur Karl Bergström låg medvetslös där. Annika tyckte inte om att titta på dylika bilder, även om hon var ganska luttrad. Det hade varit mycket död de senaste veckorna.

Vid närmare jämförelser mellan Annikas bilder och teknikernas, fann man likheter som var slående. Bland annat saknades tre dubbar intill varandra, på samma plats på däcket på båda bilderna, och på en annan bild såg man sju stenar som fastnat i mönsterdjupet, också på båda bilderna. Det fanns ingen tvekan.

Rolf drog ut extra kopior på de aktuella bilderna och lade på golvet. Annika satte sig på knä. Hon gjorde en ring med röd tuschpenna runt de saknade dubbarna och de fastklämda stenarna på sina bilder, och sedan likadant med blå penna på teknikernas bilder.

”Det finns modernare teknik för det där”, skrattade Rolf.

”Jag gör det på mitt sätt.”

”Envisa Lisa … men det är samma däck, ingen tvekan.” Rolf verkade säker.

Det knakade i knäna när hon reste sig. Hon pekade på bilderna.

”Däcken sitter på en bil som ägs av Wilhelm Agustsson. Han bor på fjärde våningen med sin sura hustru Vera, i samma trappa som Gabriella Frank och Karl Bergström.”

”Så du menar…?”

”Ja, jag menar att här är ju bevis för att det troligtvis var Agustssons bil som körde på Karl Bergström, och sedan avvek.”

Rolf kliade sig på hakan.

”Hur har du kommit fram till detta?”

Annika berättade om kvinnan som pratat med Lisa Syrén i Karlavagnen. Om hur hon blivit påkörd av en rattfylla och blivit liggande på gatan länge. Hur det av detta börjat snurra i huvudet på Annika. Hur hon upptäckt registreringsskylten och erinrat sig vad sköterskan berättat om Karls sista ord i livet. *Dan.*

”Ja, tankarna bara fanns där och jag kunde inte slå dem ifrån mig. Jag var tvungen att köra iväg mitt i natten och fota däcken på Agustssons bil.”

”Men vad gjorde du där i går? Ja, vid bilen.”

Rolfs fråga överrumplade Annika. Vad skulle hon svara? Jag fikade hemma hos en före detta älskares son.

”Va?” sa hon för att vinna några sekunder.

Han ryckte på axlarna.

"Jag bara undrade vad du gjorde där i går, utanför fjorton."

"Jag ... jag skulle träffa Klara och barnen ... vi skulle gå till parken." Hon ljög, men det var en nödlögn. "Nej, nu måste jag gå. Jag skriver ett PM och går in med det till Eddie."

Annika samlade ihop de markerade bilderna från golvet. Rolf plockade upp övriga.

"Gillar du fisk?" frågade han när hon tog i dörren.

Hon vände sig mot honom.

"Ja, det gör jag ... jag älskar fisk i alla former."

"Ska vi ta rödspätta i Vattentornet?"

Hon gillade tanken.

"Varför inte, jag har inte ätit fisk de senaste veckorna. Remouladsås, va?"

43

Rödspättan smakade bra. Annika och Rolf kom tillbaka från lunchen samtidigt som två av Eddies killar varit och hämtat Wilhelm Agustsson. Det såg odramatiskt ut och Wilhelm var prydligt klädd i brun ulster, rutig halsduk, handskar och keps. Sjuttionio, men såg äldre ut med sina magra kinder och spända drag i ansiktet.

Wilhelm ville inte ta av sig ytterkläderna, förutom handskarna och kepsen, men satte sig på anvisad plats i förhörsrummet. Han blev tillfrågad om han hade något emot att förhöret spelades in på band. Det hade han, och fick gehör för det.
Eddie höll i förhöret. Han upplyste Wilhelm om att han inte var införd i ärendet som misstänkt, utan skulle höras upplysningsvis. Brotten var Vårdslöshet i trafik tillsammans med Vållande till annans död. Eddie talade också om att han tänkte dua Wilhelm, för enkelhetens skull.
Wilhelm förnekade att han skulle ha kört på Karl Bergström den aktuella kvällen. Han uppvisade en ironisk min – underdånigheten som speglades i hustruns närvaro var borta – och ansåg att han blivit mycket kränkt genom att polisen hämtat honom i hans bostad. Han vägrade att titta på bilderna som Eddie radade upp på bordet.
Eddie skrev samtidigt som han berättade att däckmönstren på Wilhelms bil såg exakt likadana ut som mönstren på den bil som körde på Karl.
Wilhelm var tyst några sekunder, men mötte sedan Eddies blick.
”Jag parkerar alltid min bil utanför bostaden, så det är väl inte alls konstigt.”

"Jo, det är konstigt så tillvida att de däck som kriminalteknikerna fotograferat inte befinner sig parallellt med trottoarkanten."

Eddie pekade än en gång på de utlagda bilderna.

"Här ser vi att höger framdäck befinner sig i nästan nittio graders vinkel med trottoarkanten. Den ser man visserligen inte på grund av all snön."

Wilhelm tittade fortfarande inte på bilderna.

"Vänster framdäck", fortsatte Eddie, "befinner sig förklarligt nog inte riktigt i samma vinkel, och längre ut i gatan från trottoarkanten sett. Bakdäcken är i höjd med mittlinjen – det vänstra, också av förklarliga skäl, närmast denna"

Eddie stod tyst och betraktade bilderna. Han sneglade på Wilhelm som fortfarande såg ut som en bildstod.

"Wilhelm, så parkerar du väl inte din bil? Eller hur? Med bakre delen rakt ut i gatan?"

Den gamle mannen svarade fortfarande inte.

"Brukar du låna ut din bil?" Eddie skrev, och förhöret blev mer som dialog istället för en löpande text och berättelse.

Det ryckte lite i underläppen på Wilhelm. Denna frågan tycktes lättare att svara på.

"Daniel Skager, som bor på samma våningsplan som oss, har lånat bilen några gånger."

"Jaha, och varför brukar Daniel låna din bil?" frågade Eddie.

"Han ... han har ingen egen." Wilhelm såg lite mer avslappnad ut i axlarna, och verkade nöjd med sitt svar.

"Då kan du kanske dra dig till minnes när han lånade din bil senast?"

"Det är inte alls länge sedan ... kanske en vecka ... drygt en vecka sedan", svarade Wilhelm.

Eddie tog en plastmapp från bordet och letade fram ett papper.

"Och vad är det som gör att du minns att det var just då, för drygt en vecka sedan?"

"Jag kommer ihåg det, helt enkelt", svarade Wilhelm

"Men något måste du hänga upp tiden på, eller?"

"Han ringde på och frågade, och jag gav honom bilnyckeln."

"Jag har information om att Daniels körkort är indraget, att han ska få tillbaka det i maj månad. Enligt en kollega är han trovärdig när han säger att han inte kört bil sedan man tog körkortet. Han vill inte utsätta sig för något som gör att han inte får tillbaka det.”

”Det stämmer inte … han har lånat bilen.”

”Var det före eller efter att Gabriella Frank hittats död?” Eddie gav sig inte, och fortsatte skriva ner sina frågor och Wilhelms svar.

Wilhelm tittade rakt fram. Hans läppar var sammanbitna i ett tunt streck.

”Det var före … eller efter.”

”Om det var för drygt en vecka sedan måste det ha varit efter hennes död, eller hur?”

”Jag minns inte exakt.” Wilhelm gjorde en kort paus.” Var vänliga och kör mig hem. Jag kräver att ni ska köra mig hem nu. Detta kommer jag att gå vidare med … att jag varit anhållen här.”

”Du är inte anhållen. Du är inte ens gripen. Däremot har du blivit hämtad till förhör efter beslut av åklagaren. Du är således inte registrerad som misstänkt i ärendet.” Inte ännu, tänkte Eddie.

Eddie förklarade för döva öron. Wilhelm satte kepsen på huvudet, reste sig med möda och viftade avvärjande med handen som höll i handskarna.

”Kör mig hem!”

”Var vänlig och sitt … jag ska läsa upp förhöret för ditt godkännande”, sa Eddie.

”Det behövs inte, jag tänker gå nu.”

Eddie lade mappen ifrån sig. Viss respekt hade han för gamla människor. Man skulle behöva prata några ord till med Daniel Skager.

”Du får gå nu, Wilhelm”, sa Eddie efter ett kort telefonsamtal med åklagaren. ”Men vi kommer att höra av oss igen.”

Eddie fick tag på Bosse och Anders, som körde i centrum i dag. De skjutsade hem en förgrymmad Wilhelm.

44

Måndag 31 mars 2008

Annika hade fått några interna mail. Bland annat från växeln, där hon ombads att ringa till Maria Morén, Gabriellas dotter. Annika knappade in mobilnumret och Maria svarade omgående med sitt namn.

"Hej, det är Annika Vester hos polisen."

"Ja, hejsan, jag sökte dig strax före lunch."

"Jag fick meddelandet från växeln ... är det något speciellt? Ja, jag menar, det är kommissarie Olsson som håller i utredningen."

"Jag pratade med honom först, men han verkade jäktad. Han hänvisade till dig."

Oj då, tänkte Annika.

"Jaha", sa hon högt.

"Jag kom att tänka på något i går, när jag funderade över mynten i mammas bankfack. Det där med årtalet och antalet och Gustav den femte. Att vi trodde det kunde vara en slags kod.

Det är så att mamma alltid varit intresserad av anagram och palindromer. När jag var tonåring och vi bodde hos mormor och Helge, brukade jag följa med mamma till biblioteket. Hon var där ofta, och vi satt vid ett runt bord och läste. Men mest löste hon korsord och tittade i IQ-böcker. Hon gillade verkligen att lösa figur- och sifferproblem."

"Sådant tycker jag själv är roligt", upplyste Annika om.

"Jag med, men mamma var mest tokig i att lösa och utläsa svåra anagram, och det blev en sport för henne att hitta palindromer. Och hon var duktig. Men till vilken nytta?" Maria skrattade till kort.

”Allt man gör behöver inte ha något syfte eller leda till ett resultat”, sa Annika. ”Det viktiga är att man själv gillar det man gör, och håller hjärnan i gång.”

”Eddie Olsson visste inte vad ett anagram eller en palindrom var”, fortsatte Maria, ”och när jag förklarade att det kanske finns en hemlig kod bland hennes pengar, eller andra saker, som leder fram till min pappas namn sa han att du var bra på sådant.”

”Ha, ha, vad vet han om det … men jag ska kolla lite extra på kronorna. Maria, kan du inte berätta lite mer om din mamma?”

”Det finns inte mycket att berätta. Ska du ta det som ett förhör?”

”Nej, nej, men det kan kanske ge mig några idéer och nya sökvägar. Hur minns du din mamma? När du var sex, sju år. Du hade ju en ung mamma.”

Annika hörde Maria andas under en kort paus.

”Hon var inte som en mamma … hon var mer som en storasyster. Fast en syster som inte brydde sig så mycket. Det var mormor Agnes som var centralfiguren för mig. Hon lagade mat och bakade och hjälpte mig med läxor. Det var hon som stoppade om mig på kvällen. Men det fanns inte mycket känslor eller beröring mellan oss. Och så var jag med henne och Helge på kyrkomöten och gudstjänster. Mamma följde aldrig med. Helge hade förbjudit henne att visa sig för *sin* församling, som han uttryckte det.”

”Vad gjorde hon annars?” inflikade Annika. ”Hade din mamma inget arbete?”

”Vad jag vet slutade hon skolan efter åttonde klass, och blev gravid med mig kort därefter.”

Maria gjorde åter en paus.

”Men vad kan detta ha med allt att göra?” frågade hon avvaktande.

”Det är intressant att veta vilka personer som fanns i hennes glädjelösa liv”, svarade Annika. ”Om någon eller några följt henne senare under åren. Hon måste naturligtvis ha haft ett kontaktnät, och sysslat med någonting under alla år. Vad har hunnit ifatt henne nu?”

”Vi bodde ju hos mormor och Helge. När jag var elva eller tolv flyttade vi uppåt landet, och där träffade jag min blivande man. Jag var bara arton, men flyttade med honom till Halmstad direkt efter gymnasiet. Det blev min räddning. Resten är historia.”

Nu var det Annikas tur att pausa, och fundera.

"Maria, varför säger du hela tiden *mormor och Helge*? Varför inte *morfar*?"

"Ja, ja, morfar då … det spelar väl ingen roll", sa Maria. "Nej, nu måste jag återgå till arbetet."

Annika kände instinktivt att det fanns något mer här.

"Varför blev flytten din räddning? Räddning från vad?" Annika var påstridig. Hon önskade att hon hade Maria i en stol framför sig.

"Jag har faktiskt inte tid att prata mer nu." Marias röst var fortfarande stabil och bestämd.

Annika gav sig inte.

"Kan du förklara vad du menar med räddning?"

Men Annikas intuition bekräftades inte.

"När kan jag få loss mammas pengar?"

Maria tänkte inte prata mer.

Efter avslutat samtal med Maria gick Annika inte helt överraskad bort till sin spegel vid dörren. Hon nickade åt sig själv.

"Jaha, det är kanske så det ligger till", sa hon lågt till sig själv. "Helge Frank var ett svin som inte påverkade bara sin dotter Gabriellas liv med bland annat sin religiösa åskådning, utan kanske också dotterdottern Marias, av annan orsak. Men varför i helskotta ville någon ta livet av Gabriella? Handlade det om gamla relationer, eller låg det något helt annat bakom?"

Usch, Annika kände sig dassig. Den grå utväxten irriterade henne. Tänk vad Gittan uppe på diariet var snygg i sitt nästan vita hår. Elegant, på något sätt, och tufft klippt.

Efter att ha studerat sitt ansikte en stund, ringde hon till Lena på "Din Hud" och beställde tid för en ansiktsbehandling. Hon hade turen att få komma på ett återbud redan på onsdagen, den 2 april, och det gav henne idén att ge Pia lite jobb. Hon ville kanske färga hennes hår?

"Klart jag vill", sa Pia i telefonen. "Hur dags kommer du?"

"Bättre om du kommer till mig. Du behöver komma hemifrån en stund. Kom vid tolvtiden, så äter vi lunch först. Jag är ledig på onsdag och ska på ansiktsbehandling halv tio."

"Usch, ska jag behöva klä mig och gå ut?" Pia lät trotsig.

”Ja, det ska du ... vi ses tolv.”

Annika knäppte av samtalet och vände sig åter mot sin spegelbild. Det var väl ändå inte så att Helge Frank förgrep sig på sin egen dotter?”

45

Torsdag 3 april 2008

I polishusets cafeteria hade det dukats med lindblomsgröna pappersdukar och små IKEA-glasljushållare med värmeljus i samma färg. På varje långbord stod tre smala vaser med en skär ros i vardera. Där fanns inte mycket folk, men några minuter i två kom de flockvis från olika avdelningar. De ställde sig i kö och tog kaffe och tårta från cafeterians långa disk. Prat och fnitter blandades och ljudnivån var snart som den brukade vara. Som en skock dagisbarn som hela tiden överröstade varandra. Man spred ut sig bland borden och väntade på Göte Rubins entré.

Först kom polismästaren och ett par chefer från staben, och strax därpå kommissarien själv. Han blev hänvisad till mitten av ett långt honnörsbord och satte sig där. Lillcheferna flockades runt honom. Några minuter senare var alla på plats.

Annika förundrades över hur många som ställde upp denna eftermiddag. Själv satt hon, fräsch efter onsdagens hud- och hårbehandlingar, på behörigt avstånd och iakttog Göte Rubin, samtidigt som hon lät sig väl smaka av hans pistagetårta. Någon tjuga hade han inte fått av henne, och det skulle han upptäcka när han senare läste namnen på kortet som bifogats presenten. Men hon hade en egen gåva till honom.

Göte Rubin var klädd i vit skjorta och svart slips, dagen till ära. Han såg högdragen, inte högtidlig, ut där han satt. Han nickade stelt, som om han hade nackspärr, och log ansträngt till höger och vänster när någon tilltalade honom. Annika kunde inte låta bli att minnas.

1995 blev hon utvald, efter att ha visat intresse, till att gå landets första högskolekurs i Rättspsykologi. Hon var stolt över sig själv när hon fick utbildningsbeviset i handen efter att ha blivit godkänd med sitt slutarbete, **"Hot och våld mot kvinnor i svenska hem."**

Kort därpå anmälde hon sitt intresse för en tillfällig, utlyst tjänstgöring på Familjevåld. Hon fick jobba tillsammans med Beth, en fantastiskt duktig barnutredare. Det var en jobbig del – att medverka vid förhören med barn som utsatts för våld och sexuella övergrepp.

När Beth skulle åka på utlandstjänstgöring frågade Annika om hon fick vara kvar på Familjevåld och överta delar av hennes arbete. Inte den övergripande barnförhörsdelen – det fanns en annan person som hade utbildning i förhör med barn. Men det fanns så många andra personer att höra i dessa ärenden. Nej, det behövdes inte mer personal där, upplyste Göte Rubin henne om.

Annika gick på semester fyra veckor, och när hon kom tillbaka fick hon veta att Göte Rubin frågat runt bland de kvinnliga poliserna om någon var intresserad av att överta Beths arbete! Annika tillfrågades aldrig.

Efter att polismästaren och ett par andra avdelningschefer, bland andra Eddie, hållit kortare tal samt överräckt blommor och presenter till Göte Rubin, knackade han själv i glaset och reste sig.

Annika satt tillbakalutad på stolen med korslagda armar och njöt föraktfullt när Göte pratade om sina år vid polisen, sina uppdrag och olika befattningar. Han berättade en anekdot som de närmaste runt honom av artighet skrattade åt. Han tackade för uppskattningen som kollegorna visat. Nu skulle han dra sig tillbaka, njuta sitt otium och läsa alla de böcker han inte hunnit läsa.

Din falske fan, tänkte Annika. Varför berättar du inte om all olycka du ställt till med i huset? Varför tar du inte upp dina kränkningar av anställda? Och du har fräckheten att bjuda på kaffe och tårta och låtsas som om du har huset fullt av vänner!

Polishusets, sedan många år tillbaka, uppskattade festfixare, rolighetsminister och presstalesman för polisen, inspektör Inge Widén, avslutade med att överräcka ytterligare ett bokpaket från stadens boktryckeri. Inge brukade dela ut lämpliga böcker på polisens julfest tillsammans med humoristiska kommentarer, till kollegor som på olika sätt utmärkt eller gjort bort sig under året.

"Och den här boken", sa nu Inge och höll upp ett inbundet verk i rött konstläder. Han låtsades läsa. "Den här boken heter **Vad kommissarie Göte Rubin tillfört polisområdet under sin poliskarriär.** Han räckte boken till Göte, och man applåderade.

"Varsågod Göte ... 300 blanka sidor..."

Skratt och fniss – till och med Göte själv sprack upp i ett leende. Varför, visste nog ingen, troligtvis inte ens hans själv.

Efter den traditionella avtackningen, där Annika för sitt liv inte kunde begripa att så många ställt upp denna eftermiddag, lämnade hon cafeterian och gick hastigt och rakryggad till sitt rum. Hon tog fram en vadderad, adresserad och igenklistrad påse från skrivbordslådan, gick till receptionen och lade den bland utgående post. Läsa, tänkte hon, han ska visst få läsa. Det var Annika Vesters sista kontakt med Göte Rubin. Trodde hon.

Just som Annika skulle släcka ner sin dator för dagen poppade ett internmail upp. Hon läste, skrattade till, skrev ut det och läste igen: *"Du är ovanligt snygg i dag! Varför så allvarlig? Sur på G.R.!?"* Undertecknat R.

Annika vek pappret dubbelt, lade det i översta skrivbordslådan, låste den och släckte ner datorn. Hon skrattade för sig själv över Inge Wendéns lilla inslag.

Våren *är* verkligen på gång, tänkte hon när grinden slog igen bakom henne.

46

”Annika!”

Hon hade just kommit fram till sin bil på parkeringen. Hon vände sig och såg Eddie.

”Du”, sa han när han var framme. ”Snackade du med Maria Morén?”

”Mm.”

Annika öppnade förardörren och kastade in sin väska. Hon vände sig mot Eddie igen. Som vanligt stod han med händerna i byxfickorna. Han var fortfarande solbränd. Troligtvis solarium, tänkte hon.

”Vad fan är palindrom?”

”Det är ord som låter likadana framlänges som baklänges. Till exempel … eh … till exempel namnet Anna. Eller Kivik.

Eddie visslade till.

”Aha, har jag aldrig hört förut. Palindrom. Det låter som nå´n gammal katedral i Rom.”

Woow, han har humor också, tänkte Annika.

”Du kan ju titta lite på det och se vad man kan göra”, sa han.

Du kan ju titta lite på det och se vad *man* kan göra, upprepade Annika för sig själv. Dålig svenska, eller så betydde det att när *hon* hade hittat något så skulle *andra* ta över. Hon hade i färskt minne vad Göte Rubin sagt när han kallat henne till sitt rum.

Eddie nickade och vände sig för att gå.

”Du, har du pratat med Göte Rubin om mig?”

Han stannade i steget och gjorde helt om.

”Vaddå pratat?”

”Jag blev uppkallad till honom för någon vecka sedan. Han klargjorde att jag inte skulle lägga mig i ditt arbete. Alltså morden.”

Eddie tog ett par steg tillbaka mot henne.

"Nej, det har jag inte", sa han lugnt, fortfarande med händerna i byxfickorna. "Absolut inte. Skulle jag ha diskuterat dig med honom? För övrigt är han inte inblandad i utredningen."

Annika lade ena handen på den öppna bildörrens ovankarm.

"Nej, men han håller koll på den ändå. Han hade ett PM, som jag skrivit, på sitt bord. Det var bara så urbota dumt, det han sa. En kommissarie som tar en medelålders, kvinnlig polisinspektör i upptuktelse."

"Löjeväckande." Eddie fnös.

"Ja, det kan du ju säga till honom." Annika kände att hon gick upp i varv. Kanske av trötthet.

"Han har naturligtvis tillgång till ärendet ... och du har ju skrivit ett par PM."

"Det går rykte om att du är, eller *var* får man kanske säga, Götes springpojke. Skvallrade när det var något du inte kunde hantera själv."

Eddie böjde huvudet bakåt och skrattade till.

"Det var ett fult påhopp, Annika. Jag försöker försvara dig, och jag har definitivt inte pratat med Göte. Eller varit någons *springpojke*." Han betonade ordet.

Hon drog in den svala luften.

"Okej, vi gör inte detta till en hel vetenskap. Jag får lita på dig. Kanske var det bara ytterligare en kränkning i raden av alla. Att han måste hacka och visa diktatorsfasoner in i det sista."

Tystnaden lade sig mellan dem några sekunder

"Fixar du palodrommysteriet i morgon?"

"Palindrom", rättade hon.

Han svängde på huvudet.

"Ja, va fan ... palodrom eller polodrom eller va sjutton. Det slutar i alla fall på drom."

Inte ens när han sa *hej då* tog han handen ut fickan.

"Girig, är ett annat ord!" ropade hon efter honom.

Han stannade till bråkdelen av en sekund, och försvann sen bakom garageknuten. Annika stod en stund och sög på ordet *drom*. Han är inte helt dum, tänkte hon när hon sa ordet högt baklänges. För övrigt hade hon en känsla av att dödsfallens lösning låg i ett ordpussel. Inte som ett Palindrom, utan mer som ett Anagram.

När Annika körde hemåt hade hon glömt Eddie. Hon tänkte på mailet i skrivbordslådan.

På kvällen ringde Annika till Pia.

"Ville bara tacka för att du fixade mitt hår."

"Men det var ju inget. Du bjöd på grönsakssoppa och semlor – det var jättegott. Förresten var det skönt att komma hemifrån ett par timmar."

Orden flödade ur Pia.

"Ja, det var väl inte helt fel", kontrade Annika. "Du, hur är det egentligen med Peter? Numera stänger han ofta dörren om sig på jobbet."

"Jag vet inte … han är så jävla sur här hemma. Inte hela tiden, men han tänder till när vi pratar om graviditeten, och sen…"

"Men det får du kanske ha lite förståelse för", avbröt Annika.

"Ja, ja, men först är han ängslig, sen är han go´ och glad, men det slutar alltid med att han blir vresig. Som om han först förtränger, för att sen låta min otrohet poppa upp i huvudet."

"Ordet otro får mig att tänka på sex. Min åsikt är att man är otrogen om man har samlag med en annan än sin egen partner", förkunnade Annika.

"Jag har inte legat med någon annan, bara hånglat. Men det är också en sorts otrohet."

"Mm, kanske", menade Annika, "men man blir inte gravid av det. Möjligtvis om en stjärna faller i öster." Hon gjorde ett kort uppehåll.

"Men karlar är inte som vi kvinnor, Pia. Om du säger till Peter att du varit otrogen – vad ser han då framför sig?"

"Han måste lita på mig när jag säger att jag inte legat med någon annan."

Annika hörde hur det stockade sig i halsen på Pia.

"Ja, men uttryck dig då på rätt sätt. Säg inte att du varit otrogen. Ni ska ju glädjas åt det här barnet, eller hur?"

Annika kände sig som en medlare. Men hon måste stötta Pia på något sätt. De var ju ett idealiskt par, hon och Peter.

"Det ... det är inte alls ... alls säkert att det går ... går bra den här gången heller", hulkade Pia.

"Jag vet, och jag förstår att det måste kännas jättejobbigt. Vad säger läkaren?"

"Jag ... vi ska träffa honom på måndag."

"Mm, jag håller tummarna. Ta det bara lugnt. Nu ska jag titta på nyheterna."

"Okej, vi säger så", avslutade Pia.

Vissa saker viftade man inte bara bort när man skulle sova. Åtminstone inte män, och sådana hade vuxit på träd den senaste tiden.

Annika hade krupit ihop i fosterställning under täcket. Kinden och örat vilade i ena handflatan, medan den andra handen var inpressad mellan låren. Hon ville avsluta Dan – hon måste avsluta honom. Hon skulle läsa alla hans brev en sista gång, och sedan elda upp dem. Klara skulle aldrig få veta om hennes otrohet. Hon skulle aldrig förstå. Ingen människa skulle förstå.

Och så Danne. Honom skulle hon inte längre ha kontakt med. För sin egen skull.

Göte Rubin gav henne kalla kårar. Rolf väckte slumrande känslor.

Herre Gud, vilken kaos!

Då ringde telefonen på sängbordet. Annika lirkade fram ena armen ur täcket och sträckte sig efter den. Det var Pia.

"Du, mamma ringde för en stund sedan. Hon har mer att berätta om Marias pappa."

<h1 style="text-align:center">47</h1>

Fredag 4 april 2008

Tre veckor efter mordet på Gabriella Frank stod polisen fortfarande utan någon skäligen misstänkt. Inte heller i smitningsolyckan, där Karl Bergström omkom, hade det hänt något upphetsande.

Mordgruppen, ironiskt och allmänt kallad Cold Case, leddes som bekant av spaningsledaren Eddie, med chefsåklagare Christian Björfelt som förundersökningsledare. De fyra i gruppen arbetade i det tysta och lämnade fortlöpande, men motvilligt, information i aulan på torsdagsmötena. Man utvärderade tips, höll nya vittnesförhör, väntade på DNA-resultat och sammanställde allt som fanns i ärendena.

Annika kände att hon fått ett uppdrag av Eddie, att han ville ha hennes hjälp. Hon hade krävt att få tillgång till Gabriellaärendet i DUR. Eddie accepterade det och släppte på åtkomstskyddet för henne. Ärendemappen med trafikolyckan hämtade hon på Ronnys rum.

Hon sa att hon ville bli fredad från det akuta resten av dagen. Men innan hon påbörjade någonting denna fredagsförmiddag tog hon en tjänstebil och körde hem till Pias mamma. Man kunde ju alltid hoppas på en ny öppning i ärendet.

"På den tiden hade jag en väninna, som hade en äldre syster som var medlem i samma kyrka som Agnes och Helge Frank. Ja, de var ju föräldrar till Gabriella."

Annika satt i den gröna plyschsoffan hos Pias mamma, Greta. På ett ovalt silverfat, med en liten vinröd tablett, hade hon dukat fram sju sorters kakor. Den köpta sorten. Kaffet serverade hon i sina

Hackeforskoppar med mockaskedar. Mellan fatet och assietten låg en florstunn, rosa servett, vikt till en trekant.

Greta var runt sjuttio och den perfekta frisyren talade om att hon hade en dotter som var hårfrisörska. Hon hade penslat kindbenen med rouge, och det röda läppstiftet var aningen för rött, tyckte Annika. Antagligen hade hon fräschat upp sig inför hennes besök.

”Om jag räknat rätt var du omkring trettio år när Gabriella födde sin dotter Maria?”

”Jag var tjugoåtta och fick själv barn då”, sa Greta. ”Jag var ju gift, naturligtvis”, tillade hon.

”Mm, var det Pia som föddes?” Annika gjorde noteringar i sitt block.

”Ja, och tre år senare kom hennes bror.”

”Vad vet du om pappan till Gabriellas dotter?” Annika chansade.

Greta satte ner koppen. Hon nöp om servetten och duttade den på munnen. Läppstiftet hade flutit ut i de små vecken på ovanläppen. Annika ville skynda på henne.

”Jo, min väninna berättade för mig att hennes syster berättat att Agnes Frank varit helt förtvivlad över att hennes dotter, alltså Gabriella, väntade barn.”

Annika nickade utan att säga något.

”Agnes hade pratat med prästen och prästen hade pratat med flickan, ohh ja, det var ett elände alltsammans.”

Pias mamma trutade med munnen och viftade med ena handen.

”Och sen tog ju skvallret fart.”

Snälla, kom till saken! Annika log tvunget med hopbitna käkar.

”Och pappan till Gabriellas barn?” sa hon med höjda ögonbryn.

”Ja, enligt min väninnas syster fick Gabriella en barnavårdsman utsedd till sig. Det var alltså genom socialen. Och hon hade tydligen fått Gabriella att prata.

”Barnavårdsmannen?” undrade Annika.

Greta gnuggade bort kaksmulor från händerna, över assietten.

”Ja, så var det visst.”

”Så, din väninnas syster kände alltså den här barnavårdsmannen?”

”Det heter ju barnavårdsman, fast det var en kvinna. Ja, hon kände henne.”

Då bröt alltså barnavårdsmannen mot tystnadsplikten, konstaterade Annika för sig själv. Just då ringde hennes mobiltelefon. Hon ursäktade sig för Greta och gick ut i hallen. Det var Tina i receptionen som sa att Daniel Skager sökte henne.

Annika tittade på sitt armbandsur.

"Säg till honom att jag kommer vid elvatiden, att han väntar i receptionen."

Hon återgick till plyschsoffan.

"Jag fick ett akut jobb", sa hon urskuldande och satte sig. "Vem var pappa till Gabriellas barn?" Nu eller aldrig, tänkte hon. Kläm fram med det!

Greta böjde sig fram, som om där fanns andra som inte skulle höra vad hon sa.

"Oss emellan, han var både kommunalråd och medlem i skolstyrelsen, inte ens fyllda fyrtio ... Gustav Rubin hette han."

Tillbaka på polishuset sjönk Annika ner på sin stol. Hon sparkade av skorna och lirkade armarna ur jackan. Den fick ligga kvar bakom henne på stolen. Migräntabletten slank ner med tre klunkar bubbelvatten.

"Jäklar", viskade hon tyst ut i rummet. "Visst fasen är jag på rätt spår."

Uppgifterna från Greta hade gjort henne exalterad. Det kunde betyda en helt ny vändning i mordutredningen, och kanske också i bilolyckan. Hon borde gå direkt till Eddie, men...

Gustav Rubin. Hon skrev namnet på ett nytt vitt papper framför sig. Göte Rubin, sa hon tyst för sig själv. Nej, nu måste hon ta en sak i sänder.

Hon hade glömt bort Daniel. Han hade tröttnat på att vänta och bett Tina meddela henne att hon kunde ringa honom senare.

När Annika skrivit ett PM om besöket hos Greta, och vad som framkommit, var klockan tjugo i tolv. Hon gick till cafeterian före rusningen och åt en skink- och broccollipaj till lunch. Några andra kollegor hade haft samma tanke, att äta före tolv. Där var lugnt och fridfullt än så länge. Man småpratade, och som vanligt skulle helgen bli ett välbehövt avbräck för de flesta. Migränanfallet utvecklades inte – tabletten hade som vanligt hjälpt Annika.

Lisa hade lagt gulrutiga dukar på borden, där hon också placerat små, fyrkantiga terracottakrukor med konstgjorda krokusar. Det såg fräscht ut.

48

Efter lunchen stängde Annika dörren till sitt rum. Med aldrig sinande bubbelvatten, och några hekto blandade nötter, gav hon sig på Gabriellaärendet.

Brottsplatsundersökningen hade utförts av proffs. Fotona av Gabriellas lägenhet var mycket detaljrika – trapphuset, lägenhetsdörren, den trasiga kedjan, hall, kök, sovrum, vardagsrum, badrum, klädkammare. Ja, allt fanns där och var mycket väldokumenterat.

Hon tittade länge och väl på alla bilderna av Gabriella. Den lilla, tunna kvinnan var nertryckt, dubbelvikt, till bottnen av tvättkorgen. Ett smalt, nästan genomskinligt, finger stack ut genom hålmönstret, smutskläder ovanpå henne och sen plastlocket på kläderna. Grå hårtestar spretade ut genom ett par hål. Det var en vidrig syn.

Hade mördaren verkligen inte gjort ett enda misstag? Hur kunde man undvika att lämna spår efter sig, när man tagit livet av en människa?

Närbilder och avståndsbilder från alla håll och kanter. Inte minsta vinkel hade gått förlorad. Annika visste att det var Rolf som fotograferat. En annan bild smög sig in – hans mail om att hon såg snygg ut. Hon slog bort det med ett omedvetet leende.

Annika studerade badrumsbilderna noga. Den hopfnurrade öglemattan var det enda som talade för att där hänt något. Och det vita pulvret på golvet. Kanske Gabriella själv som vält omkull tvättmedelspaketet. Nej, med det för övrigt prydliga och rena hemmet skulle hon ha sopat eller tvättat bort pulvret från golvet – inte föst ihop och tagit upp det med fingertopparna så att lite stannade kvar.

Det fanns ett PM om att Gabriella skrivit upp sig på tvättlistan i källaren, morddagen. Hon skulle ha tvättat på eftermiddagen klockan fjorton noll noll. Men enligt förhör med Daniel Skager hade hon kommit ut från sin lägenhet, bärande på en tvättkorg, tidigt på morgonen när han kom hem från sitt nattarbete.

Förutom tvättider från almanackan hade Bosse Widfors noterat i ett Avrapporterings-PM att där även stod skrivet med handstil *Aron*, den 11 januari, 19 februari och 12 mars. En vän på regelbundna besök? Någon som Gabriella besökte?

Annika lade dokumentet åt sidan och sköt stolen bakåt. Kanske Gabriellas väninna Birgit visste något om Aron? Hon plockade fram sina undansmusslade identitetshandlingar på personerna som var involverade i ärendet, och fann Birgits telefonnummer. Hon var tidigare hörd upplysningsvis, men hade inte mycket att säga som tillförde utredningen något nämnvärt. Men hon, som brukade träffa Gabriella, borde känna till mer om henne.

Birgit svarade med späd röst efter tredje signalen. Hon var fortfarande bedrövad över väninnans öde, och kunde inte förstå att någon velat henne så illa. Birgit kände sig mer ensam än någonsin, och brukade därför gå till biblioteket oftare än förr.

"Biblioteket betydde så mycket för Gabriella", berättade hon för Annika med sorgsen röst. "Och det var egentligen hon som fick mig intresserad av böcker. Jag läser gärna självbiografier…"

"Ja", avbröt Annika som själv helst läste kriminalromaner, "det är intressant att läsa om verklighet."

"Oh ja, tänk vilket liv våra stora arbetarförfattare levde … så eländigt många hade det…"

"Birgit", sa Annika, "känner du igen namnet Aron? Nämnde Gabriella honom för dig någon gång?"

"Polisen har frågat mig om det förut … "

Aha, tänkte Annika. Eddie ett steg före. Naturligtvis. Och själv hade hon missat att läsa det förhöret i utredningen.

"Men jag ville ju inte svika Gabriellas förtroende", fortsatte Birgit, "så jag sa inget om det. Gabriella berättade om den här pojken … ja, han var bara pojke då, när de gick i skolan, och hon ville inte att jag skulle berätta vidare."

"Jaha", sa Annika intresserat. "Men det måste varit länge sedan, eller…?"

”Ja, ja, ja”, utbrast Birgit. ”Det var det ju, och det var ingenting allvarlig sa Gabriella. Men hon hade tyckt om honom. Fast det fick aldrig hennes föräldrar veta. Dom var ju religiösa och…”

”Träffade hon Aron nu, som vuxen?” Annika tog en klunk vatten och väntade på Birgits svar.

”Det vet jag däremot inte, men jag tror att hon träffade någon ibland.”

”Varför tror du det?”

”Jag är inte säker, men det har hänt ett par gånger när vi skulle träffas att hon ringt och sagt att något annat kommit emellan.”

”Ett par gånger”, sa Annika. ”Det var alltså mer än en gång som *något annat kommit emellan?*”

”Ja, som om hon fått oväntat besök, eller något.”

”När var det senast som hon sköt upp er träff?” fortsatte Annika.

Det var tyst i telefonen.

”Birgit, är du där?” sa Annika.

”Ja, jag tänker … och jag tycker det är lite skrämmande. Det var bara två dagar innan Gabriella blev ... dödad. Det var på onsdagen. Jag skulle gå hem till henne på eftermiddagen, och sen skulle vi gå till ett konditori och dricka kaffe. Men hon ringde till mig vid tolvtiden och sa att vi fick skjuta upp vår träff för hon hade fått främmande.”

”Jaha … sa hon vem det var?” försökte Annika, och hoppades.

”Nej, det gjorde hon inte. Men hon lät upprymd på något sätt. Hon var väl aldrig riktigt glad, men nu hade hon en piggare röst.”

”Kan du säga mer om detta?” frågade Annika.

”Nej, och jag träffade aldrig stackars Gabriella mer…”

Annika hörde hur rösten stockade sig på Birgit.

”Tack snälla Birgit”, sa Annika, ”men jag har bara ett par frågor till. Nämnde Gabriella någon gång vad Aron hette i efternamn?”

”Jag har tänkt på detta en del, men inte vågat ringa till polisen eftersom jag innan sagt att jag inte visste något. Aron hette egentligen Tommy sa Gabriella en gång till mig. Men hon sa att det var hemligt … alltså att hon hade tyckt om honom.”

Annika skrev ner, på sitt eget kryptiska sätt, vad Birgit sa.

”Inget efternamn?”

"Nej, det sa hon aldrig, och jag frågade inte. Av någon oförklarlig anledning, eller som en tyst överenskommelse, pratade vi inte om det förflutna. Både hon och jag hade upplevt trista saker."

Annika hummade.

"Och hon pratade aldrig om sin dotter Maria eller barnbarnen?"

"Jo, ibland, men aldrig ingående. Så jag visste ju att hon hade en dotter och två barnbarn."

"Finns det något mer som kan vara bra för polisen att veta? Vet du mer om den här Aron, eller Tommy? Finns det något som säger att det var han som besökte Gabriella?" Annika visste det var fel att ställa tre frågor på rad, men det gick av bara farten.

Birgit suckade i telefonen.

"Jag vet inte. Jo, en sak till; Gabriella sa att hon hade många vänner i skolan, men att en flicka som hette Charlotte också tyckte om den här Aron, och att hon var dum. Det finns ju alltid någon eller några som utmärker sig bland andra i en skolklass, och flickor kan minsann bära sig illa åt mot varandra."

"Charlotte var dum ... mot vem?" undrade Annika.

"Mot henne, mot Gabriella."

"Jaha, och vad gjorde Charlotte för dumt?"

"Det sa inte Gabriella. Hon berättade det liksom bara i förbigående när hon sa att hon tyckte om Aron."

Annika hummade igen.

"Birgit, jag skriver ner detta som ett förhör, så jag måste läsa upp det för dig."

"Det behöver du inte, jag vet vad du har skrivit och jag känner mig helt utschasad nu."

Hon tackade Birgit, önskade henne en bra helg och knäppte av samtalet. Därefter plockade hon fram ett förhörsprotokoll i datorn och renskrev konceptförhöret.

Annika tittade på klockan och gjorde sen ett toalettbesök. Före eftermiddagsfikan ringde hon till kommunens Skolkontor. Hade hon tur fanns där personal kvar. En ung kvinna svarade. Annika frågade om det fanns möjlighet att få veta namnen på några skolelever från 60-talet.

Hon blev kopplad till Arkivet och presenterade sig för mannen som svarade.

"Jag kan inte säga exakt, men det är runt början eller mitten av 60-talet. Det fanns en flicka som hette Gabriella Frank, och en pojke vid namn Tommy."

"Mm", sa mannen. "Det ska väl inte vara så svårt att plocka fram … det finns i betygskatalogen. Frank är ju inte så vanligt."

"Jag blir mycket tacksam om ni kan hjälpa mig." Helst nu, meddetsamma, tänkte hon.

"På tisdag kan jag nog ha det klart", sa mannen. "Men ni får komma hit personligen."

Jäklar! Annika gjorde en grimas.

"Visst, det går bra", svarade hon.

Annika pendlade mellan Gabriella och Karl för att hitta en gemensam nämnare. Trots uppgifterna från Birgit kunde hon inte utesluta att de båda dödfallen hade med varandra att göra. Det kunde inte vara tillfälligheter att två grannar dött, genom mord och olycka, med ett par dagars mellanrum. Att Karl kolat vippen knall och fall av ålderdom och chock i samband med att hans grannfru blivit mördad, hade varit mer naturligt. Men nej, det var en hel del som inte stämde.

Stefan Jansson skulle höras igen. Definitivt. Stefan på första våningen. Han som hittat glas på sin franska balkong? Han hade berättat det för Danne, men inte velat blanda sig i. Annika bläddrade bland förhören. Hon hittade inte någon utsaga från Stefan Jansson. Bara ett PM om att – jo, där stod det – glas hittats på hans balkong. Varför hade utredarna inte hållit förhör med honom? Det var en miss. Han skulle banne mig höras igen! Annika trummade med fingertopparna i skrivbordet. Hon studerade naglarna och snurrade på vitguldsringen på höger ringfinger.

Där fanns ett utdrag från bilregistret på DAN 853. Wilhelm Agustssons bil. Hennes egna uppgifter som hon lämnat till Rolf.

Annika lade pappret på bordet, förde åter stolen bak och reste sig. Lite nack- och axelgympa var inte helt fel. Hon kände att hon inte längre var trettio. En frihelg låg framför henne.

Mobiltelefonen ringde. Hon ställde sig vid fönstret och svarade. Det var Daniel Skager.

”Förlåt att jag missade dig tidigare”, urskuldade Annika sig.

”Det är lugnt … jag ville bara snacka lite … inget särskilt.”

”Hur mår du?”

”Jo, det är väl bra … en del att göra. Morsan kommer ner och hjälper till med begravningen. Det blir ju lite och fixa med sen, men Göran stannar nå´n vecka.”

”Mm.” Annika visste inte vad hon skulle säga. Det angick egentligen inte henne.

”Och begravningen, när blir den?” Det slank ur henne.

”Om en vecka, nästa fredag.”

Annika räknade snabbt fram att det blev den 11 april. Och det var Långfredag.

”Jaha, det blir nog en fin begravning, i Påsk.” *Säg var och hur dags!* skrek det inom henne.

Men Daniel sade inte mer om begravningen. Han berättade att han skulle gå en målarkurs i Danmark över sommaren, och fram till dess skulle han *arbeta som fan* i sin ateljé.

Han frågade hur det gick med Karls olycka, och mordet på Gabriella. Annika gav honom lite allmän information och han nöjde sig med det.

”Du får gärna ringa om du kommer på något speciellt – då för tre veckor sedan.”

Daniel lovade höra av sig. När de avslutat samtalet undrade Annika vad han egentligen haft för ärende.

Just som hon hängt upp sin jacka och satt sig på stolen igen, signalerade mobilen ett sms. Hon läste: BJÖRKESJÖ KYRKA 13.00.

49

Klockan tre på fredagseftermiddagen började polishuset avfolkas. Några flexade, andra fixade ett par timmar på annat sätt. Peter tittade in på Annikas rum.

"Ska du inte hem?" frågade han och gjorde en gest med handen mot hennes överfulla skrivbord.

Hon suckade och lutade sig bakåt i stolen.

"Tänk om man fick gå hem!" frustade hon.

"Fick?" upprepade Peter.

"Jag skojar. Jo, jag ska snart gå, men jag har ett par saker som gnager inom mig. Bland annat ligger det en sten och gnager."

"En sten? Nu fattar jag noll", medgav Peter.

"Kanske lika bra just nu. Jag har några saker till att kolla upp, och jag har tänkt prata med dig om det när jag är helt säker på min sak."

"Det låter hemligt."

"Kanske inte hemligt, men en liten osäkerhetsfaktor finns. Gabriella hade besök av en okänd person två dagar innan hon mördades. Hon har pratat med sin väninna Birgit om en gammal klasskamrat som hette Aron. Och namnet Aron står skrivet i hennes almanacka. Men vi kan väl ta det på måndag."

"Okej, då håller jag fredag." Han höjde handen.

"Du, hur är det med Pia … med er?" Annika drog på det sista.

"Jodå, det är rätt hyfsat, vi jobbar på det."

"Låter bra, hälsa henne. Kollade ni upp det där med hennes mediciner?"

"Det har vi gjort, och vi ska på läkarbesök på måndag."

186

Annika gjorde tummen upp och Peters långa gestalt försvann i den tysta och folktomma korridoren.

Hon tittade på pappret framför sig. Gustav Rubin. Gabriella lilla, är vi helt ute och reser? Har dina ledtrådar, eller det som vi tror är ledtrådar, inte alls någon betydelse? Vad menar du med 12 enkronor, med Gustaf V på? Och den lilla stenen i samma påse? Vad vill du säga med den? En liten brunröd sten – den liknar en bit hasch.

Annika satte armbågarna på bordet och lutade pannan i händerna. Hon satt så flera minuter medan olika tankar korsade hjärnan. Tina kikade in och viskade *hej då, ha en bra helg.* Jeppe gläntade på dörren för att visa att han kommit och avlöst henne.

Plötsligt föste hon undan dokumenten på bordet, vände datorskärmen mot sig och gick in på Eniros söksida. Hon skrev *ädelstenar röda bruna,* och tryckte på Sök. Olika webbsidor kom upp med söktexter och hon tryckte på *rubin.* Där stod att läsa:

Rubin är en värdefull ädelsten, en röd variant av mineralet korund (aluminiumoxid). Den röda färgen orsakas av mycket små mängder krom, men den kan ha en brunaktig ton. Namnet härleds från det latinska ordet för röd, *ruber* eller *rubrum.* Äkta rubiner är mycket exklusiva, men syntetiska stenar kan skapas till ett mycket lågt pris.

Annika behövde ingen lång betänketid. Gustav Rubin fanns i Gabriellas lilla tygpåse. Han var verklig. Men det handlade varken om anagram eller om palindrom. Eller?

Att ha funnit pappan till Gabriellas dotter var en sak, men att bevisa att han dödat Gabriella var något helt annat.

Klockan var halv fyra. Annika tittade i telefonboken, och knappade in Marias nummer. Inget svar. Hon ringde till Eddie, *"Gått för dagen"* kom upp i displayen. Hon gick in i sin Dagbok, i datorn, och skrev sin vana trogen vad hon gjort under dagen. Sen ringde hon till Klara.

"Hej, vad gör ni?"

"Tjenare mamma … jag myser här i min ensamhet", sa dottern och kvävde samtidigt en gäspning

"Det verkar lugnt omkring dig."

"Ja, barnen är på kalas hos en dagiskompis, låt mig se ... en timme till. Martin hämtar dem på hemvägen. Jag har förberett en lasagne, som snart ska in i ugnen. Just nu halvligger jag i soffan och läser en skitbra bok."

Annika kunde inte låta bli att skratta. Klara, vilken härlig dotter. Nästan alltid på bra humör. Åtminstone när hon pratade med henne.

"Jaha, vilken då?" Annika var själv periodare när det gällde böcker.

"*Skumtimmen* av Johan Theorin", svarade Klara. "Det är en sådan där sträckläsningsbok, man kan bara inte lägga den ifrån sig."

"Den låter skum", skojade Annika. "Vad handlar den om?" Hon var uppriktigt intresserad.

"En liten kille försvinner på Öland och många år senare dyker hans ena sandal upp någonstans, och mamman börjar leta igen, och det är nutid och dåtid ... ja, en massa som händer. Den är i alla fall spännande."

"Då kan jag låna den sen. Du, jag tänkte bjuda på middag på söndag. Passar det?"

"Ja, gärna. Redan nu kan jag säga att det låter gott! För det blir väl Porterstek?"

"Är det fel på det?" högg Annika.

"Nej ... du vet att vi älskar det, jag bara skojar. Vi vill ha Porterstek. Såsen är så jäkla god."

"Hade jag det sist också?" Annika var osäker.

"Nej, när du fyllde femtifem bjöd du på varmrökt lax. Remember mother?"

"Fyrtifem menar du väl..."

"He, he, he..." Det vara bara Klara som kunde frambringa det ljudet.

"Jag säger till mormor och morfar också", avslutade Annika.

Annika beslutade sig för att inte göra mer på arbetet denna fredag, förutom en sak. När hon röjt upp på skrivbordet och stoppat sina saker i en låda gick hon in på datorn och tryckte fram Rolfs mail. Hon svarade: *"Tack, you made my day! Ha en avkopplande helg."* Klick, där gick det iväg. Men Rolf hade troligtvis redan gått hem.

50

Solen lyste med sin närvaro på lördagen. Den sista snön fick sig en törn och vintergäcken längs det låga trästaketet sträckte på sig. De var ovanligt tidiga i år.

Annika hämtade tidningen i brevlådan Hon hejade på grannen Sixten, före detta trafikpolis, som var ute i samma ärende.

"Har du försovit dig i dag", sa Annika muntert. "Du brukar väl möta tidningsbudet när han kommer…"

Sixten höjde handen med tidningen.

"Det är ju lördag, så jag har sovmorgon", flinade han.

"Du var kanske ute på dåligheter i gårkväll", fortsatte Annika.

Den pensionerade polisen skrattade.

"Jo du, det blev en vinpava med Margit." Han nickade med huvudet neråt gatan.

"Det är bra Sixten, du vet hur en slipsten ska dras. Men akta dig för skvaller. Margit har inte varit änka så länge."

Han skrattade igen och drog i kanten på sin stickade mössa.

Annika drack en mugg av det nybryggda kaffet och slog sen en signal till Gun.

"Hallåj, ska du gå med på långrundan?"

"Ahh, jag har jobbat i natt och höll precis på att flyta in i dimman", svarade Gun med sömning röst, tillsammans med en gäspning.

Annika skrattade.

"Då får du fortsätta med det, jag ska inte tjattra och väcka upp din hjärna, vi hörs av senare. Och du, dra ur jacket."

Guns *visst* kulminerade i en ny gäspning.

Annika stannade en stund på trappan och vände ansiktet mot förmiddagssolen. Hon misstänkte att hon om en kort stund skulle behöva ta av sig halsduk och vantar. Därför drog hon av plaggen redan nu, öppnade dörren och kastade in dem i hallen.

Ett par djupa andetag gav lungorna en kick. Sixten var fortfarande ute. Han bar den blågröna overallen med stolthet – dock utan polisemblem eftersom numera avlidna hustrun, när Sixten gick i pension, sprättat bort dem och reflexerna på uppviket nertill. Hon hade varit noga med att overallen skulle se neutral ut. Kvalitén var hög och slittålig och benfickorna, där han tidigare förvarat ordningsbotsblock och pennor, var praktiska för små skiftnycklar och sekatörer. Annika misstänkte att även hans gamla, svarta gummistövlar tillhört Verket.

Sixten var Annikas närmsta granne, i vändplatsen, eftersom tomten på hennes andra sida inte var bebyggd. Eller rättare sagt – huset som funnits där var jämnat med marken. Det hade haft flera olika ägare – släkt som köpt av varandra – och alla hade misskött både huset och tomten. Där hade sett bedrövligt ut när Annika flyttade in i sitt hus, men sen flera år tillbaka var tomten färdigställd för nytt bygge. Sixten hade själv byggt sitt hus, och således bott i området många år.

Hon passerade ut genom sin grind och fick upp farten med en gång. Hon kände inte för att bli stående och lyssna på Sixtens råd inför vårens trädgårdsarbete.

”Hej igen!” ropade hon utan att sakta på stegen, men med ansiktet vänt mot honom. Han var inte sen att höja på huvudet.

”Det där kan aldrig vara bra”, hojtade han och pekade mot henne med några avklippta trollhasselgrenar.

”Jag måste hålla mig i form … ifall det dyker upp någon intressant karl!”

”Sjuttitvå är väl för gammalt?” frågade och konstaterade han.

Annika skrattade, höjde handen och ökade farten. Hon gick förbi ytterligare fyra hus på sin gata och var snart utanför villaområdet. Anblicken av det blöta och sörjiga terrängspåret, där hon brukade gå, gjorde att hon valde den parallella, våta men asfalterade cykelvägen mot stan. Hon gick med snabba, bestämda steg och njöt av den sju kilometer långa promenaden. Skorna hade varit dyra, men det var väl investerade pengar. Mp3-spelaren och lurarna skulle hon numera inte kunnat vara utan när hon gick sina rundor. Tur att Klara var proffs på ljudmaskinen – en av teknikens små under. Hon satte in hörsnäckan och tryckte på play.

Efter motionsrundan tog hon en snabbdusch, utan att tvätta håret, och körde sen för att handla. På kundparkeringen plockade hon upp sin miljövänliga tygkasse, som Klara förärat henne, från dörrens sidofack och gick in i butiken. Det var inte läge för att strosa omkring och titta på sådant hon inte skulle ha, utan hon gick direkt till köttdisken och fick tag på en riktigt fin fransyska. Nystyckad och röd, inte alls senig. Allt det andra som behövdes till Portersteken hade hon hemma. Det var extrapris på Vinettaglass – köp tre betala för två. Hon valde två choklad och en smultron. Sen blev det några lagom mjuka Kiwi och två minikorgar med Physalis till Liv och Måns. Bättre än lösgodis.

Klockan var strax tio och det sög i kaffetarmen. Faktiskt så kände Annika sig hungrig också. Hon ställde in kassen i bilen och sneglade på konditoriet intill affären. Skylten med *Frukostbuffé* lockade. Så slapp hon tänka på lunch. Hon stoppade glassen i den lilla folieförsedda kylväskan som alltid låg i baksätet. Bra att ha när hon spontanköpte en Dajmstrut till sig själv, eller glass till Måns och Liv.

Där fanns inte många buffégäster. Två yngre män satt med välfyllda tallrikar vid fönstret. De var klädda i overaller med orange väst, och jobbade tydligen den här lördagen. En trebarnsfamilj hade brett ut sig vid ett större runt bord, och åt med god aptit. Visserligen var Annikas tanke om sig själv en tantvarning, men hon kunde inte låta bli att tänka på hur en trebarnsfamilj hade råd att äta frukostbuffé. Det kostade dem säkert trehundra kronor.

Hon hängde jackan på stolen, tog en tallrik och försåg sig med en blåbärsyoggi, fullkornsbröd, stekt ägg och bacon, ett par köttbullar samt en stor kopp kaffe och ett glas juice.

Tjugo minuter senare upptäckte hon repan längs hela vänstersidan på bilen.

"Va fa…!" Med tappad haka och uppspärrade ögon följde hon, nästan apatiskt, den två millimeter breda repan som löpte i den röda lacken längs fram- och bakdörren.

"Detta är inte sant!" sa hon högt och drog med fingret längs repan. Det var verkligen en repa genom lacken och ner i plåten – inte bara som om någon dragit med ett gummiföremål. Den var gjord med en nyckel.

Annika snurrade runt på stället. Många bilar på parkeringen, men inga människor i rörelse. Hon stod länge och bara tittade sig omkring. Om någon gjort detta med avsikt hade personen ifråga minst tjugo minuters försprång. Kanske var han just nu inne i affären och handlade. Annika satte sig i bilen med uppsikt över entrén. Hon tittade på alla som kom ut – många bekanta ansikten, de flesta okända.

Hon var heligt förbannad och slog handflatan i ratten. Sin vana trogen tänkte hon rationellt, plockade kameran ur axelväskan och fotograferade skadorna, samt en bild över bilens placering. Hon noterade datum och klockslag på det lilla blockat som alltid låg i passagerarsätet

Annika svängde ut från parkeringen, accelererade och kom ut på stora vägen. Mycket trafik, människor skulle till stan. Hon gasade på ilsket. Det var när hon kört om två minibussar som hon fick en grå Saab framför sig. Automatiskt tittade hon på registreringsnumret, DAN 853.

Annikas puls ökade. Kunde det vara så att … men vad sjutton hade Wilhelm Agustsson för anledning att repa hennes bil? Hade han gjort det för tjugo minuter sedan borde han inte befinna sig här nu. Men kanske hade han gjort det precis innan Annika kom ut från konditoriet.

Det blev strax ett vägval för henne. Skulle hon svänga av hemåt, eller följa efter Saaben till stan? Även om hon stannade, där han stannade, hade hon inte några bevis för att det var han som repat bilen. Han skulle naturligtvis neka, och hon skulle inte ha något att sätta emot. Hon valde det första alternativet, samtidigt som hon åkallade den onde. Tre tusen i självrisk.

Annika kunde inte släppa tankarna på Wilhelm Agustsson och hans Saab. Hade åklagaren verkligen hävt beslaget på bilen? Den förekom ju som misstänkt fordon i trafikolyckan, och mycket talade för att det var den som kört på Karl Bergström.

Hon borde inte, men gjorde det ändå. Ringde till Ronny, trafikutredaren.

"Hej, det är Annika … Vester. Förlåt att jag stör så här på lördagen."

"Tjenare, ingen fara."

"Du, stämmer det att åklagaren har hävt beslaget av Wilhelm Agustssons bil?"

"Ja, jo, så är det. Han hämtade den i ... låt mig se ... i torsdags."

"Varför?"

"Den är undersökt, och där fanns inte mycket mer att göra," sa Ronny. "Hela bilen är dokumenterad både med foton och i skrift."

"Jaha." Annika visste egentligen inte vad hon mer skulle säga.

"Men förresten", fortsatte Ronny. "Enligt Transportstyrelsen skickade de en ny framskylt till Agustsson förra veckan."

"Har man frågat honom om det?"

"Är detta ett förhör?" skämtade Ronny. "Ja, någon var hemma hos honom i går och han förklarade att skylten skadats av en plogbil."

"Och har man..."

"Ja", förekom Ronny, "vi har kollat med kommunen och det är inte helt ovanligt att plogbilarna ibland tuschar till parkerade bilar. Men jag kan inte svara på om man kollat just hans bil."

"Men delar av lampglas hittades ju på en balkong på första våningen."

"Ja, men glaset kan inte härledas till just Wilhelm Agustssons bil."

De har verkligen kollat upp, tänkte Annika.

"Nähä ... men du, jag upplever honom som en jäkligt ful typ."

Hon gjorde en kort paus och fortsatte sen:

"Så, en plogbil kan också ha gjort att bilen flyttade sig, och ställde sig med baken ut i körbanan, som fotona visar?"

"Inte helt osannolikt."

Annika hade svårt för att lägga band på sig.

"Men det är väl för sjutton långsökt, tycker du inte det? Om en plogbil har kört på Agustssons bil så är det ju en trafikolycka, och skulle ha varit rapporterad som en sådan. Och jag har inte sett någon sådan rapport." Annika gjorde en kort paus.

"Nej, jag ska inte störa mer ... ska ni titta på Melodifestivalen i kväll?"

Ronny grymtade.

"Nä, det blir det definitivt inte ... ett jävla skitprogram, vilka låtar...!"

"Ha, ha, håller med. Du, hälsa kära hustrun."

Annika ringde till föräldrarna och bjöd dem på middag nästa dag. Som vanligt var fadern inte speciellt pratglad, modern höll på med lunchen – bruna bönor och fläsk.

Gustav Rubin. Namnet gnagde inom Annika och hon skulle ta eftermiddagen till att forska lite kring det. Men först måste hon pigga upp sig med en mugg kaffe. Hon värmde det som fanns kvar från morgonen, och ställde sig vid diskbänken. Duken på bordet, som var likadan som köksfönstrens fyra panelgardiner, hade en mindre ketchupfläck. De ceriseröda tulpanerna slokade och var rejält utslagna. Annika suckade och tittade på de smutsiga fönstren. Tråkigt mönster på gardinerna. Gud, vad jag är fantasilös! konstaterade hon för sig själv. Hon tog en mun kaffe, grimaserade och öste resten i vasken.

Jag ska fixa i köket, sa hon halvhögt. Men inte just nu. Sen satte hon sig med dagstidningen, som hon ännu inte hunnit läsa. Klockan var strax efter tretton, och en halvtimme senare slog hon på datorn.

51

Kommunfullmäktige

Kommunfullmäktige är kommunens högsta beslutande organ. Man skulle kunna kalla det kommunens riksdag ... det är kommunfullmäktige som anger mål och riktlinjer för hela kommunens verksamhet...

Annika klickade vidare.

Sök politiker

Här kan du söka efter politiker, parti, nämnd eller styrelse för att se vilka politiker som bor på din ort. Politikerna presenteras med namn, foto, parti, uppdrag, bostadsort och i vissa fall även telefonnummer och e-post-adress...

Hon skrev **Förnamn:** Gustav, **Efternamn:** Rubin, **Parti:** Alla, **Nämnd/Styrelse:** Alla, **Bostadsort:** Kristianstads kommun. Hon tryckte på Sök. *Ej träff.*

Annika fortsatte med Kristianstads län och Malmöhus län – de bägge tidigare länen i Skåne. *Ej träff.* Det var som att söka efter en nål i en höstack.

Hon gick vidare inom riksdag och ledamöter och hittade en sida som hette Wapedia, underrubrik Wiki. Plötsligt läste hon: *Lista över ledamöter av Sveriges riksdags andra kammare 1969-1970. Ledamöterna invaldes vid valet 15 september 1968 till andra kammaren, men nyinvalda tillträdde sina riksdagsplatser först 1969. Mandatperioden blev kort, då stora delar av Sveriges statsförvaltning omorganiserades kring 1970/1971, med val 1970.*

Innehåll

Se respektive län

Annika klickade åter på Kristianstads län och upp kom en lista med namn:

Nils Jönsson, elinstallatör
Nils Arvidsson, målarmästare
Gunvald Krok, arkivarie
Gustav Gustin, lantbrukare
Gustav Rubin, lärarstuderande
Truls Larsson, fruktodlare

Bingo! Annika sköt stolen bakåt och reste sig upp. Handlederna värkte och hon masserade dem medan hon gäspade högljutt två gånger. Hon huttrade i den bruna fleecetröjan, för att i nästa minut kasta den av sig – vallningarna gjorde sig påminda då och då. Ögonen kändes trötta och torra när hon blinkade.

Annika gick bort till frysen och tryckte sig ett glas bubbelvatten. Hennes senaste investering – modern kyl och frys. Hon satte sig vid datorn igen och klickade upp sidan som släckts. Muspekaren letade sig till namnet Gustav Rubin. Klick!

Gustav W. Rubin, född 10 september 1929... Där sprack den hypotesen – de tolv enkronorna med Gustaf V – om födelsetid, tänkte Annika. Men vaddå, hon hade ju ändå, med största sannolikhet, hittat Marias pappa! Hon läste vidare: *Gustav Rubin, f.d. ämneslärare, hade fyllt fyrtio när han invaldes som ledamot, och tillträdde sin plats 1969. Men p.g.a. omorganisationer i Sveriges statsförvaltning, i slutet av 1970-talet, blev mandatperioden för Gustav Rubin kort. Han lyckades inte heller senare, trots intensiva arbetsinsatser och kampanjer, att komma tillbaka. Hans politikerbana hade också, av olika anledningar, fått en del skavanker.*

Ett gammalt svartvitt fotografi visade en allvarlig Gustav Rubin. Han hade rektangulärt, magerlagt ansikte och svagt utstående näsvingar. I likhet med kommissarie Göte Rubin var det mörka håret kort och aningen vågigt. Ögonen. Det fanns ingen tvekan – de båda var bröder!

Men, det var inte bara detta som fick Annika att stanna kvar vid bilden. Det fanns något hos den cirka fyrtioårige mannen som kändes märkligt. Hon klickade på Förstora bilden, och ett dubbelt så stort ansikte poppade upp.

Annika kände plötsligt ett stort lugn inom sig. Som om alla de inre organen slappnade av och äntligen fick vila. Som när allting faller på plats. Allting. Hon slog på skrivaren och printade ut alla dokument hon tittat på, lade dem i ett A4-kuvert och stoppade detta i byrån i hallen.

Massor med olika känslor härjade i hennes kropp. Men nu var det hennes lediga lördag, och skulle så förbli. Hon bryggde nytt kaffe och tinade upp två kanelsnäckor i mikron. Hon bar in det i vardagsrummet, öppnade TV:n och videon. "Mördarens profil", som hon spelat in från TV4 Fakta tidigare i veckan, avnjöt hon tillsammans med ett par välförtjänta Drambuie – lagom starkt, lagom sött.

52

Söndagen gav Annika ny styrka. På förmiddagen kastade hon ut tulpanerna och lade en ljusgrå, heltäckande linneduk på bordet, tillsammans med vinröda servetter och finservisen.

Modern hade Björkris med sig. *Det slår ut till påsk*, förkunnade hon. Fadern bidrog med en 37:a Skåne eftersom *sån't har du väl inte själv köpt!* Han sa det inte med glimten i ögat, utan på sitt eget glädjelösa sätt. Av någon anledning drog en empatikänsla förbi henne när hon såg att han börjat gå sämre och långsammare. Han borde göra sig av med bilen.

Annika hade tillagat Portergryta istället för stek – det blev saftigare med köttbitarna i såsen och var enklare att värma. Chokladmousse med dajmkulor, och vispgrädde. *Vi ääälskar detta*, sa Liv och Måns med munnen full. Sen frågade de om de fick gå ifrån bordet, och balanserade bort sina tallrikar till diskbänken. Därefter var det rummet med böcker, serietidningar, ritblock och leksaker som gällde.

Som vanligt, när Klara var hemma hos Annika, satt hon i ena soffan och tittade igenom samtliga album. Nu tillsammans med sin mormor. De pekade och skrattade, och bekräftade att åren gick fort.

Fadern och Martin tittade på sport, medan hon själv umgicks med de små fram till det var dags för kaffe. Vinettaglassen var uppskattad. Alla tre paketen gick åt. Det kändes bra att träffas så här, under enkla former, ibland. Nästa helg, påsken, skulle Annika arbeta.

Måndagens "morgonbön" inleddes av Göte Rubins efterträdare, Bertil Lund. *Gomorron, hoppas helgen varit bra, bla, bla...* Han lät som

Göte! Den ene stofilen avlöste den andre. Herre Gud, fram med lite ungt och friskt blod! Annika lyssnade med ett öra.

Som vanligt bråk och skadegörelse på stan. Två vakter hade blivit anmälda för misshandel, och sen gjort motanmälningar om Våld mot tjänsteman. Tre tjejer hade nästan tagit livet av varandra på Stortorget – svartsjukedrama, kallade man det. Ett familjebråk mellan brödrar och svågrar i en idrottslokal där man haft födelsedagskalas. Tre personer satt anhållna och kriminaljouren hade jobbat med det under lördagen och söndagen. I dag skulle familjevåld ta över eftersom flera barn varit närvarande. En av männen hade blivit knivskuren.

Rolf hade inte mycket att säga om Gabriellamordet. Rättsmedicinska hade kommit med sina utlåtanden och det fanns en hel del att jobba med i ärendet. Trafikolyckan med Karl Bergström var i nuläget klassad som olycka med smitning, inte mord. Sonen hade fått klartecken att begrava sin pappa.

Annika och Tina gjorde sällskap från morgonmötet. Utanför receptionen satt och stod ett flertal släktingar till de anhållna männen, och de pratade högljutt med varandra och med Tinas kollega, Anna, bakom en glaslucka. Hon kunde bara be dem sitta ner och vänta, men de lyssnade inte på henne. En av männen, cirka trettio, trettiofem, ryckte i dörren som Annika var på väg mot.

"Hallå", sa hon när hon var framme vid mannen, "kan jag hjälpa dig med något?"

Frasen var löjlig och uttjatad. Hon brukade själv känna irritation när hon ringde till ett företag i något ärende och en ung flicksnärta svarade smörigt och tillgjort: *Vad kan jag hjälpa dig med?*

Hon stoppade tillbaka sitt dörrkort i jeansfickan. Tina stod avvaktande bredvid.

"Jo, vår bror sitter där inne … han är häktad … vi måste prata med han!"

Mannen var upprörd och gestikulerade med båda händerna.

"Han är inte häktad", rättade Annika lugnt och vänligt. "Han är anhållen medan utredningen pågår."

Tre andra män anslöt sig till dem.

"Han inte har gjort något", förkunnade den äldre mycket övertygande med både mun och fingrar. "Vi måste träffa han … han är vår bror…"

Annika hade fortfarande den vänliga tjänsteminen i ansiktet. Hon höjde handflatorna mot männen och artikulerade överdrivet.

”Snälla ni, det är så här att om någon person blivit anhållen av åklagaren, så har han också fått restriktioner. Han får alltså inte träffa eller prata med någon utomstående just nu.”

”Vi inga utomstående …vi hans bröder … och vi svär hundra procent han inte har gjort något.”

Annika sög in ny luft.

”Nähä, det är ju bra. Kommer man fram till det så blir han ju frisläppt.” Hon log. ”Jag måste tyvärr…”

Mannen ställde sig mellan Annika och dörren. Det började röra sig bland de andra släktingarna.

”Vi vill prata med höga chefen, vi måste…”

”Var vänlig och flytta dig.” Hon såg rakt på honom.

Han flyttade sig inte, men just då kom teknikerpersonalen från mötet och skulle gå in genom samma dörr. Rolfs kollega Pål hade sett mannens hätska kroppsspråk. Annika kunde inte låta bli.

”Detta är höga chefen”, sa hon till den envise mannen och hänvisade till Pål, hundranittio över havet. Han fattade galoppen.

”Med all respekt för alla, var vänlig och tag några steg bakåt … detta är en personalingång.”

Mannen som hade ryckt i dörren stod kvar, medan de andra mumlande och motvilligt drog sig tillbaka till stolarna.

”Vad du menar?” frågade mannen och viftade med händerna framför Pål.

”Vad jag menar?” Pål spände ögonen i honom och nickade. ”Jo, jag menar precis vad jag säger. Denna dörr är inte för allmänheten, och det talade polisinspektören här om för dig.” Pål gjorde en gest mot Annika.

”Hon inte liknar polis … hon inte bestämma för min bror”, envisades mannen.

”Jo, hon bestämmer.” Pål kände att mannen försökte provocera, men det bet inte på honom.

Annika höll dörren halvt öppen för Pål.

”Kom”, manade hon.

Pål tog ett tag om dörrens kant, stod stilla och tittade på mannen. Han spände sina svarta ögon växelvis i Annika och Pål. Sen knyckte han på nacken, knöt handen och körde den upp i luften med ett ryck. En av de andra männen sa något till honom, och han vände sig mot dem. Innan dörren stängdes bakom Annika och Pål uppfattade hon ett engelskt ord som med all säkerhet snart skulle införlivas i Svenska Akademins Ordlista –*motherfucker*.

53

Annika stannade till och småpratade med Sture Nilsson. Han hade för vana att rätta till ena glasögonskalmen, vare sig det behövdes eller inte. Skrivbordet var prydligt, och gemen fortfarande staplade. Han hade alltid skarpa strykveck längs skjortärmarna.

Med en glimt i ögat frågade han om hon varit på Göte Rubins avtackning. *Hehehe,* svarade hon Sture. Fast det lät inte som Klara.

Det fanns inget akut just nu, så hon gick vidare mot sitt rum. I korridoren hejade hon på två unga, nya kollegor i uniform. En kille och en tjej, snygga, stomatolleende, stolta över sina arbeten. Det drällde in nya poliser nuförtiden, och de fick alla göra praktik på kriminaljouren – för att se hur utredningsarbetet fungerar, innan de började härja ute på fältet.

Annika beslutade sig för att prata med Eddie efter förmiddagsfikan. Först skulle hon själv kolla upp lite. Hon hade inte sett Peter – han skulle också jobba i dag.

Hon låste upp översta skrivbordslådan och tog fram dagens arbetsredskap – datorkort, mobiltelefon, pennor och block. Gabriellaärendet var fortfarande öppet för henne, så hon gick in och tittade på utredningsuppgifterna. Det rättsmedicinska utlåtandet hade skannats in av någon. *Håret på Gabriellas bakhuvud visade att hon hade tryckts bakåt mot en vägg, varit fasthållen över halsen med en handskbeklädd hand och på så sätt fått syretillförseln till hjärnan strypt. Hon hade ingenting under naglarna som tydde på att hon rivit på någons hud, på textil, på vägg eller tapet. Troligtvis hade hennes händer famlat i luften.*

Platsundersökningar som gjorts visade på att *brottet skett mot köksväggen, bredvid telefonen som var monterad där. Rygg, axlar och huvud hade pressats mot väggen, och sedan kasat ner i sittande ställning. Urinavgång hade skett på platsen. Två linnehanddukar hade använts till att torka upp urinen från golvet med. Dessa handdukar fanns överst i den klädhög som placerats ovanpå Gabriellas hopvikta kropp, i tvättkorgen.*

Ett av förhörsprotokollen visade att Danne varit inne på förhör i helgen. Ett kortare förhör där *han medgav att han ibland lånat Wilhelm Agustssons bil, men absolut inte en enda gång under de senaste tre månaderna. Det vidhöll han.*

Även ett förhör med Stefan Jansson – killen som hittade blinkersglas på sin franska balkong. Värst vad de jobbat på i helgen, tänkte Annika. *Stefan bedyrade att han inte såg vilken bil som backade bort efter smällen. Han såg gubben som låg i snön, och ringde 112. Nej, han hade inte sett mer. Ja, det var kanske en Saab. Jo, det var nog en Saab. Gråaktig, tyckte han den var. Sen gick han tillbaka in till tjejen. Dom höll på och käka kebab, så'n där fryst som man själv fixar till i mikron.*

Förhör med bibliotekets personal, församlingshemmets anställda, ja, de flesta som man kunnat utröna haft kontakt med Gabriella.

Annika saknade förhör med två personer. Varför var de inte hörda? Hon skulle prata med Eddie.

Klockan var åtta och femtisju. Peter hade fortfarande inte gått förbi hennes rum. Schemat på väggen visade att han skulle jobba dagpasset.

Hon hade precis tänkt tanken klar när mobilen ringde. Skyddat nummer.

"Annika Vester, Kriminaljouren."

"Hej, det är jag." Peters röst lät smått andfådd och det hördes att han befann sig i bilen.

"Jag är på väg till sjukhuset med Pia … eller, hon åker med ambulans och jag kör efter…"

"Herre Gud, vad har hänt!" Annika stängde till dörren med foten.

"Hon började blöda när hon var på toa, precis när jag skulle köra."

"Okej, det behöver inte betyda något så ta det lugnt. Hon blir väl omhändertagen där inne."

Annika hoppades att rösten lät stadig.

”Mm, vi får se vad som händer, men bara så du vet … du kan väl säga till Sture.”

”Jag gör så, hälsa henne.” Annika knäppte av samtalet. Gode Gud, låt dem inte mista detta barnet också!

Nu om någonsin behövde Annika det där kaffet.

För en gång skull drog Eddie på smilbanden när hon kom in i hans rum. Han hade tydligen deras sista samtal i minnet. Han erbjöd henne fåtöljen.

”Gaj … råts … nadem … gaj … rexäv!”, sa hon med full koncentration och händerna på ryggen, där hon också höll kuvertet hemifrån.

Eddie körde ner händerna i byxfickorna samtidigt som han gav till ett skratt och skakade på huvudet.

”Rexäv … du är otrolig! Var det ett palledrom?”

Nu skrattade Annika högt.

”Nej, jag bara vände på bokstäverna … du vet ju hur man gör!”

”Vad sa du då?”

”Får du själv lista ut. Du, från det ena till det andra, jag har lite att berätta. Från helgen.

Hon viftade med kuvertet framför sig.

”Var du inte ledig?”

Det var en dum fråga. Hon, ledig? Eddie skakade på huvudet igen.

”Ska vi slå vad om vad W:et står för?”

Eddie hade satt sig vid datorn medan Annika lutade sig framåt vid hans sida. Fingrarna gick som lärkvingar.

”Hade du en trea i maskinskrivning på polisskolan?”

Han sade inget och fortsatte slå på knapparna. Han gick in i sökregistret för namn och fick omgående träff på Gustav Rubin. Flera stycken i Sverige med det namnet, men ingen i staden eller i hela Skåne län. Märkligt. Mycket märkligt.

Eddie försökte med Gustaf Rubin – ingenting. Och Rubin kunde inte stavas på annat sätt.

”Nähä.” En djup suck undslapp Annika och hon körde fingrarna genom håret. ”Då kommer vi inte längre med detta. Men jag är jäkligt nyfiken på om det är Götes bror.”

Eddie sade fortfarande inget. Han vände sig mot bokhyllan och tog fram en pärm. Där gick han in under flik P – personalregister. Drog med tummen längs namnen, vände sig med pärmen mot datorn igen och knappade in ett personnummer. Vips, där kom Göte Rubins mantal upp. Eddie lade pärmen ifrån sig och klickade på Relationer. Fadern avliden, modern bodde på en adress i Malmö. Hon var född 1911 och levde. Klick på modern. Relationer: Maken avliden, 2 söner: Gustav Wilhelm Rubin född 1929 (namnbyte 1971), Göte Valter Rubin född 1941.

”De är bröder”, konstaterade Annika och lade armarna i kors. Men så böjde hon sig mot skärmen. ”Vaddå namnbyte 1971?”

I samma ögonblick ringde hennes mobil. Var det Peter igen? Klockan var tjugo i tio.

54

"Hej, det är jag." Annika koncentrerade sig på mannens röst. Varför förutsatte alla människor att hon visste vilka de var?

"Danne ... Daniel", tillade rösten.

"Ja, hej du", svarade hon och försökte att inte låta upprymd. "Allt väl?" Äsch, där kom den där klyschan igen.

"Jo det är bra, men mina grannar håller på att ta ihjäl varandra. Där är ett jä ... helsikes liv inne."

"Hos Wilhelm och ... " Vad var det nu hon hette? Annika förbannade sig själv.

"Vera, tror jag hon heter", sa Danne. "Det är mest hon som skriker och dom kastar med saker..."

"Hur länge har de hållit på med det?" Annika tittade på Eddie som fortfarande satt och knappade på tangentbordet.

"En kvart eller så. Jag har jobbat i natt, och vaknade av bråket där inne."

"Och du tror att det är så att polisen behöver komma?"

"Absolut ... det hörs i hela huset och hon gapar och skriker som en ..."

"Kan du ringa på?"

"Det har jag gjort, men dom öppnar inte ... dom hör väl inte."

"Jag ringer vår länskommunikationscentral, så får de skicka en bil. Nummer 14 var det?"

"Ja, jag kan visa dom när dom kommer."

"Okej Danne. Tack för att du ringde ... hör gärna av dig om det är något ... annat."

Det var andra gången på drygt tre veckor som Annika ringde kommunikationscentralen för att få en bil skickad till samma adress. Hoppas det inte blir ett tredje lik, tänkte hon.

Eddie sträckte sig och tog en utskrift från skrivaren på sitt bord. Han räckte den till henne.

"Här har du ditt anagram ... det var väl så det hette?"

Hon tog pappret med en frågande blick och ställde sig med ändan mot skrivbordskanten.

Hon läste, och tittade länge på pappret. Hon vände och tittade på den blanka baksidan, vände tillbaka och läste igen.

"Du ser ut som en fågelholk", småskrattade Eddie. Med händerna i byxfickorna.

"Detta kan vi tacka Maria för." Hon viftade med pappret framför Eddie.

"Och på tal om Maria ... hennes döttrar Nora och Mia är inte alls hörda. De är ju ändå barnbarn till Gabriella. Vuxna med blodsband. Jag kan prata med dem. Okej?"

"Okej, ta ett snack med dem."

Det skulle hon. Men först en tur till Norra Boulevarden 14.

Det slumpade sig så att det var Anders och Bosse som även denna gång körde utryckning till samma adress.

"Bara det inte är en ny tvättkorg", sa Bosse. Han hade ännu inte glömt synen som mötte dem förra gången.

"Alltså, hade jag hittat morsan på det sättet..."

Medan han tryckte ner hissen tog Anders trapporna.

"Äh, skit i hissen, det går snabbare så här."

Daniel Skager mötte dem på tredje våningen och följde med en trappa upp. Han var i strumplästen och klädd i en grå joggingdress.

"Det är tyst nu", sa han. "Knäpptyst, men ni måste väl gå in ändå?"

Anders tryckte två korta signaler på ringklockan och avvaktade. Ingen hände. Han gjorde tre dubbeltryckningar. Fortfarande ingen respons.

"Nästan som en repris från förra gången", sa han halvhögt och tryckte ner handtaget. Dörren var olåst och öppnades utåt. Anders stack en fot emellan och sköt upp den.

"Hallå!" ropade han. "Är allt okej här?" Han och Bosse tog några steg in. Daniel stod kvar i trapphuset.

När ögonen vant sig vid den skumma belysningen i den kvadratiska hallen, framträdde konturerna av en människa som satt i en korgstol alldeles bredvid dem. Bosse gick några steg tillbaka, fann strömbrytaren och tände taklampan. Vera satt framlutad och höll krampaktigt om korgstolens armstöd. Som om hon var på väg att rusa upp ur stolen. Men hon satt alldeles stilla. Blicken var fixerad rakt fram. Hon andades högt och snabbt, och näsvingarna fladdrade.

"Vad farao", sa Anders. "Fru Agustsson, hur mår ni? Vad har hänt?"

Vera rörde sig inte, men fortsatte sitt frustande. I detsamma upptäckte Bosse en stor, våt, mörk fläck på sidan av kvinnans gröna tunika. Hennes hand, som fortfarande höll ett hårt grepp om korgstolen, hade flera stycken blodstänk.

"Hon är skadad", sa Bosse.

Han plockade fram sin mobil och ringde 112 varefter han med comradion anropade ytterligare en patrull.

Just då blev en man synlig i vardagsrummet. Bakom honom fanns en omkullvält stol. Han gick sakta fram och ställde sig i dörrhålet, mot hallen. Hans högra arm hängde slappt längs sidan, och i samma hand höll han en kökskniv. Från bladet droppade något mörkrött, trögflytande ner på tröskeln.

Anders och Bosse fick upp sina pistoler samtidigt, och osäkrade dem.

"Lägg kniven ifrån dig", uppmanade Anders tydligt och bestämt.

Wilhelm stod först orörlig några sekunder. Han tittade på Anders, sen på Bosse och på Anders igen. Glasögonen satt på sned och saliv rann från ena mungipan. Utan att lyfta eller röra handen, öppnade han den och lät kniven falla till golvet.

Annika steg in i hallen just som benen vek sig under Wilhelm. Han satte sig på knäna, lyfte händerna och föll sedan tungt framlänges på golvet. Anders sparkade undan kniven och sen hölstrade han och Bosse sina vapen. Då upptäckte de den mörkröda fläcken som sakta bredde ut sig på Wilhelms skjorta.

55

Tisdag 8 april 2008

"Som jag sa innan kan vi tacka Maria för att hon tipsade om anagram och ... säg nu vad det heter, Eddie."

Annika pekade med hela handen på honom.

"Ja, gör det", manade Rolf som också fanns på Eddies rum.

"Det var ju fan vad ni hackar på mig."

Annika skrattade och virrade på huvudet.

"Du, det är viktigt att kunna sådant. Kom igen, vad är det nu det heter?" envisades hon.

Eddie bläddrade i några papper som han hade i handen.

"Det står här ... eh ... palindrom. Det kunde jag." Han höjde på ögonbrynen så att solbrännan veckade sig i pannan.

Annika tittade på det nerklottrade datautdraget på skrivbordet.

"Jag hade hela tiden på känn att det var något mysko med namnet vi fick fram. Ändra på namnordning och bokstäver i *Gustav Wilhelm Rubin*, med några undantag, och du får namnet *Wilhelm Ruben Agustsson*. Namnändringen gjorde han i samband med misslyckandet i politiken, då kring 1970-1971, och när han gifte sig med Vera. Hon hette Agustsson, så de tog hennes namn som gifta."

"Så det är alltså han som är pappa till Maria." Rolf både frågade och konstaterade.

"Ja, förmodligen", svarade Annika.

"Genom våldtäkt?"

"Det vet man inte. Det kan finnas andra orsaker till varför Gabriella inte avslöjade honom. Men att hon ändå, genom sina ledtrådar i bankfacket, ville att dottern skulle få reda på hans namn när hon var död.”

Eddie lyssnade på Annika, nickade och hummade emellanåt. Han strök sig över hakan.

”Tog han livet av henne?”

Annika höjde ett pekfinger.

”Det är inte heller så säkert.” Hon riktade fingret mot sin panna. ”Jag har mer som snurrar här inne och skulle gärna vilja prata med Wilhelm. Om Cold Case-gruppen tillåter?”

Hon drog på orden och sneglade på Rolf. Han tittade ut genom fönstret.

”Jag undrar om inte våren är på gång”, lyckades han pressa fram.

”Det finns en sak till som vi inte får glömma”, fortsatte Annika. ”Det var faktiskt Peters svärmor, Greta, som gav oss namnet Gustav. Alltså spikade det som vi anade.

De andra hummade. Det blev tyst en stund. Annika tittade på klockan och gick mot dörren.

”Jag måste kolla om Peter ringt, eller kommit. Pia var visst sjuk. Sen ringer jag Maria Morén och får döttrarnas mobilnummer.”

Just som Annika passerat sitt rum, och gick mot Peters, hörde hon hans röst bakom sig. Hon vände sig tvärt.

”Hej ... jag skulle precis se om du hade kommit. Hur är det?”

Peter kom med jackan över armen. Håret var rufsigare än vanligt.

”Förhoppningsvis bra. Hon är inlagd och de har fått stopp på blödningen.”

Annika lade sin hand på bröstkorgen.:

”Skönt ... vad säger läkarna?” frågade hon i utandningssucken.

”Hon är undersökt och de känner ju till de tidigare problemen. Det verkar som om vetenskapen har fått en puff framåt, inom det här. Men troligtvis blir det så att hon får vara sängliggande hela graviditeten ... tufft som fan.”

Annika rörde vid hans arm. Hon kände verkligen sympati för dem båda.

"Ni får ta en dag i taget och se vad som händer. Jag är ingen läkare, men som du själv säger så har den medicinska vetenskapen gjort framsteg. Och blir det så att hon måste ligga … ja, då får ni köpa det."

Det fanns en glimt i Peters ögon som hon inte riktigt kunde tolka. Han tittade rakt på henne. Hans mun pressades samman som om han ville hålla inne med ljudet som var på väg ut.

"Snälla du, vad är det?" frågade hon när tårar steg i hans ögon. Snabbt torkade han dem med ovansidan av ena handen innan de vällde över.

"Det är … vi ska … det är tvillingar…"

Han viskade fram orden medan han nickade. Annika lade handen över sin mun och kände hur hon blev tjock i halsen.

"Woow", sa hon, knappt hörbart. Tystnaden som följde var ett andrum för båda att hämta sig. Peter log ett snett leende.

Plötsligt slog det Annika att det var i dag hon skulle gå upp på Skolkontoret. Hur hade hon kunnat förbise det! Något inom henne sa att den här tråden var något att dra i. Men, naturligtvis kunde hon ha helt fel också.

Tillbaka på sitt rum ringde hon upp Maria Morén. Hon ursäktade sig för att hon störde igen.

"Jag ska inte uppta din tid, men vill du ge mig dina döttrars telefonnummer?"

"Jaha, det kan du väl få. Men jag förstår inte varför du ska prata med dem?"

Varför motarbetar hon? tänkte Annika.

"Snälla Maria, det är väl inget onaturligt att prata med närstående i ett sådant här fall. Gabriella var ju trots allt deras mormor, även om hon var sjuk."

"Närstående", kom det med viss ironi från Maria, "jo, jag tackar jag. Hon har inte tillfört deras liv något."

"Gabriella var psykiskt sjuk – det har du själv berättat. Tror du inte hon behövde någon vid sin sida? Hon hade bara dig." Annika visste att hon lät anklagande, men kände att hon måste tömma alla resurser.

"Nora och Mia har inte haft behov av en mormor som Gabriella, eftersom jag aldrig haft tryggheten i henne som mamma."

Herre Gud, fattar du inte vad jag säger?" tänkte Annika uppgivet.

”Mm, man kan se olika på det. Var inte flickorna nyfikna på sin mormor, när de blev äldre?”

Maria gav till ett ihåligt skratt.

”Snälla ni … du … den här diskussionen tar lite egna vägar nu. Jag begriper inte varför vi ska gräva i det gamla? Jag förstår inte det relevanta i dina frågor. Ni kan ju leta efter mördaren istället.”

Annika var tyst några sekunder. Typiskt uttalande. Precis som när fortkörare blivit stoppade och rapporterade: *”Har inte polisen annat och göra…?”*

Hon tänkte inte släppa detta.

”Maria, du är för intelligent för dylika uttalanden, så jag hörde inte vad du sa.”

Annika hörde hur Maria drog en djup suck.

”Ja, ja, det är väl fel av mig … men det är bara jobbigt att gå här. Jag väntar varje dag på att polisen ska ringa och säga att man vet vem som tog livet av mamma.”

”Och då måste vi, som du säger, gräva i det gamla”, svarade Annika. Men jag förstår ändå inte din ovilja att hjälpa till. Jag utreder ett mord, och det är så att det ena kan ge det andra. Små, till synes obetydliga uppgifter, kan föra utredningen framåt. Din mamma har blivit mördad, och all information är värdefull.”

”Du ska få Noras och Mias telefonnummer”, avslutade Maria med högdraget tonfall. Hennes värdighet är upprättad, tänkte Annika.

56

Annika promenerade till det gamla kommunhuset, vilket låg vid Lilla Torg mitt i centrum.

Mycket folk ute och torghandeln var i gång. Hon hälsade på ett äldre par som var vänner till föräldrarna, och efter en titt i Indiskans skyltfönster travade hon in i det allra heligaste.

Som många andra företag och institutioner hade även kommunens lokaler fått en ansiktslyftning genom åren. Kontorslandskap och moderna möbler, stora, gröna växter, ljust och luftigt. Annika kände igen några av personerna som satt bakom sina datorskärmar och skötte kommunens uppdrag.

Efter ett par minuter uppenbarade sig en kostymklädd man i säkert 65-årsåldern, med ett papper i handen. Typisk arkivarie, log Annika när han hälsade på henne. Hans bleka ansikte och det grå, livlösa håret fick henne och tro att han suttit i ett mörkt arkiv under många år. Fanns det verkligen den sortens arkivarbetare nuförtiden? Kanske gick han på övertid, hörde till den kategorin som inte ville lämna sitt arbete.

Han visade in henne i ett mindre kontorsrum och stängde dörren. Formellt och högtidligt, tänkte hon när han gjorde en gest mot en fåtölj. Hon knäppte upp jackan, men stod kvar. Det här skulle inte bli långvarigt.

"Har ni legitimation?" frågade mannen.

"Klart", sa hon och plockade fram sin polisleg från jackans innerficka. Mannen granskade den, och räckte henne sedan ett A4-papper. Han lade händerna på ryggen och vaggade på klackarna.

"Namnen finns i betygskatalogen", sa han när Annika granskade dokumentet. "Men tyvärr finns inga personnummer på eleverna, endast födelseår."

"Det går bra ändå." Hon skummade hastigt igenom namnen.

"Kan jag ta detta med mig?" frågade hon.

"Javisst … men dokumentet kostar femtio kronor." Arkivarien stod nästan i givakt.

"Jaha … naturligtvis", sa hon och fick upp några tjugor från jeansens bakficka. "Här, ta sextio kronor. Och jättemycket tack." Hon räckte mannen pengarna.

"Inte mer än femtio kronor, och jag måste skriva ut ett kvitto", sa han.

Tillbaka på polishuset, med jackan fortfarande på, lutade Annika sig bakåt i stolen och granskade namnen. Ett leende lekte på läpparna när hon med nostalgi läste vart och ett: Charlotte, Ulla, Marianne, Tommy, Göran … typiska 40- och 50-talsnamn. Förutom då Gabriella, som på något sätt lät finare, socialgrupp ett. Hon upptäckte tre Tommy på listan. Typiskt! Men vänta lite, Tommy Aronsson, Tommy Lindskog och Tommy Svensson. Tommy Aronsson – kallades han Aron av klasskamraterna?

Annika köpte sitt eget resonemang, hängde av jackan och gick in i NNA-menyn. Där kunde hon söka på bland annat kön, namn, födelseår och postnummer i hela landet.

Hon skrev in m,aronsson,Tommy,480101-511231 och klickade på Enter. *För många att visas, utöka sökningen,* stod det i klartext. Annika skrev in 500101-511231. En sida med många namn kom upp. Flera stycken hette Tommy Aronsson i Sverige, men endast en som var född 1950, som Gabriella, och bodde tre mil bort, i Hässleholm! Det lät för bra för att vara sant.

Annika dubbelklickade på namnet och Tommy Aronsson visades med hela sitt personnummer och adress. Sen gick hon in i belastningsregistret och såg att han förekom med endast ett par trafikförseelser för fyra år sedan. Alltså inga våldsbrott. Hon gick vidare och gjorde en passfråga, men han hade inget pass. Hon skrev ner allt i agendan och tog bort visningarna på skärmen. Annika kände sig upprymd över det hon åstadkommit i dag. Och det måste slutföras.

”Vill du följa med västerut?” frågade hon Peter en stund senare.

Han tittade på klockan.

”Helst inte … om de ringer från sjukhuset …och jag ska ha ett vittnesförhör om en timme.”

”Självklart … det gör inget, jag kör själv. Jag har hittat en klasskamrat till Gabriella Frank. Tommy Aronsson, som hon gillade i skolan. Lite långsökt kanske, men det är den där pojken som hon pratat med väninnan Birgit om. Jag menar, efter mer än fyrtio år. Han har adress i Hässleholm. Och är det inte rätt kille behöver jag inte senare fundera över varför vi aldrig pratade med honom.

”Namnet i hennes almanacka”, fyllde Peter i.

”Mm, och det kan ju vara intressant i och med att Gabriella pratat om honom. Men Birgit visste inte mycket.

”Jobba vidare på det”, sa Peter. ”Det är ditt case.” Han gjorde tummen upp och Annika skrattade. Hon hade full förståelse över att han inte var lika engagerad i ärendet som hon. Just nu var hela han uppfylld av helt andra saker. Hon skulle själv ha gjort likadant. Inget var viktigare än familjen.

”Vi hörs på mobilen om det är något. Jag säger till Sture att jag kör.”

Hon satte tänderna i ett äpple när hon lämnade polishuset.

57

Den civila Saaben ägde vägen. Den gick tyst, mjukt och fort, alltmedan Annika nynnade på *Nikita*. Hon visste inte varför just den låten poppade upp hos henne. Den var en av hennes favoriter. En hel del trafik, men det gick smidigt. Inga semesterfirare eller gubbar i keps. Hon tyckte om att köra ut på ärenden ensam, såvida det inte gällde våldsbrott. Men på sådana ärenden körde de för övrigt aldrig i enmanspatruller.

Hon passerade mindre orter, välkända som den egna fickan. I korsningen, vid stenbrottet i Önneberga, mindes hon en av sina första utryckningar till en trafikolycka. Just den platsen var olycksdrabbad, och byggdes om för något år sedan. Men då, nästan trettio år tidigare, hade hon och kollegan Olle, som var tjugo år äldre än henne, kommit till en utbränd bil med fyra kroppar. Föraren i bilen de krockat med hade klarat sig utan allvarligare skador. De döda satt i sina säten, grillade och förkolnade.

Det var ingen angenäm syn, men Annika var starkare än hon trott. Och här kom hon också i kontakt med jargongen mellan kollegorna. Att skämta och skratta var ett måste, även i de mest makabra situationerna. Inte just när man befann sig mitt uppe i arbetet, men efteråt var det nödvändigt med en ventil.

När de var klara med arbetet på olycksplatsen, och körde mot stan, satt de tysta. Annika hade inget behov av att prata just då, och Olle, som vanligtvis inte led av tunghäfta, funderade antagligen över hur han skulle bryta barriären på ett naturligt sätt. ”Vi får ha lite käk”, sa han till slut. Annika svarade att hon inte kände sig hungrig, men Olle hävdade med grabbig attityd att ”vi kan väl ta grillade revben på Calles Taverna…!” Han skrattade åt sin lustighet, för att klara sig själv, och

Annika mådde illa. Men hon lärde sig genom åren. Och det handlade inte om brist på empati.

Trettio minuter senare körde Annika in i Hässlehåla, som många skämtsamt kallade staden. Hon kände till de mest centrala delarna, även om där skett rejäla förändringar och ombyggnationer de senaste åren. Gatunamnen var välkända för henne, från tiden hon var tvångskommenderad dit som yngst.

Annika gled runt sakta med lätta rattrörelser. Hon passerade det nya polishuset, svängde höger och kom till Resecentrum. Där tog hon vänster på Lotsgatan, letade upp nummer arton i en trevånings hyresfastighet, och hittade en ledig parkeringsruta femtio meter längre bort. Hon parkerade, stoppade block och penna i jackfickan och promenerade tillbaka.

Vid porten stod två killar i övre tonåren, varav den ene pratade i en mobiltelefon samtidigt som han drog ett par djupa halsbloss på en cigarettfimp. Den andre stod bredvid, slött lutad mot husväggen och med en ölburk i ena handen. Båda bar slitna jeans och bruna munkjackor. Killen med ölburken hade dragit luvan över huvudet och en bit ner i pannan.

Annika kände igen klientelet alltför väl. Hon stannade en meter ifrån dem och tittade på gatunumret igen, ovanför dörren.

"Tjena killar", sa hon, "finns det porttelefon här? Kanske bakom din rygg?" Hon nickade mot killen med ölburken. Hans ögon var lika slöa som kroppsställningen.

"Va?" sa han och vred på huvudet åt höger och vänster med spelad förvåning, som för att förvissa sig om att det verkligen var han som blev tilltalad.

"Porttelefonen", upprepade Annika, "är det den du lutar dig emot? I så fall kan du väl vara bussig och flytta dig lite." Hon log tillgjort mot honom.

"Jaha, så du ska in i denna trappan?" Hans röst var sävlig och skrovlig.

"Gärna", svarade Annika.

"Är du socialkärring?" blev nästa fråga.

"Kärring kan jag väl ta på mig", sa Annika, fortfarande leende, "men nej, inte från socialen."

"Nähä ... va fan sysslar du då med ... alltså om du ska in i denna trappan...?"

"Det vill du nog inte veta", sa Annika vänligt och tittade på starkölsburken i hans hand. Hon visste hur dessa typer skulle tas, och föll aldrig ur ramen vid möten med dem. Och här tänkte hon definitivt inte konfrontera honom med öldrickandet.

Den andre killen avslutade samtalet, sköt iväg fimpen och vände sig mot kompisen.

"Skit i henne ... vi drar nu."

Luvkillen satte ölburken till munnen, böjde huvudet bakåt och lät innehållet klucka ner genom halsen. Sen drog han jackärmen över halva ansiktet och släppte burken framför sina fötter. Han sparkade till den och lät den rulla över trottoaren och ner i rännstenen. Samtidigt knöt han sin ena hand, tryckte till hårt mot bröstkorgen och lät ett långdraget rap rulla upp genom strupen samtidigt som Annika vände bort ansiktet. Ditt lilla äckel, tänkte hon. Och glömde för stunden alla människors lika värde.

Hon ställde sig med ryggen mot porten och följde killarnas knäande steg över gatan, mot Resecentrum. Undras tro vem som skulle bli nästa föremål för deras ohyfs.

Det fanns ingen porttelefon vid dörren, där luvkillen stått lutad, så Annika öppnade och gick in i trapphuset. Hon grimaserade åt lukten. Bränd falukorv eller hamburgare? Så här långt kommen funderade hon på vad hon skulle säga om hon kom i kontakt med Tommy Aronsson. Och om han verkligen var den Aron som Gabriella pratat med Birgit om.

Jodå, namnet fanns på namntavlan. Tredje våningen. Hon plockade fram mobilen och ringde till Peter.

"Hej, allt i sin ordning?" Hon lyssnade och nickade. "Bra, hälsa från mig. Jag är på Lotsgatan arton nu, så du vet. Ja, det finns en Tommy Aronsson här ... får se vad det ger ... jag ringer igen."

De schackrutiga trapporna var smutsiga, den senapsgula väggfärgen flagnad och repad, lägenhetsdörrarna inte av det fräschaste slaget. Annika kände igen också detta mönster från asociala bostadshus.

Brytmärken vid dörrlåsen, klistermärken och sprucken fanér på dörrarna, ringklockor som saknades eller hängde i sina trådar. Hon tänkte på killarna där nere. Bodde de här? Hade de vuxit upp i denna miljö? Troligtvis.

Hon aktade sig för att nudda vid ledstänger eller väggar med sin ljusa jacka medan hon gick uppåt.

Kvinnan som öppnade kunde vara allt mellan femtio och sextio. Det mörka, färgade håret hade samma korta frisyr som Annika, men med minst fem centimeters grå utväxt. Hennes anletsdrag visade att hon varit snygg som ung. Men det fårade ansiktet talade också om att hon inte seglat genom livet på en räkmacka. Ögonen var vänliga, men frågande, bakom de omoderna glasögonbågarna. Under den mörkblåa sweatshirten hängde brösten slappa utan behå. De grå joggingbyxorna var urtvättade och för korta i benen. Pricken över i:et var foppatofflorna. Allt fanns där.

"Hej, Jag heter Annika och kommer från polisen … men det är inget farligt, inget har hänt."

Hon satte upp ena handen för att tydliggöra att kvinnan inte behövde bli orolig.

Så brukade Annika börja sina samtal när hon ringde till föräldrar som borde komma till polishuset och hämta sina berusade ungdomar. Ofta sa hon "detta är från polisen" och i samma andetag "jag håller just på att prata med Fredrik, och han bad mig ringa…" Då hann föräldrarna inte bli rädda.

"Det var ju skönt!" utbrast kvinnan och lade ena handen på bröstet. Den andra greppade om dörrhandtaget. Hon lutade sig fram och tittade ner för trapporna, och sen på Annika.

"Är det Andréas som varit i farten? Han och Micke var här för en stund sedan … och ja, de var inte riktigt nyktra."

"Nej, nej", sa Annika, "det är ingenting med dem. Jag såg ett par killar här nere, men de gick mot Resecentrum."

"Tack och lov", sa kvinnan och klappade sig på bröstet igen. "Men … vad…?" Nu var hennes ögon mer frågande.

"Det blir inte långvarigt", försäkrade Annika, "men jag håller på med ett ärende … polisen håller på med en utredning, och jag skulle vilja prata några ord med Tommy Aronsson. Bara få lite upplysningar. Bor han här förresten, och är han hemma?”

”Jaa … han bor här … och … och han är hemma.” Kvinnan drog på varje ord, och såg fortfarande frågande ut. ”Det går bra att komma in. Jag är hans syster.”

Annika tackade och tog ett par steg in i hallen.

”Behåll skorna på”, sa kvinnan och slog ifrån sig med ena handen, innan Annika ens gjort någon ansats till att ta av dem. Hon nickade och knäppte upp jackan

Första intrycket var att där såg slitet ut, men så upptäckte hon prydligheten. Kläder på galgar, skor på skohyllan, vita, stärkta dukar på hallbyrån och kammade fransar på trasmattan. Hon kastade en blick in i köket och noterade att det låg en grönrutig duk på det runda köksbordet, och att stolskuddarna var klädda med likadant tyg.

Kvinnan visade in Annika i vardagsrummet, som nästan påminde om Gabriella Franks stora rum. Den lite äldre stilen med traditionell teakbokhylla, tresits- och tvåsitssoffa med ett ovalt soffbord, två uddafåtöljer, en läslampa och TV. 70-tal, tänkte Annika, förutom plasma-TV:n. I taket en mindre, välputsad kristallkrona. Tyvärr malplacerad.

Annika gick bort till mannen som satt något nersjunken i ena fåtöljen, vid soffbordets gavel. Håret låg i en grå krans runt det för övrigt kala huvudet, där det fanns flera leverfläckar. Hon ställde sig på hans högra sida. Den grå koftan såg hemmastickad ut. I knäet hade han en dagstidning med korsordet uppslaget, och på bordet framför låg några exemplar av Illustrerad Vetenskap. Där fanns även en temugg och en flaska Famous Grouse samt ett par medicinburkar och två glas.

Annika höll fram sin legitimation.

”Hejsan, jag heter Annika Vester och kommer från polisen. Är detta Tommy Aronsson?”

Mannen vände sitt fårade ansikte mot henne, samtidigt som han tog tag i bordskanten och snurrade fåtöljen en kvarts varv.

Annika drog efter andan.

58

På tillbakavägen var Annika rejält hungrig och kände att hon måste äta något omedelbart. Hon rattade in på McDonalds Drive In, i Stoby, och köpte två tiokronors ostburgare och en Coca. I bilens handskfack hittade hon några vakumpackade våtservetter som hon fräschade upp händerna med. Hon satt kvar på parkeringen medan hon åt den mat som hon vanligtvis undvek. Det var bara Liv och Måns som lyckades lura in henne på McDonalds.

Annika gick ur bilen och kastade servetterna och den halvtömda burken i en papperskorg.

Åter på rull ringde hon till Peter.

"Jag tror inte du kan gissa, men försök åtminstone", sa hon uppgivet.

Peter skrattade. Då har han åtminstone inte fått några tråkiga besked från Pia, tänkte Annika.

"Gissa vaddå? Finns det några alternativ?" sa Peter. "Har du löst mordet?"

"Om det vore så väl. Rätt Tommy Aronsson finns på adressen. Han har alltså gått i samma klass som Gabriella. Han mindes mycket väl flickan med de religiösa föräldrarna, och att han tyckte hon var söt, på den tiden. Men han har inte träffat Gabriella sedan deras skolavslutning, där han blev så full att hans pappa fick hämta honom. Det mindes han klart. Och han fick rejält med stryk när han kom hem."

Peter hummade, och Annika fortsatte:

"Innan jag gick kom han på att han träffade henne på sommaren, efter skolavslutningen. Hon arbetade på en kaffeservering i Stadsparken. Det var sista gången han såg henne. Själv hängde han ihop med en annan klasskamrat som hette Lotta, egentligen Charlotte. Aron sa att hon var som en igel och inte tyckte om att han träffade sina kompisar. Han hade henne mest för att känna och pilla på, sa han.”

Peter hummade igen medan Annika berättade. Hon gjorde en paus.

”Och?” manade Peter.

”Jo, både Aron och Charlotte började nionde klass den hösten, och han minns att han undrade över varför inte Gabriella fanns där. Några veckor efter skolstarten berättade Charlotte för honom att hon fått veta att Gabbi skulle ha barn, och frågade om det var han som hade knullat med henne. Aron hade skrattat och på skoj sagt *vem vet?* Charlotte hade blivit fruktansvärt arg.”

Annika drog djupt efter andan, och fortsatte:

”Tommy Aronsson bor med sin syster. Han har svår diabetes och fick båda benen lårbensamputerade för tre år sedan. Han har inte varit utanför sin lägenhet på två år, förutom färdtjänster till sjukhuset vid behov. De bor på tredje våningen, ingen hiss, han får bäras ner samt hämtar frisk luft på balkongen.” Annika drog åter ett djupt andetag efter den långa utläggningen.

”Han har således inte besökt Gabriella”, sa Peter. ”Men kan det vara så att hon varit hos honom? Att noteringen i hennes almanacka betydde det? Där stod ju bara Aron.”

”Nej, han vidgick inte det, och systern sa också att han inte haft besök av någon kvinna.”

”Vilket betyder att …”

”… vi är tillbaka på ruta ett när det gäller detta spåret”, avslutade Annika långsamt och tydligt.

Tankarna snurrade hos Annika när hon fortsatte hemåt. Hon tyckte att den unkna luften i trapphuset satt kvar i jackan och håret, och längtade efter ett bad. Besöket på Lotsgatan arton hade inte varit någon höjdare. Besviken över att Aronsson-spåret inte gett någonting. Det hade nog varit för enkelt för att vara sant. Han var nu avskriven från ärendet. Hon fick vara nöjd med att ha följt sin intuition, även om det resulterat i noll. Nu behövde hon inte gå och tänka på att det kanske var Gabriellas klasskamrat som varit i hennes lägenhet. Tragiskt med hans ben.

Men faktum kvarstod – vem var Aron i almanackan?

59

Onsdag 9 april 2008

På onsdagen fick Annika veta att Wilhelms skada inte var så illa som man först trott. Han var inlagd på kirurgavdelningen med ett knivstick i ena sidan, medan hustrun Vera blivit överförd till psykiatriska kliniken efter att ha fått några ytliga skärsår omsedda. Hon befann sig fortfarande i samma tillstånd som dagen innan – apatisk, stirrande och inte kontaktbar.

Även om mordet på Gabriella inte var löst, hade åklagaren hävt de beslagtagna pengarna till hennes dödsbo. De var inte längre relevanta i utredningen, och de sedan kunde bli en skattefråga, var en annan sak. Eddie hade kontaktat Maria, och hon verkade mer lättad över att få tillgång till pengarna än att veta vem som var hennes pappa. Hon sa att hon inte längre hade något intresse för denne man eftersom han aldrig funnits till för henne. Vad skulle han kunna tillföra hennes liv nu? Eller döttrarnas? Men hade han dödat Gabriella skulle han naturligtvis ha sitt straff. Det gjorde henne inget om begravningen kunde vänta ytterligare ett par veckor. Hon hade en del andra viktiga saker att syssla med, menade hon.

Annika och Tina gick en lång promenad på lunchrasten. Det var fortfarande vått och fruset i jorden, men solen gjorde sitt för att tina tjälen. Och det kändes befriande att slippa stövlar, vantar och halsduk. Det hade varit tre hektiska veckor och Annika kände att hon verkligen behövde ett extra andningshål. Nu skulle hon vara ledig Skärtorsdag och Långfredag, men arbeta påskhelgen. Sen hade halva april gått och

223

det var inte långt till semestern. Eller till Asta Lindgrens Värld och Londonresan.

Tina, som för det mesta satt i anmälningsrummet men även tog emot passansökningar i receptionen, var många år yngre än Annika. De hade genom åren blivit bra vänner. Hon var en sådan där gemytlig, förtrolig tjej som Annika kunde lita på i alla väder och prata vardagliga händelser och skitsnack med. Och även i grova drag ventilera ärenden som hon höll på med.

Deras speciella vänskap hade också att göra med en traumatisk händelse för drygt åtta år sedan. Tinas pappa omkom i en trafikolycka, och mamman skadades lindrigt. Annika blev samtalspartner och bollplank för Tina, och stöttade henne när maktlösheten, tomheten och sorgen efter en älskad pappa tog överhand när hon var på arbetet.

Tina visste hur mycket Annika brann för sitt arbete och utsatta kvinnor, och hennes intresse för att utreda grova brott. Hon kände också till hur Annika blivit förfördelad och nervärderad av Göte Rubin, och vilka känslor hon brottats med.

Det verkade spännande, ärendet som Annika var inblandad i just nu. Hon hade fått lite av sina drömmar uppfyllda. Tina kom ihåg när den mördade kvinnans dotter, Maria någonting, kom till polishuset och ville prata med den som höll i utredningen. Just då kom Annika ut i receptionen. Hon tog över Maria med en blinkning åt Tina. Då visste hon att Annika inte skulle släppa ärendet.

Nu gick de här på sin lunchpromenad, och hämtade ny energi till eftermiddagen. De försökte att inte prata jobb, men allt som oftast slank de ändå in på ämnet.

"Ganska intressant, det där med anagram", sa Tina. "Jag har faktiskt blivit nyfiken på det."

"Ja, det är rätt så skoj", svarade Annika. "Lite hjärngympa samtidigt, om man inte har annat att göra."

"När Micke är iväg med Kalle på fotbollen brukar jag och Sofi hålla på med ordlekar", fortsatte Tina. "Hon tycker också det är jättekul. Vi turas om att skriva ord, och sen kasta om bokstäverna så det blir ett annat ord. Eller så gör vi det där vanliga, skriver ett långt ord och försöker hitta så många småord som möjligt."

Annika nickade bekräftande.

"Sofi kom på att om man tog bort ett l i Kalle så skulle det bli Elak baklänges." Tina skrattade högt. "Och det skulle hon naturligtvis tala om för Kalle så fort han kom innanför dörren! Mitt namn kunde bli Anita, men det fattas ett a i Tina."

"Herre Gud, tänk vilka intelligenta diskussioner vi har", utbrast Annika och bytte samtalsämne. "När är det förresten ni åker?" Hon visste att Tina och familjen skulle till Funäsdalen.

"Fredag", svarade hon och gnuggade händerna mot varandra. "Det ska bli sååå jäkla härligt."

"Tycker du inte vi har haft tillräckligt med snö här?" retades Annika, som inte själv tagit sig tid att åka skidor i vinter.

Tina knuffade henne på armen.

"Men hallå … det går väl inte och jämföra en skånsk vinter med ett norrländskt skidparadis! Skidturerna, solen, maten, braskvällarna när ungarna lagt sig, nytändningen i sängen." Tina lät dramatisk. "Du skulle testa!"

De skrattade gott när Annikas telefon ringde. Hon såg på displayen att det var Eddies nummer.

"Säg att du har lunch", tipsade Tina.

De stannade till vid "Lisas Smårätter", på gamla ICA-torget, och köpte en sallad gemensamt. Det räckte med en eftersom den innehöll mat för två. Tillbaka på Polishuset åt de och pratade om Annikas tur till Hässleholm. Sen var lunchtimmen slut. Tina gick mot passluckan för att avlösa Anna.

"Lycka till", sa hon lågt. Annika nickade och fortsatte till kriminalavdelningen. Just som hon skulle ta tag i Eddies dörr ringde mobilen igen. Märkligt att man är så oumbärlig, tänkte hon smått irriterad. Hon svarade

"Ja?"

Det var Tina, som hon skiljts från för mindre än två minuter sedan.

"Det står en tjej här som vill prata med dig", sa hon.

"Jaha, har jag bestämt tid med henne?" Annika ville in till Eddie nu, med anledning av hans tidigare samtal.

"Nej", svarade Tina, "det verkar inte så … men hon vill träffa dig … hon heter Nora Morén."

60

”Vilken överraskning att du kom hit, Nora. Jag hade tänkt ringa dig.”

Hon hälsade på den unga tjejen, några och tjugo, och erbjöd henne karmstolen framför skrivbordet. Nora tog av sin grå, halvlånga jacka och blottade en smidig överkropp med en svart, tunn polotröja och en nätt, beige omlottkofta. Hon hängde jackan på stolsryggen innan hon satte sig. Annika rullade fram kontorsstolen till gaveln på bordet, till sig själv. Hon ville inte liknas vid en lärare bakom en kateder, utan Nora skulle känna sig bekväm med situationen.

”Fin färg du har i ansiktet”, sa Annika.

Nora lade handen på ena kinden.

”Vårsolen”, log hon, och fortsatte med svajande halmstadsdialekt:

”Mamma sa att du ville prata med mig och min syster.” Hon strök den halvlånga, bruna luggen bakom örat. I snibbarna små guldringar och runt halsen, utanpå tröjan, en smal länk.

”Jag tyckte det var bättre att komma hit än att prata på telefon.” Hon mötte Annikas blick.

”Absolut, jag uppskattar det”, svarade hon leende. ”Men har du kommit från Halmstad nu?”

”Nej, jag bor här … jag går på Högskolan.”

”Gör du? Här i stan?” Annika dolde inte sin förvåning.

”Mm, jag började i januari … och bor i studentrum på skolan.”

”Jaha, vad skoj. Vad läser du?”

”Rättspsykologi … kanske blir jag jurist … eller något annat inom rättsväsendet”, sa hon frankt och med viss stolthet i rösten. ”Men denna kursen är bara på en termin.”

”Det är ett intressant område”, svarade Annika uppriktigt. ”Och du har ju tillfälle att välja inriktning sen. Lite påbyggnad med andra relevanta kurser.”

”Ja, det är min tanke … får se hur det blir.”

”Jag har själv läst rättspsykologi”, upplyste Annika, och tänkte ofrivilligt på Göte Rubin som var navet bland dem som stoppade hennes fortsatta utbildning.

Nora nickade och såg sig om i rummet.

”Ett vanligt, trist kontorsrum”, hakade Annika på och nickade mot fönstret. ”Jag har satt upp egna gardiner och burit hit växter.”

Nora nickade.

”Ja, man vill ju ha det mysigt omkring sig på sin arbetsplats, där man är så mycket.”

”Det är rätt, men myndigheten har planer på att göra om till kontorslandskap här.”

Nora nickade igen.

”Det ju det som gäller nu, på de flesta arbetsplatser.”

Det blev tyst några sekunder. Annika tyckte det var dags att byta ämne.

”Hur kände mamma för att du skulle komma hit?”

Nora förde ena handen uppåt och stack tummen under halslänken. Hon nafsade i underläppen.

”Hon var ängslig”, sa hon.

”Varför var hon ängslig?”

”Hon tycker det är jobbigt att vi ska vara inblandade i ett mord.”

”Det förstår jag”, medgav Annika.

”Och jag tycker också det är jobbigt … jättejobbigt. Jag hade precis lärt känna Gabriella, min mormor.” Nora viskade fram se sista orden med tjock röst. Hon böjde ansiktet neråt och lade handen över ögonen. Axlarna började skaka, knappt synbart, och hon grät tyst. Annika lät henne hållas och efter en minut tog Nora bort handen och rätade på ryggen.

”Förlåt”, sa hon och tittade mot fönstret. ”Det bara kom över mig.”

”Klart du får vara ledsen”, sa Annika. Hon sträckte sig sidledes, drog ut en låda i hurtsen och rev några tisseus från en ask. Hon räckte dem åt

Nora, som förde servetterna mot ansiktet. Hon lade tillbaka den framfallna luggen bakom örat.

"Om det är okej för dig att berätta om Gabriella, så får du gärna göra det. Men jag vill spela in samtidigt om du inte har något emot det?"

Nora skakade på huvudet. Annika öppnade på nytt lådan och tog upp bandspelaren, som alltid var redo för inspelning. Hon gjorde en snabbtest, och talade sen in huvudet till förhörsprotokollet. Därefter ställde hon den ytterst på skrivbordskanten, mot Nora.

"Din mamma sa till mig att du och Mia inte träffat mormor på åtta år. Stämmer det?"

"Nej."

Nähä, tänkte Annika.

Nora drog med de florstunna servetterna under ögonen, för att slutligen snyta sig lätt. Hon knölade ihop pappret och slöt det i sin hand. Sen höjde hon ansiktet.

"Mamma har under alla år förbjudit mig och Mia att ta kontakt med Gabriella. Hon har inte själv velat träffa henne, och sagt att hon är ett avslutat kapitel i vårt liv."

Tystnad uppstod.

"Sa mamma varför?"

"När vi var yngre sa hon att det inte var bra för oss att träffa en psykiskt sjuk människa. Hon sa att det kunde påverka oss så att också vi mådde dåligt." Nora skakade sakta på huvudet. "Det kändes så fel på något sätt, för mormor var ju ingen dåre." Annika nickade, och inväntade Nora.

"Vi har aldrig haft någon morfar … varför fick vi då inte ha en mormor, även om hon var sjuk? Jo, Mia och jag tog ofta upp detta med mamma. Men hon ville inte höra på det örat, och en gång skrek hon till oss att eftersom hon aldrig haft någon mamma som skyddat henne, behövde inte vi heller ha någon mormor. Pappa har alltid varit iväg på jobb och inte haft tid att bry sig så mycket om detta."

"Skyddat henne", sa Annika. "Från vad?"

"Jag har inget konkret att komma med, men både jag och Mia har haft våra aningar", sa Nora lågt. "Vi är inte helt tappade bakom en vagn." Hon gjorde citationstecken med händerna vid det tvetydiga uttrycket.

"Första gången jag var hos mormor grät hon och sa *jag kunde inte göra något ... jag visste inte vad jag skulle göra ... jag kunde inte hjälpa Maria.*"

Annika mindes så väl vad Maria sagt till henne, *att flytten ifrån mormor och Helge blev hennes räddning.*

"Mm", sa Annika, "din mormor Gabriella hade inte kunnat skydda din mamma Maria från sin morfar Helge, det var så hon menade, eller hur?"

Nora andades in genom näsan.

"Ja ...Helge Frank, hade utnyttjat sitt eget barnbarn sexuellt ... min mamma, Maria. Det finns ingen annan förklaring."

"Och det har påverkat hela Marias känsloliv", tillade Annika.

Det var Noras tur att nicka.

"Ja, och vår pappa har stöttat henne alla år. Han är jätteschysst, men har tyvärr varit mycket frånvarande i våra liv eftersom han leder arbetet på en oljeplattform."

Annika tog till sig alla uppgifter.

"Men", sa hon, "har det aldrig föresvävat Maria att Gabriella blev våldtagen, och också hade traumatiska känslor och minnen?"

"Jo, men mamma har alltid känt sig sviken eftersom hon och mormor aldrig kunnat prata om det som hänt. Mamma har aldrig fått svar på sina frågor. Det har liksom inte fått något slut, och mamma har inte kunnat acceptera att mormor varit psykiskt sjuk."

"Det är en mycket svår sits", medgav Annika, "att inte förstå eller kunna ta till sig diagnosen psykisk sjukdom. Och den innefattar så mycket."

Det blev tyst igen.

"Ska vi ha lite fika?" föreslog Annika. "Kaffe, eller te?

"Tack, men jag måste snart tillbaka till skolan." Nora rätade på benen och drog jackan till sig.

Annika tänkte inte sumpa chansen.

"Men du träffade mormor ändå?"

"Mm, när jag började på Högskolan sökte jag upp henne. Jag visste att hon bodde här i stan. Mamma och pappa vet inget. Inte Mia heller. Och nu är jag väldigt kluven."

"Hur reagerade Gabriella ... mormor när du kontaktade henne?"

"Jag behöver inte gå in på några detaljer, men hon blev jätteglad ... hon..." Nora satte handflatan mot munnen. "Jag har varit hemma hos henne några gånger ... vi har pratat och fikat och hjälpts åt med Sudoko, men hon har varit mycket tystlåten om sitt liv. Och vi har båda nöjt oss med det. Inte dragit upp gammalt, inte petat i oförrätter eller anklagat. Vi har bara funnits till för varandra och pratat om nuet. Och om Mia och mig. Glatt oss över vårt blodsband. Sista gången bjöd hon på en enkel lunch, hon hade bakat pannkakor." Nora skrattade till. "Hon var så glad när vi bestämde tid för nästa gång jag skulle komma. Det blev kanske en gång i månaden, och jag ringde alltid några timmar innan jag kom, ifall hon hade glömt."

Annika kämpade med en klump i bröstet och det pulserade i tinningen. Hon klarade strupen.

"Men hon glömde inte?" Annika sträckte sin hand mot Nora som log mot henne med en tårslöja för ögonen.

"Nej, det gjorde hon inte. Hur skulle hon kunna det? Hon antecknade i almanackan och längtade tills nästa gång vi skulle ses. Och vi hade lovat hålla det hemligt tills vidare."

Annika kände att hon måste få lite polisiär aspekt på hela historien. Nora hade verkligen öppnat sig och gett svar på en del, men allt hade kommit så plötsligt.

"Ja, och jag litar på vad du säger. Men jag måste fråga en sak – finns det något i Gabriellas lägenhet som styrker att du varit hos henne?"

"Jag förstår att du måste fråga. Ja, jag glömde en halsduk när jag var där senast, och det var ett par dagar innan hon ... dog. Det var en rutig halsduk."

"Och dagen när Gabriella dog ... på fredagen ... var fanns du då?"

"Jag var i skolan, och vi hade föreläsning av Ulf Kristiansson hela förmiddagen, fram till klockan tolv."

Annika satt tyst och lyssnade. Hon gjorde en gest mot Nora.

"Och sen?"

"Vi slutade redan tolv den dagen, så efter föreläsningen gick jag och tre tjejer och åt lunch i bowlinghallen."

"Jaha", sa Annika, "den nya hallen vid Högskolan. Så de serverar lunch också?"

Nora nickade.

"Mm … du ska få mobilnumret till Frida. Hon och jag satt tillsammans under hela föreläsningen, och noterade, och sen gick hon med mig till mitt rum när jag hämtade lite mer pengar." Hon gjorde ett kort uppehåll.

"Jag förstår att du måste fråga", upprepade hon.

"Okej", sa Annika, "tack för att du berättade, nu ska jag inte uppehålla dig mer."

Med löfte om att Nora skulle berätta hemligheten för sin mamma och syster, före Gabriellas begravning så att hon kunde få en värdig sådan med sina närmaste, följde Annika henne till entrén. Hon hade cykeln utanför.

"En sak till", sa Nora och vände sig mot Annika. "Gabriella hade kanske kvar en bukett rosor som jag gav henne den 19 februari. Det var hennes namnsdag, och hon blev så glad. "

Annika log från hjärtat.

"Du är en fin tjej … din mormor var säkert mycket stolt över dig."

Nora dröjde sig kvar i vindfånget. Plötsligt skrattade hon till och vände sig mot Annika.

"Jo, det var en sak till förresten. Jag tror det var andra gången vi träffades som hon berättade om en skoldans hon var på när hon var femton år. Att hon dansade med en pojke för första gången i sitt liv, och att hon var full. Både mormor och jag skrattade, och det var så härligt att se henne sådan. Och så berättade hon om en flicka i klassen – Charlotte hette hon – som var avundsjuk för att en pojke i klassen dansade med mormor. Charlotte knuffade henne i ryggen med sin armbåge, och sen tog mormor ett stadigt tag i hennes hästsvans och drog till."

Nora log vid minnet av vad Gabriella berättat, men blev sedan allvarlig. Annika kände stark empati med henne, och en absurd tanke flög genom huvudet. Tänk om Annika inte skulle fått träffa Måns och Liv.

"Men att hon blivit mördad", fortsatte Nora. "Att någon tagit hennes liv … en liten oskyldig människa … jag fattar inte det!"

Annika lämnade sitt visitkort och lovade höra av sig. Efter en sista ögonkontakt öppnade Nora dörren och lämnade polishuset.

Att Annika inte hade begripit! Att hon varit så fixerad vid klasskamraten Aron. Namnet i almanackan. En presumtiv besökare hos Gabriella. Annika var besviken, men mest förvånad över sin egen trångsynthet. Så korkat att inte ha sett det som hon jobbat så intensivt med när det gällde att hitta Marias pappa! Hon var verkligen sur på sig själv. Aron ... Nora ... Nora ... Aron. Gabriellas eget sätt att hemlighålla Noras besök.

Men det var också ett steg framåt i utredningen –att kunna avföra Aron. Och Nora, efter ett kort samtal med Frida. Sen kom tankar om ifall hon överarbetade ärendet. Nej, hon måste gräva i allt för att få fram skiten. Något som verkade oväsentligt kunde plötsligt vända och visa sig ha stor betydelse. Ingenting fick lämnas åt slumpen. Hon visste att Rolf resonerade så.

61

När Eddie och en kollega varit på sjukhuset hos Wilhelm, hade han sagt att han inte tänkte prata med någon annan än Annika Vester. Det hade inte gått att övertala honom, så vid tretiden denna onsdagseftermiddag kom hon in i salen till honom.

Hon såg sig omkring. De ljusgula väggarna, gardinerna som svagt rörde sig ovanför luftkonditioneringen, det lilla bordet med broschyrer och fåtöljen intill, sängen, tvättfatet. Det var bara panflöjtsmusiken som saknades. Hon rycktes ur tankarna vid sköterskans röst.

"Han ska nog inte tröttas ut för mycket."

Annika vände sig mot henne och log ett *det-här-klarar-jag-själv*-leende tills hon vände och lämnade rummet.

"God dag Wilhelm", sa Annika och ställde sig bredvid sängen.

"Var snäll och höj huvudändan på sängen", sa han med skrovlig röst.

Lika trevlig som min far, tänkte Annika.

Efter att ha testat ett par olika spakar, lyckades Annika med detta konststycke – att höja övre delen av sängen en bit.

"Hur mår du?" frågade hon vänligt.

"Så bra som det kan förväntas att en åttioårig gubbe ska må", svarade han utan att nämnvärt röra på munnen.

"Åh ja, du har inte fyllt åttio ännu", skämtade hon. "Och vi får ju vara glada över att det inte tog värre."

"Glada!" Wilhelm frambringade något som skulle liknas vid ett skratt, men fick samtidigt en mindre, rosslande hostattack. Han viftade avvärjande med handen när Annika tog ett steg emot honom. Hon räckte honom en pappersservett från sängbordet och han torkade sig om munnen. Sen knöt han handen om servetten.

"Ta mina glasögon!"

Det är lite av en kommendant över honom, blev Annikas nästa tanke. Leende gav hon Wilhelm glasögonen.

"Får jag spela in vårt samtal?" frågade hon och plockade upp sin lilla digitala bandspelare från innerfickan, samt penna och ett mindre noteringshäfte. Utan att invänta svar tog hon av jackan och hängde den över stolsryggen. Hon satte sig intill sängbordet, där hon ställde bandspelaren.

Wilhelm mumlade något, och Annika tog det som ett accepterande. Hon böjde sig fram, tryckte på Record och läste in huvudet på förhörsprotokollet. Därefter bad hon Wilhelm berätta om vad som hände under gårdagen, när han blev knivskuren.

"Nej", sa han efter några sekunders tystnad, "det handlar om mycket mer, och jag orkar inte längre leva under pressen ."

Han vände huvudet mot Annika, och för en gång skull såg han henne rakt i ögonen. Hon höll kvar blicken.

"Varsågod Wilhelm, och berätta med dina egna ord."

Åter var han tyst en stund.

"Jag vill ha ett glas vatten."

Be att få, tänkte Annika, reste sig och hämtade en vit plastmugg med vatten. Han tömde den med några få klunkar medan senorna på halsen sträcktes. Annika tog emot den tomma muggen. Wilhelm riktade blicken framåt.

"Helge Frank våldtog en ung kvinna i församlingen", sa han entonigt. "Alla kände henne som en duktig och rejäl kvinna, och hon arbetade på ålderdomshemmet. Av våldtäkten blev hon gravid."

Wilhelm nickade sakta, som om han konstaterade detta faktum för sig själv. Sen fortsatte han:

"På den tiden skedde många våldtäkter. Det var straffbart, men det fanns inga officiella brottsrubriceringar i lagtexten före 1962. När jag blev stor nog att begripa, och hörde vuxna prata, började ett hat gro inom mig. Jag avskydde allt vad våld hette, och förstod att våldtäkt var något hemskt och oacceptabelt. Jag hade lärt känna kvinnan och hon var så rar och ödmjuk. Hon gifte sig senare med en snäll man som accepterade henne och barnet hon fått genom våldtäkten. Men jag kunde inte släppa tankarna på vad Helge Frank gjort. Det framkom också att han manipulerade kyrkan och lurade församlingen på pengar. Men folk omkring var så naiva och godtrogna. Helge Frank var ju en kyrkans man. Jag kände att han måste bli straffad."

Wilhelm gjorde åter en paus, och sjönk in i tankar.

"Är du trött?" frågade Annika.

Wilhelm tittade intensivt på Annika.

"Jag kunde inte få detta ur mitt huvud. Kan du förstå det?"

Annika nickade.

"Det kan jag mycket väl förstå", medgav hon.

Dörren öppnades.

"Nu måste herr Agustsson vila", sade sköterskan från tidigare. Annika stängde bandspelaren.

"Ut!" sa Wilhelm så högt han förmådde, och saliven bubblade mellan läpparna.

"Det är på läkarens inrådan, och…"

"Snälla ni", sa Annika. "Vi behöver en kort stund till och herr Agustsson bedömer själv om han är trött."

Sköterskan stängde dörren utan ett ord.

"Förbannade…"

"Wilhelm, vi får inte tappa tråden nu … vill du fortsätta berätta?"

Annika knäppte till bandspelaren igen. Wilhelm torkade sig om munnen.

"Jag var väl inte heller Guds bästa barn. Men när jag blev äldre engagerade jag mig i partiets ungdomsförbud, och fick ett stort intresse i samhällsfrågor. Jag ville bli lärare, men det blev istället politiken."

Annika kände att de måste komma vidare.

"Och Vera, din hustru … när träffade du henne?"

"Det var innan jag kom in i riksdagen 1969. Vi gifte oss 1971. Då var jag fyrtio och Vera några år yngre. Det rådde stor turbulens i hela organisationen och jag blev förfördelad på flera sätt. Förtroendet för mig sviktade och …"

"Och då tog du och Vera hennes efternamn, för att ni skulle bli lite mer anonyma?" fyllde Annika i. Hon ville få polisens tankar verifierade, även om det var en ledande fråga.

Wilhelm nickade.

"Så var det. Och sen fick vi två barn. Men de bor uppåt landet, båda."

Annika pausade för att allt skulle sjunka in hos Wilhelm. Sen frågade hon:

"Du ville straffa Helge Frank. Var det så, Wilhelm?"

Den gamle mannen tvekade inte.

"Jag våldtog hans dotter Gabriella."

Annika överraskades av hans snabba och rättframma avslöjande. Han ville få allt utrensat nu, kände hon.

"Orkar du prata mer?"

"Jag vill reda ut allting nu", svarade han. "Kan jag få vatten?"

"Jo", fortsatte han sedan, "det fanns bara ett sätt att göra honom illa på, och det var genom dottern."

"Hon blev gravid", inflikade Annika, "men berättade aldrig för någon om vem som var pappa till barnet. Varför gjorde hon inte det? Hotade du henne på något sätt, Wilhelm?"

Annika ångrade genast frågan – det var fel taktik och dåligt omdöme av henne.

Wilhelm lät trött när han svarade.

"Det var en chock för mig att hon blivit gravid. Jag hotade med att socialen skulle ta barnet om hon avslöjade mig. Jag ... jag var ju gift ... och Vera ... Vera skulle aldrig ... hon är så..."

Sköterskan kom in i salen igen, åtföljd av en ung läkare i vit rock och jeans. Han gick bort och tittade på Wilhelm och vände sig sedan mot Annika.

"Jag måste tyvärr be er lämna herr Agustsson nu. Vi har ansvar för honom så länge han finns här på sjukhuset."

Sköterskan stod halvt dold bakom läkaren. Hon snörpte med munnen och såg löjligt belåten ut.

"Jag har två frågor, och lovar att gå ut genom dörren inom två minuter. Okej?"

Läkaren nickade.

"Två minuter", upprepade han och lämnade salen med den halvt springande sköterskan efter sig.

Annika vände sig till Wilhelm igen. Hon hade missat att stänga bandspelaren när läkaren kom in.

"Jag ska inte trötta ut dig mer, men måste fråga – dödade du Gabriella?"

Det lät som om Wilhelm drog sin sista suck när han vände ansiktet mot Annika.

"Nej", sa han. "Nej ... det gjorde jag inte." Hans blick var som en nådeansökan. "Var är Vera? Var är min hustru?"

"Hon mådde inte bra, Wilhelm, så hon är just nu på psykiatriska kliniken. Hon blir väl omhändertagen."

Det var som om Wilhelm blev tio år äldre på en minut. Han bet om båda läpparna, som för att hålla tillbaka gråt. Pannan och ögonbrynen rynkades ihop och ett kvävande ljud hördes från halsen. Händerna greppade om lakanets ovankant. Tårar sökte sig ner för de fårade kinderna.

"Hon är sjuk", fick han fram. "Vera är sjuk ... hon är mycket sjuk ... ni får inte göra henne något ont..."

Annika stoppade ner bandspelaren och blocket i fickan just som sköterskan kom in i rummet igen.

"En sista fråga, Wilhelm." Annika böjde sig mot honom. "Är du bror med Göte Rubin?"

Han skakade sakta på huvudet.

"Halvbror", viskade han. "Han var ett svin, och han vet allt..."

"Vila dig nu." Annika klappade honom lätt på ena handen.

Den gamle mannen vände ansiktet åt fönstret. Snart är det sommar, lyckades han tänka.

62

Tillbaka på polishuset bad Annika om att Tina skulle få avlösning i anmälningsrummet, för att skriva ut hennes förhör med Wilhelm Agustsson. Tina var en av de snabbare på tangentbordet, och drygt en halvtimme senare överlämnade hon dokumenten till Annika. Eddie hade muntligen fått ta del av Wilhelms uppgifter, och nu satte han sig i sin ena besöksfåtölj och läste utskriften.

"Han verkar ganska knäckt", upplyste Annika honom om och reste sig. "Jag går in till mig. Ska titta i utredningen på några detaljer."

"Mm", svarade Eddie utan att lyfta blicken från pappren. "Jag går upp till åklagaren."

Mailsymbolen poppade upp när Annika öppnat sin dator och loggat in. Hon klickade på kuvertet. *Jodå, weekenden var bra. Jobbat lite i garaget. Du verkade jäkligt förbannad i lördags. Utanför affären. Du får vila upp dig i påsk. R.* Annika tappade hakan. Hade han också varit där, på parkeringen? Han kunde ju ha gett sig till känna och tittat på repan på hennes bil. Hon hade inte sett honom denna vecka på arbetet, förutom i måndags när han kom tillsammans med Pål som räddade henne undan de påstridiga personerna i receptionen. Men hon hade själv haft fullt upp.

"Vila får man göra i graven", *brukade min mormor säga*, skrev hon tillbaka. *Och i påsk jobbar jag. Förutom torsdag o fredag. P. S. Ät inte för många ägg!* avslutade hon och klickade iväg mailet innan hon ångrade sig.

Just som hon tagit fram Gabriellaärendet på skärmen kom ett nytt mail. Från Rolf igen.

Behövs inte, var det enda där stod. Hon skrattade till. Jäkla karl, tänkte hon och skrev *Bevisa det då.* Men hon raderade det igen och stängde ner mailprogrammet.

Avrapporterings-PM: et, som Anders och Bosse skrev i samband med att de hittade Gabriella, innehöll en del intressanta saker. Annika läste noga, skrev ut det och markerade vissa bitar med gul överstrykningspenna. Hon studerade också fotona som tagits.

Hon gick bort till Peter och frågade om han ville följa med till Norra Boulevarden 14.

”Har du hört från Pia?”

”Ja, det har varit rätt så lugnt i natt, och allt verkar bra. Hon har inte blött mer, men hon är orolig.”

Annika meddelade Eddie och inre befälet att hon och Peter körde till Norra Boulevarden 14. Eddie hade just pratat med åklagaren och han hade hävt avspärrningen till paret Agustssons lägenhet. Eddie menade att Annika och Peter kunde ta bort bandet när de gick därifrån. Så slapp man skicka ytterligare en patrull för detta.

Musik hördes från Stefan Janssons lägenhet. Är de alltid hemma, tänkte Annika. Hon och Peter tog trapporna till fjärde våningen. Namnen fanns kvar på både Gabriellas och Karls dörr, på tredje. Pelargonerna i fönstersmygarna hade fått musöron. Var det Gabriella tro, som skött krukväxterna? Kanske Vera. Eller Asta på första?

Det hördes heller inget från Dannes lägenhet. Tyst som i graven. Annika uppfattade det tragikomiska i sin tanke.

Det både luktade och var instängt i Wilhelms och Veras lägenhet. Annika lade inga värderingar i hur där såg ut, det är deras liv. Men att de tillhör den gamla generationen gick inte att ta miste på. Möbler, dukar, tavlor – definitivt inga moderna grejor. I ett av de mindre rummen fanns flera ouppackade kartonger. Annika mindes att de inte bott så länge i lägenheten. Ett par månader kanske.

Annika räckte Promemorian till Peter.

”Läs mina gulmarkeringar”, sa hon. ”Nu ska vi se … var är klädkammaren?”

Innanför den tredje dörren hon öppnade fanns en stor klädkammare med ytterligare en mindre garderob i, samt en smal, hög byrå med flera lådor. Annika gick ut till Peter i hallen.

”Vi måste göra detta på rätt sätt. Kom”, sa hon.

Peter följde med henne ut i trappan, där hon tog fram mobilen och ringde.

”Åklagarkammarens expedition”, svarade en kvinna.

”Hej Ida, det är Annika Vester. Kan du koppla in mig till Christian Björfelt?”

”Hej … visst, hoppas han är kvar.”

”Björfelt”, hördes en förkyld röst efter bara en signal.

”Ja hej, Annika Vester här. Vi ska ta bort avspärrningen utanför Agustssons lägenhet på Norra Boulevarden 14. Men vi skulle gärna vilja ha ett beslut om en reell husrannsakan.”

”Japp, det kan ni väl få … klockan är nu … sexton och tjugotvå, skriv tjugofem. Är det något relevant?”

”Ja, lita på oss”, sa Annika och tittade på Peter

Med beslutet i ryggen tog Annika på sig latexhandskar – som hon alltid bar i jackans innerficka tillsammans med några mindre hopvikta papperspåsar – och gick lös på klädkammaren. Peter stod intill med ett litet noteringshäfte och penna.

På golvet, till höger om byrån, stod en ICA-kasse, modell större. Den var fylld med hopvikta kläder. Kanske avlagda som skulle lämnas till Rädda Barnen eller Erikshjälpen. Eller helt enkelt förpassas till Friggeboden på innergården. I en brun plånbok, i en av lådorna, fanns ett VISA-kort och ett ID-kort. Hon höll upp dem framför Peter. Han nickade och läste: Gabriella Maria Frank. Nu fanns det bevis för att någon av makarna Agustsson varit i hennes lägenhet.

Peter noterade godset medan Annika stoppade det i en påse.

Hon letade systematiskt, och i en annan låda fann hon något intressant. Lite långsökt, men ändå. Det gled ner i hennes ena ficka. Hon försökte att inte ställa till oreda och arbetade metodiskt. Men entusiasmen var stor. Detta gillade hon.

På ena långsidan i klädkammaren hängde Wilhelms kläder prydligt i rad. Några kostymer, ett par blazer och några udda byxor med prydliga pressveck. Skjortor i olika kulörer, stickade västar. Annika hittade inte vad hon sökte.

"Detta är nog Veras garderob", ropade Peter som gått ut i hallen.

Annika lämnade klädkammaren och tittade i garderoben till vänster om lägenhetsdörren. Såg ut att vara kvinnokläder. De hängde packade efter varandra. Ett par trista yllekappor i mörka färger, flera plisserade kjolar och blusar, samt ett par bruna crimplenebyxor. Promenadskor i traditionell tantmodell, halsdukar och vantar i en korg på garderobsdörrens insida.

Annika stack in en hand mellan kläderna och förde en rad åt sidan. Hon lyfte ut galgen med crimplenebyxorna och hängde den på dörrens överkant. Peter tittade intresserat på. Hon tittade på honom.

"Vi skulle ha haft större påsar med oss", sa Annika och funderade. "Ska vi verkligen behöva köra tillbaka till polishuset?"

Peter stoppade block och penna i fickan.

"Jag sticker bort till närbutiken runt hörnet och köper några papperskassar."

"Angel", sa hon.

Annika prisade hans välvillighet. Det var papperspåsar och papperskassar som gällde för bevisföremål och andra spår. Förstörelseprocessen började snabbare i plast. Hon tänkte ofta på det när hon såg hur teknikerna jobbade i CSI Miami och lade allt i plastpåsar. Fel, fel, brukade hon säga till TV-rutan.

När Peter kom tillbaka stod Annika kvar framför garderobsdörren. Hon sade inget. Hon vinkade Peter till sig med pekfingret, pekade mot byxorna med samma finger, för att sen böja fingret neråt. De behövde varken ficklampa eller fluoricerande uv-ljus för att se det vita tvättmedelspulvret i byxuppslaget.

63

Långfredagen lossnade allt. Ljuset, färgerna, dofterna – allt hade ändrats på bara ett par dagar. Drivor, efter hårt packad snö, hade inte helt smält undan, men naturen fick ha sin gång.

Pilevallen banade väg mot Björkesjö kyrka en bit utanför stan. Innanför det höga järnstaketet var grusgångarna fuktiga men välkrattade. Här och var lyste små grupper av vintergäck och snödroppar. Tulpaner i alla färger fanns i vasar vid de flesta gravstenarna. Hyacinter, som tagits till vara från julgrupper, hade planterats hos nära och kära.

Kyrkoringningen blev svagare och svagare, för att till slut klinga av och försvinna i fjärran. Begravningsgästerna, som stod i mindre grupper utanför kyrkporten, begav sig norrut genom kyrkogården. Antagligen på väg till församlingshemmet för kaffe, tårta och en stunds samvaro.

När alla var utom synhåll steg Annika ur sin röda lilla bil på parkeringen öster om kapellet. Hon stod stilla och såg sig om. Det var något speciellt med kyrkogårdar. En atmosfär som bara fanns och utgjorde ett inre lugn. Samtidigt skrämmande, men på ett tryggt sätt. Här fanns människors nära och kära samlade i vila, här träffades anhöriga och pratade med varandra, pekade, berättade, rensade ogräs, vårdade blommorna.

Tystnaden rådde. Det enda som hördes, och störde, var knastret under hennes skor som sjönk ner i gruset för varje steg. Hon tittade sig omkring diskret, och gick bort till bersån där en kyrkvaktmästare höll på att lägga ut kransarna och buketterna efter begravningsakten. Han nickade mot henne med ett respektfullt leende, och gjorde en handrörelse att hon fick komma in i bersån. Han sade inget. Om någon timme skulle begravningsgästerna, och säkert också andra nyfikna, komma tillbaka för att titta på blommorna, läsa alla banderoller och kort, och kommentera *vilka är dom, vem är hon, jasså dom har skickat blommor...*

Annika stod stilla framför kransen i centrum. Den var hjärtformad och bestod av vita liljor, massor med röda rosor och lagerblad. På det vita sidenbandet stod att läsa i guld, *"Käre pappa, sov gott!" Daniel o Yvonne.*

Det kändes så overkligt. Så orättvist. Annika borde inte vara här. Med vilken rätt var hon här? Men nu stod hon och tittade på de vackra blomsteruppsättningarna och buketterna som levererats till Dans begravning. *En sista hälsning, Vila i frid* ... Dans begravning –det var så absurt att ens tänka orden. Att han var död – han som varit så levande och full av liv. En man som gett henne så mycket kärlek, vänskap och glädje. Komplimangerna som hon blivit generad över, de små presenterna som symboliserade vad hon betydde för honom. Hon hade också varit andningshålet i hans stressade arbetstillvaro. Han älskade hennes vana, eller ovana, att omedvetet bita sig i underläppen när hon blev förlägen. Då lade han händerna på hennes kinder, log så att ögonen glittrade och sa hur mycket han älskade henne.

Nej, Annika kunde inte leva på minnena. De skulle inte försvinna, men de måste blekna om hon ville leva vidare med en ny man. Hon var en vuxen kvinna. Här, på kyrkogården, var hon tvungen att ta adjö av Dan i all hemlighet. I den hemlighet som de båda tvingats leva för att inte såra andra människor. Hon kunde inte sörja honom inför någon annan. Hon fick inte dela sorgen med hans närmaste. Annika visste att hon aldrig kunde gå till hans grav utan att känna sig iakttagen, att någon undrade "vad gör *hon* där?"

Hon stod länge med stängda ögon och ansiktet vänt mot skyn. Tankarna fick sväva fritt. Lika fritt som Dans själ. Hon log omedvetet åt scener som passerade förbi. Solen värmde hennes nacke, och det kändes som smekningen av ett par mjuka, vänliga händer.

Halvvägs till församlingshemmet hade mannen vänt för att hämta sin mammas kvarglömda handskar på kyrkobänken. Hon kunde ha väntat tills de kom tillbaka för att titta på blommorna, men kände sig mer klädd med handskarna. Därför hade han erbjudit sig att gå och hämta dem. När han kom ut från kapellet igen såg han att kyrkvaktmästaren lämnade bersån där han lagt alla blommorna. Han tittade hastigt ditåt, och stannade till när han såg kvinnan som satte sig på huk, sträckte ut handen och lät en ros falla ner på hans och mammans hjärtkrans.

Annika tänkte ge Liv och Måns var sitt påskägg på hemvägen, men när hon kom dit stod Tores och Monas bil utanför, så hon körde förbi. Annika började nästan tro på telepati när Klara två minuter senare ringde henne i bilen.

"Vill du komma hit och äta innan du börjar jobba i morgon."

"Bra fråga, jag tackar", sa Annika och hoppades Klara inte sett henne passera huset.

"Jag såg att du rullade förbi för en stund sen. Du kunde ju kommit in…"

Visst kunde hon ha gjort det, men hon orkade inte engagera sig socialt eller lyssna på Monas galopperande fibromyalgi. Inte efter stunden på kyrkogården.

Annika avslutade samtalet med Klara. Hon satte tillbaka mobilen i hållaren, ökade farten och körde hemåt. Någon form av nostalgi kom över henne, och hon log vid tanken på det förflutna. Även om Tore aldrig erkänt att han inlett ett förhållande med Mona innan de separerade, hade Annika varit fullt övertygad om att det var så. Själv hade hon sin egen otrohet i bagaget. Men även om det aldrig skulle ha blivit hon och Dan fullt ut, kände hon någon form av lättnad när Tore började bete sig märkligt. Det var närmast komiskt när hon noterade alla de små tecken hos honom som hon själv projicerat, då, för tjugo år sedan.

Hon bakade som aldrig förr, kokte in rödbetor och gurkor, stickade tröjor till Klara – som hon inte ville ha på sig för att de kliade. Tösen var inte heller intresserad av den barnteatergrupp som Annika lockade in henne i.

Och livet räknades som tiden *före* och *efter* Dan. Känslorna blev aldrig mer desamma för Tore. Annika visste inte om han förstod. Men de levde ändå sida vid sida – ett vanligt familjeliv med Klara i centrum. Ett syskon hade inte varit fel, men det blev inte. Arbete, fredagsmys med Klara, semesterresor, lugna fester med vänner – grannfester hade man tröttnat på – slentrianmässig sex och vänskap, ingen kärlek.

Det fungerade, men var inte heller mer, och efter tio år började alltså Tore plötsligt förändras. Visserligen kokte han inte rödbetor, men han började intressera sig för släktforskning. Kanske inte helt främmande eftersom hans far hade sysslat med detta under många år. Nu letade Tore upp alla gamla böcker och dokument som den numera avlidna fadern lämnat efter sig, och sjönk djupt in i dessa.

Tore blev bekant med Mona, en jäääättetrevlig och jäääätteduktig bibliotekarie som hjälpte honom i hans sökande efter anfäder. Ofta på kvällarna.

Annika var fyrtiofem och Klara tjugo när de flyttade till var sin lägenhet. Klara hade varit på väg hemifrån tidigare men inte hittat någon bostad. *No hard feelings*, lovade de varandra, alla tre. Och ett år senare köpte Annika sitt lilla enplanshus.

Väl hemkommen plockade hon fram alla breven och tände vinterns sista brasa i kaminen.

64

Efter Janssons frestelse och annan traditionell påskmat hos Klara, hade Annika krupit omkring på golvet med Liv och Måns och Martins gamla Märklintågbana.

När hon kom till arbetet signalerade Sture Nilsson med tummen upp att det var lugnt på fronten. Ännu så länge. Klockan var kvart i två på eftermiddagen och Annika skulle jobba till tjugotre med Peter. Han hade ännu synts till. Hon satte sig inne hos Sture och kallpratade. Han hade nystruken skjorta även i dag. Och han såg faktiskt trevlig ut, konstaterade hon. Det var lite märkligt, för när hon var trettio år ansåg hon att män runt femtio var gamla sextrånande gubbar. När hon nu själv var femtiofem kunde hon tycka att män i sextioårsåldern var snygga och attraktiva, och att gubbigheten inte kom förrän vid sjuttio, sjuttiofem. Men det var nog så hela tiden, att ju äldre man själv blev ju längre fram flyttades gränsen på det manliga könet. Hon mindes vad Lill Lindfors sagt i en TV-show för många år sedan: *Män blir stiliga karlar på äldre da'r, medan kvinnor blir gamla kärringar!*

"Förresten, detta låg i posten."

Sture sträckte sig bakåt mot bokhyllan och drog till sig en gul, vadderad påse.

"Den är adresserad till Kriminaljouren, och sen ditt namn, så därför har den öppnats på expeditionen."

Han gav den till Annika, som plockade fram en bok. En gång i tiden hade hon fått höra av ett, som det kallades då, vakthavande befäl att hon hade pokerface. Det tillämpade hon nu och läste titeln: *"Kränkta människor samarbetar inte"*, av Lena Nevander Friström.

246

"Nä", sa hon dröjande och stoppade tillbaka boken. "Det vet jag inte, varför någon har skickat den till mig." Hon vände påsen. "Där finns ingen avsändare." Det behövdes inte.

Hon lämnade tillbaka den till Sture. Han tittade ovanför glasögonen på henne.

Hon såg frågande tillbaka. Med pokerface.

"Nu kommer visst Peter. Hojta om det är något."

Annika gick bort till sitt eget rum. Sin vana trogen började Peter arbetspasset med ett toalettbesök.

När hon hängt av sig jackan bytte hon till bekväma inneskor. Hon hade en svart fleecetröja till de ljusblå jeansen. Skönt att vara ledigt klädd på kvällspassen. Alla aftnar betydde inte så mycket för henne numera. Hon hade själv valt arbetstiderna. Det var mest för Måns´ och Livs skull hon ville vara ledig julaftons kväll, och det hade hon faktiskt lyckats med de senaste åren.

Annika antog att Peter gått till fikarummet, så hon tänkte göra detsamma. Kaffe nu skulle inte göra ont. Just då fick hon syn på påskägget snett bakom datorskärmen.

Något förvånad sträckte hon sig efter det medelstora, gula ägget. Det var av hårdplast och helt slätt. Inga söta dekorationer, inget sidenband. Som en mans verk. Hon lirkade av överdelen på ägget och små chokladägg vällde ut på skrivbordet tillsammans med en liten hopvikt papperslapp

"Herre Gud", sa hon högt och försökte hindra äggen från all rulla över skrivbordskanten. Hon samlade ihop dem och läste lappen. *"Annika Yster, du har gjort ett bra jobb. Ha en lugn Påsk! R."*

Annika och Peter körde ut på en lång preventiv runda i distriktet, i den civila Saaben, och de gjorde ett kort besök hos Pia på sjukhuset. Ännu hade hon inte fått besked om ifall det skulle bli sängläge resten av graviditeten. Men hon tog det onda med det goda, och mådde förhållandevis bra.

Peter berättade att hans son Pierre och flickvännen kommit på fredagen. Det kändes lite fel att Pia inte var hemma och att han själv arbetade. Men i går hade de träffat ett par gamla kompisar till Pierre, och i dag tog de det lugnt. Peter skulle ha semester kommande vecka.

Senare på kvällen bjöd myndigheten på påskmat. Hela utryckningsstyrkan hade bänkat sig tätt runt bordet så Annika och Peter fick lirka sig emellan med var sin stol.

"Jobbar inte ni?" försökte Macke skämta och stack gaffeln i prinskorvarna.

"Nä, vi är kommenderade till att vara här för och kolla om *ni* jobbar ", kontrade Annika.

"Och förresten ska ni hänga av er hölstren när ni sitter i karmstolarna."

"Nu låter du som min morsa", högg Linus.

"Tur du inte sa mormor."

Det var god stämning runt bordet, även om ett par av de yngre poliserna hellre varit hemma hos familjerna just nu. Men så var det i detta yrke, tjänstgöring dygnet runt. Den goda maten uppvägde troligtvis en del, speciellt för de som gillade sill i alla former. Men drickat blev inte mer än lättöl.

Plötsligt kom ett anrop om brand på Blekingevägen 84. Delar av anropet rasslade bort. De nyaste poliserna rusade upp från sina stolar, medan de äldre tog det med ro och åt upp vad de hade på tallrikarna. Räddningstjänsten skulle ändå vara först framme. Och ambulansen, som automatiskt körde till alla olycksplatser.

"Dom lär sig, rävarna", mullrade den storvuxne Bengan med Pripps svartbygge och livremmen där under. Han nickade mot korridoren där fyra aspiranter stod och steppade, fullt påklädda.

"Såna har vi vatt alla. Nä, nu går vi på dass innan vi kör."

Han förde stolen bakåt så det rispade i klinkersgolvet, och reste sig med buller och bång.

"Vi", sa Macke. "Dit får du fanimej gå själv…!"

Bengan skrattade och hostade sitt typiska, rosslande nikotinskratt.

Peter gav Annika en lätt spark under bordet.

"Den skulle du kyssa", väste han genom mungipan.

Annika gjorde ett försök att vara allvarlig, just som hon bet i en Mamma Scans köttbulle. Sen tittade hon på Peter, tuggade och svalde undan.

"Blekingevägen 84. Dit har vi skickat många Fullmakter i misshandelsärenden. Det är Centralsjukhuset."

Vera Agustsson hade gått in på en toalett och satt fyr på pappershanddukar. Var hon fått en tändare ifrån visste man inte. Det tog tre minuter innan det upptäcktes, och när personalen skulle öppna den olåsta dörren hade hon hållit emot med alla krafter. Hon var stark, men ett manligt vårdbiträde utanför var starkare, och fick upp dörren med ett kraftigt ryck.

Vera hade fått lite rök i lungorna, men klarat sig utan brännskador och placerades under observation på natten. Polispersonalen som var på platsen skrev en anmälan om Mordbrand, samt ett PM, Annika och Peter höll vittnesförhör på platsen.

Annandag Påsk. Lugnet före stormen brukade man säga, men helgen hade onekligen varit lugn. Några fyllor, ett par narkotikabrott som gatulangningsgruppen själv utredde, och en misshandel med okänd gärningsman. För ovanlighetens skull inga relationsbrott. Annika kunde i lugn och ro sammanställa två förundersökningsprotokoll där delgivningstiden löpt ut Långfredagen. Två olika misstänkta personer, i två olika misshandelsärenden, hade haft fjorton dagar på sig att läsa igenom utredningen. De hade inte hört av sig inom angiven tid, och ansågs därför som slutdelgivna.

Nu skulle åklagaren ta del av protokollen och besluta om han skulle väcka åtal och dra de misstänkta inför rätta, eller lägga ner ärendena. Här var det mycket hårfint. Hade åklagaren minsta lilla tvivel om att inte vinna målet, lade han ner ärendet. Hellre det än att rätten skulle ogilla åtalet när alla satt samlade i rättssalen.

Man hade konstaterat att Vera hade en svår psykisk störning – var inte bara tillfälligt förvirrad – och hade troligtvis haft under många år. Wilhelm ville inget annat än skydda henne. Det skulle krävas ett ordentligt och uttömmande förhör med honom för att räta ut alla frågetecken och knyta ihop säcken. Men det fick Eddie och hans killar stå för. Navet i utredningsgruppen.

Jag har bara ryckt i några lösa trådar, tänkte Annika när hon satt på sitt rum. Men hon var ändå nöjd med vad hon och Peter uträttat. Det hade varit något av en kedjereaktion. Hade inte Peter haft Pia hade man inte heller kommit i kontakt med hennes mamma, Greta. Och då hade namnet Gustav kanske inte blivit verifierat. Men Karl Bergström, vilken länk i kedjan var han? Var det Wilhelms bil som dödat honom? Avsiktligt – och i så fall varför – eller genom en olyckshändelse?

65

Wilhelms Agustssons båda söner hade kommit ner från Stockholm för att hjälpa föräldrarna till rätta efter alla händelser. Vera fick stanna kvar på den psykiatriska kliniken för ytterligare utredning, medan Wilhelm kom hem till lägenheten igen efter drygt en vecka på sjukhuset. Han hade hämtat sig relativt snabbt och ett par dagar senare kom han till polishuset med sin ene son, Valter, för nytt förhör.

Wilhelm var fortfarande rak i ryggen, men hade tappat en del av den mentala styrkan och arrogansen. Hans ansikte såg mer fårat ut än tidigare. Eddie hälsade och erbjöd honom fåtöljen. Sen tryckte han på bandspelaren, talade in tid, plats, förhörsledare, hörd person, förhörsvittne, samt anledningen till förhöret

"Du och din hustru Vera flyttade in i lägenheten på Norra Boulevarden 14 i mitten av januari. Stämmer det?" Eddie tittade ovanför glasögonen på Wilhelm. Han nickade.

"Ja."

"När ni flyttade in där; visste du redan då att Gabriella Frank bodde på tredje våningen?"

Wilhelm suckade.

"Nej, inte när vi var och tittade på lägenheten eller när vi skrev kontraktet."

"Hur kunde du undvika att se vilka namn som stod på dörrarna?"

"Vi använde alltid hissen."

"Men på bottenvåningen finns en tavla med alla boendes namn. Tittade du aldrig på den?"

"Det hände säkert, men jag reagerade inte på dem eftersom där inte står några förnamn."

”Men Frank är ju inget vanligt namn … kom det inte upp några tankar i huvudet på dig?”

Wilhelm gjorde en kort paus.

”Kanske, men då hade vi redan skrivit på kontraktet.”

”Så, när du och Vera flyttade in i lägenheten visste du att det var Gabriella Frank som bodde på våningen under er?”

Wilhelm nickade. Eddie lät allt sjunka in hos honom en stund innan han fortsatte:

”Det var alltså en ren tillfällighet att du och din hustru blev nästan grannar med Gabriella?

”Naturligtvis. Jag hade ingen aning om var hon bodde.”

”Kände Vera till … vad kände Vera till om Gabriella?

”Allt. Men det är ingenting som har berört oss eller vårt dagliga liv. Det är historia.”

”Vad sa Vera om att Gabriella bodde i samma trappa som ni?”

”Det … det visste hon inte … från första början. Hon kände inte till efternamnet på henne.”

Eddie noterade att Wilhelm var på väg åt fel håll. Att han skyddade hustrun var ingen tvekan. Han tog glasögonen i ena skalmen och reste sig. Med andra handen i byxfickan gick han en halvcirkel i rummet. Wilhelm följde honom med blicken utan att röra på huvudet.

”Det är så här Wilhelm, att vi har mycket starka bevis för att åtminstone Vera var inne i Gabriellas lägenhet den dagen hon dödades.” Eddie avvaktade, men fortsatte sen:

”Var du också där?”

Som förhörsvittne satt Valter tyst, snett bakom sin pappa. Han stöttade höger armbåge på fåtöljens armstöd, medan hakan vilade mellan tummen och pekfingret.

”Bevis”, fnyste Wilhelm smått arrogant.

”I er lägenhet har vi hittat något som kommer från Gabriellas lägenhet. Det är inget vi begär att du ska känna till, men det är ett bevis mot åtminstone Vera.”

Wilhelm satte händerna på armstöden och tänkte resa sig.

”Har ni varit i vår lägenhet utan tillstånd!” väste han.

”Pappa, sätt dig ner”, manade Valter.

Wilhelm ignorerade sonen.

"Ni har ingen rättighet att gå in i min bostad!" fortsatte han upprört.

Eddie satte upp en hand.

"Wilhelm, i samband med knivskärningen fick vi ett åklagarbeslut om husrannsakan. Helt lagenligt. Vi har också hittat en nyckel till Gabriellas lägenhet, i en byrålåda i er hall."

"Pappa är upprörd ... kan ni inte göra uppehåll?" Valter pekade mot sin pappa.

"Vi kan inte bryta här, mitt i händelserna. Och vi vill att du samarbetar", sa Eddie till Wilhelm. Sen pekade han med hela handen mot Valter.

"Som förhörsvittne ska du vara tyst...!" Eddie satte sig vid skrivbordet igen.

Den gamle mannen sjönk resignerat tillbaka i fåtöljen. Han rättade till glasögonen och lutade pannan i ena handen. Han skakade på huvudet.

"Hon är sjuk", sa han med bruten stämma. "Ni måste förstå att hon är sjuk. Hon skulle aldrig ha gjort detta om hon varit frisk. Förstår ni inte det?" De sista orden hördes som en bön.

Eddie vände bandet.

66

Efter några minuters total tystnad, och efter att Wilhelm druckit ett glas vatten, berättade han långsamt och detaljerat om hur Veras sjukdom förvärrats genom åren. Den senaste månaden hade hon stört sig mycket på att Gabriella Frank bodde i samma trappa, och att hon hade fött Wilhelms barn. Hon kunde inte släppa det förgångna och det handlade även mycket om att Gabriella var nästan tjugo år yngre än henne. Svartsjuka och avundsjuka.

Vera lyssnade inte när Wilhelm gång på gång försökte övertyga henne om att Gabriella inte betydde någonting, eller någonsin hade gjort. Vera kunde inte få detta ut sitt huvud. För övrigt avskydde hon när Wilhelm pratade med yngre kvinnor. Det hade blivit en fobi hos henne. Och hon hade definitivt inte något till övers för den där kvinnliga polisen. Men Wilhelm tyckte att Annika uppträdde hövligt och korrekt när hon pratade med honom på sjukhuset.

Sen var det pengarna som Vera varit mycket irriterad över. Ja, han själv också för den delen.

Men det var hela tiden Vera som legat på och fått honom till att utföra olika saker. På hennes uppmaning hade han skrivit några rader och skickat till Gabriella, men utan resultat. Vera tvingade honom att ringa på Gabriellas dörr för att försöka prata förnuft med henne. Men hon slängde en massa okvädesord i ansiktet på honom, och vägrade lyssna. Hon skulle aldrig låta honom slippa betala, sa hon. När hon vände sig bort några sekunder sträckte han in sin hand för att nå dörrkedjan. Han kände att det hängde en nyckel på en krok intill dörrkarmen, och helt reflexmässigt ryckte han den till sig. Han vet inte varför han gjorde det.

Vera blev ursinnig för att Gabriella var så oregerlig. På något sätt slog det slint för henne. Hon tog nyckeln, som hon fick se att han hade, och gick ner till Gabriella. Själv stod han i sin lägenhetsdörr och försökte förmå Vera att komma tillbaka. Han ville inte ropa högt för grannarnas skull.

Vad som sedan hände är ett oskrivet blad för Wilhelm. Han hörde oväsen vid Gabriellas dörr, och ungefär tjugo minuter senare kom Vera tillbaka upp för trapporna. Hon var lugn, ovanligt lugn, och sa att Gabriella kommit på andra tankar. Hon bytte kläder och började sen skala potatis i köket. De åt middag, och just när Wilhelm skulle sätta på kaffet ringde det på dörren. Det var den kvinnliga polisen som stod utanför. Hon sa inte vad det gällde. Frågade om de kände Gabriella. Det var en hemsk situation för dem, och Wilhelm visste då inte vad som hänt. Bara att något hänt.

Nästa dag läste Wilhelm om kvinnan som hittats död i sin lägenhet. Han blev bestört när allt stod klart för honom, och totalt villrådig. Sedan dess hade han och Vera levt med detta.

Några dagar senare kom Vera på att Gabriella kanske stoppat undan Wilhelms brev i någon låda, för att senare kunna använda det mot honom i eget syfte. Hon gick ner för trapporna och öppnade lägenheten med nyckeln som hon hade kvar. Försiktigt letade hon runt, men hittade inte brevet. När hon sen lämnade lägenheten stod hon öga mot öga med Karl Bergström. Han hade just gått in i hissen, och han tittade rakt på henne när hissen satte sig i rörelse neråt.

Wilhelm berättade vidare att Vera förstod att Karl sett henne komma ut från Gabriellas lägenhet, och det resulterade i att hon utan hämningar körde på honom utanför, på trottoaren. Wilhelm blev naturligtvis chockad över detta också, och förstod att Veras sjukdom accelererat. Hon skötte inte heller sin medicinering, och hennes mentala hälsa hade förändrats mycket under det senaste året, och försämrades ännu mer sedan de flyttat in på nuvarande adress.

Wilhelm tog hand om bilen och gjorde sig av med den skadade registreringsskylten. Varför han gjorde sig sådant stort besvär och sänkte den i ån vid Banverket, kunde han inte förklara. Han bara visste att det var en ödeplats, att inga människor kom dit. Han hade kastat en vante också, som satt fast i bilens grill.

Naturligtvis var det fel av Wilhelm att skylla Daniel för att ha lånat bilen vid tillfället för händelserna. Men han kände sig desperat, allt var så overkligt och han ville bort från hela härvan.

Faktum var att Wilhelm också kände stark rädsla för Vera och hennes beteende. Kunde hon ta livet av två människor, kunde hon säkert göra det igen. Varför skulle Wilhelm gå säker när hon ständigt fick okontrollerbara utbrott? Men hon var ju sjuk. Och det var hennes enda försvar. Om det nu var ett försvar.

Efter det uttömmande förhöret tackade Eddie för att Wilhelm samarbetat – det skulle underlätta mordutredningen. Men det fanns en hel del undersökningar som måste göras för att utesluta att Wilhelm var med vid mordet på Gabriella, eller att han kände till att det skulle ske. Likaså att det var Vera som körde på Karl. Men berättelsen i sig var ganska trovärdig med tanke på Veras psykiska status. Man skulle hämta in journaler och läkarutlåtanden från ett par olika kliniker där hon varit intagen för sin sjukdom. Men Wilhelm skulle mycket väl kunna bli dömd – om inte för medhjälp så för skyddande av brottsling. Men där fanns också klausuler när det gällde så nära anhöriga.

Eddie rörde vid Wilhelms arm.

”Vad är upprinnelsen till allt?”

Wilhelm markerade att Valter skulle lämna rummet. Något dröjande reste han sig. Eddie följde med och släppte ut honom genom säkerhetsdörrarna, till receptionen.

”Varför behövde Gabriella Frank dö?” frågade Eddie när han kom tillbaka.

Wilhelm sjönk längre ner i fåtöljen och böjde sitt huvud.

”Vera hatade henne.”

”Men du sa i början av förhöret att ni levt ett vanligt liv. Att Gabriella var historia. Sa du inte det?”

”Det var lögn ... jag har haft ett helvete.”

”Hur kom Gabriella in i bilden för många år sedan, före Veras tid? Varför våldtog du henne? Hon var ju bara en barnunge.”

”Jag ville göra hennes föräldrar illa”, svarade Wilhelm och rätade på sig och höjde hakan. Ett stänk av auktoritet drog över hans ansikte.

"Jaha", sa Eddie med uns av förvåning. Han väntade på fortsättningen.

"Hennes far våldförde sig på min mor."

Hej och hå, tänkte Eddie och drog ett djupt andetag genom näsan.

"Ja, kvinnan som Helge Frank våldtog var min mor, och jag blev till. Helge Frank är min biologiska far. Därför straffade jag honom genom att … genom att våldföra mig på Gabriella.

Detta var ytterligare något hårt att smälta.

"Hon var din halvsyster", sa Eddie.

"Det fanns inga sådana känslor hos mig. Jag hatade Helge Frank."

Eddie nickade och bläddrade bland några dokument.

"I förhöret som inspektör Annika Vester höll med dig säger du att Göte Rubin är din halvbror. Stämmer det?"

Det var Wilhelms tur att nicka.

"Du har även sagt att *han vet allt*", fortsatte Eddie.

Den gamle mannen höjde huvudet och tittade på Eddie.

"Ja … han var roten till mycket ont."

"Vill du berätta?" Eddie räckte honom ett nytt glas vatten.

"Kan det lindra min skuld så … ja, jag berättade för den kvinnliga polisen att mor träffade en snäll man som accepterade mig till fullo. Jag var väl tre år eller så, och han blev min far. Mor mådde fortfarande inte bra, men han var snäll emot henne och många år senare fick de en son. Det var Göte."

"Mmm." Eddie nickade men sade inte mer.

"Vår familjesituation var inte bra, och mor återhämtade sig aldrig psykiskt efter Helge Franks övergrepp. Min fosterfar började dricka. Göte fick komma till fosterhem, när han var ett par år gammal, och blev kvar där. Vi växte således inte upp tillsammans, men när jag var runt trettio sökte jag upp honom. Antar jag var nyfiken. En skitunge på sjutton, otrevlig, arrogant och obstinat. Jag pratade länge med honom och förklarade vår mors situation. Han visste att han hade lämnats bort för att mor var sjuk, men hade inte känt till att hon blivit våldtagen, eller att han och jag endast var halvbröder."

Wilhelm slöt ögonen och gjorde en lång paus. Eddie lät honom vila, för han ville höra resten av historien.

”Men”, fortsatte Wilhelm och drack ett par klunkar vatten, ”Göte som varit så ilsken och besviken på allt och alla blev nu rejält förbannad också. Och han var inte speciellt intresserad av mig heller, som halvbror. Han sa att Helge Frank skulle straffas, och att bara jag kunde se till att vår mor fick upprättelse. Han uppmanade mig att våldta Helges fru.”

”Alltså Agnes?” både frågade och konstaterade Eddie.

Wilhelm nickade.

”Det lät helt absurt, och jag tog avstånd från vad han sa. Han visste inte hur han resonerade, det var bara en fix idé – han var inte gammal. Men han fick inte den ur skallen. Han var bara ute efter att göra ont och det fanns något grymt över hela hans person.”

Åter en paus. Eddie sade inget.

”Det gick några år. Min bror och jag umgicks inte, men ibland kontaktade han mig och sa att jag måste slutföra uppdraget. Annars skulle vår mor, eller han och jag, aldrig få ro. Ja, just så uttryckte han det. Vi skulle aldrig få någon ro om inte mor fick upprättelse.”

”Varför brydde han sig om detta … han hade inte vuxit upp med sin mor, och kände henne inte?” Eddie lät frågan hänga i luften. Wilhelm hade inget svar, såg endast uppgiven ut.

”Men”, sa Eddie, ”varför skulle du våldta Agnes? Handlade det inte om att hämnas på Helge Frank, på något annat sätt. Det var ju han som våldtagit er mor.”

”Han var svår att komma åt … han var en respekterad medborgare och kyrkans man, och det skulle vara enklare att straffa honom med hans egen medicin. Men att våldta hans hustru skulle medföra stora problem, förstod ju jag. Det var så urbota dumt. Och det förklarade jag för Göte och frågade hur och när och framför allt *var* han hade tänkt det skulle ske.”

Wilhelm skrattade till kort och skakade på huvudet.

”Du hade ändå lite av Götes tankar i huvudet?” sa Eddie.

”Jag tänkte på mor, och vilket dåligt liv hon haft. Och Göte var bra på att manipulera. Han uppmanade mig att ta Gabriella istället. Hon var ju söt … jag hade sett henne på skolan där jag vikarierade ibland.”

Wilhelms röst hade blivit svag och entonig.

”Jag berättade för Göte när jag gjort det, och sen hörde jag personligen aldrig mer av honom.”

”Han kände väl att han vunnit, att han fått sista ordet”, sa Eddie. ”Var det så, tror du?”

Wilhelm verkade långt borta med tankarna. Eddie tog honom på armen och lät honom resa sig. Sen lade han sin hand på hans skuldra.

”Du har haft svåra val i livet. Nu tycker jag du ska gå och äta lunch med Valter.”

Wilhelm blev stående framför Eddie. Han skakade på huvudet.

”Nej, saken var inte ur världen. Jag har berättat för den andra polisen, den kvinnliga, att Göte var en ond människa. Och nu kan jag tala om att han verkligen var ond. Han var väldigt frustrerad i livet och unnade ingen annan något gott.”

Vad kommer nu? tänkte Eddie.

Wilhelm harklade sig.

”På något sätt fick Göte veta att jag skulle gifta mig. Han skickade ett billigt kort med lyckönskningar, och hade också vänligheten att skriva några rader till Vera om att jag hade våldfört mig på en femtonårig flicka som hette Gabriella, och att hon fött ett barn. Det var så Vera fick veta det. Men det berättade jag inte för den kvinnliga polisen.”

Eddie kunde inget annat än känna medlidande med den gamle mannen, även om han också var ett svin. För första gången kände han sig mållös, och Wilhelm noterade hans dilemma.

”Jag var boven, och det fick jag leva med. Men Göte blev också straffad – han fick aldrig några barn.

”Kanske bäst så”, sa Eddie och öppnade dörren för Wilhelm.

Mannen såg gammal och hopsjunken ut när han lämnade polishuset med sonen. Det hade krävts mycket av honom att ange sin hustru för mord. Fast han inte sett henne utföra det.

Chefsåklagare Christian Björfelt anhöll Vera Agustsson i hennes frånvaro som skäligen misstänkt för mord. Han beslutade även om bevakning på den psykiatriska avdelningen, för att avvakta och se om tillståndet förbättrades så mycket att hon kunde höras om sin inställning till misstankarna. Efter kontroll hos Psyk fick Eddie veta att Vera befann sig i en psykos och inte var mentalt närvarande. Ett förhandsbesked sa att hennes diagnos lutade åt schizofreni – en långvarig psykossjukdom. Men enligt lag fanns det ändå möjlighet att delge henne misstanke, samt hålla förhör, när det var lämpligt.

67

Samtidigt som beslagen gjorts i Wilhelms och Veras lägenhet hade Annika, utanför protokollet, smusslat med sig en nyckelring med fyra olika nycklar och en namnbricka på. Det stod rätt och slätt VERA på brickan, och det var antagligen för att hon och maken skulle kunna hålla sina nyckelknippor isär. Annika hade lagt dem i ett vitt kuvert tillsammans med ett kort meddelande, och stoppat det i Rolfs postfack.

Strax före lunch, på torsdagen efter påsk och två fridagar, ringde Annika till Pia på sjukhuset.

"Nämen hej!" sa hon med glättig röst.

"Hur är läget?" frågade Annika försiktigt.

"Sängläge, men inte länge till", skrattade Pia. "Jag har halvt om halvt fått löfte om att komma hem till helgen."

"Över helgen?" Annika lät tveksam.

"Nej, för gott!", utbrast Pia. "For ever! Allt ser bra ut och jag är längre framme än vad vi tidigare trott. Jag blev troligtvis gravid när vi var på den där spahelgen i nyår."

"Gud, vad härligt!" utbrast Annika och svalde undan en envis klump. "Men, det är länge sen. Har du inte förstått tidigare att du är gravid? Jag menar, mensen…"

"Jag har drattat lite då och då, och haft den väldigt oregelbundet de senaste åren. Kanske för att jag mått dåligt."

De pratade en stund till och just när hon knäppt av samtalet stod Rolf utanför dörren. Han höll upp en nyckelring mellan tummen och pekfingret.

"Hallo", sa han. "Gissa vad jag hittat på en av nycklarna."

"Hallå själv." Hon blev glad över att se honom, men avslöjade inte sig. "Av din min att döma så har du funnit röd billack på den", svarade hon allvarligt. Sen skrattade hon.

"Allvar? Har du det?"

Han nickade och lade nycklarna på skrivbordet.

"Jag förstod att det var hon, men jag tänker inte göra någon större sak av det. Jag såg ju aldrig om det var Vera eller Wilhelm i bilen jag hade framför mig, när jag hade varit i affären." Annika reste sig och tog sin jacka.

"Jag har redan skrivit en anmälan om Parkeringsskada, och att skadan uppkommit på okänt sätt. Jag får betala självrisken i vilket fall som helst." Hon suckade, tittade på Rolf och nickade mot solen utanför fönstret.

"Äta? Och sen en promenad?"

"Bra idé. Har du fler?" undrade han.

Ja, det har jag, tänkte hon.

"Lagt mig i eller inte – jag har gjort vad jag velat göra. Lite i smyg, lite hemma, men det mesta för öppen ridå."

"Du har visat att du är bra på anagram. Det måste in i ditt cv."

Annika flinade till. De satt på China House och åt lunchbuffé. För fjärde gången på kort tid.

"Vet du, jag tror inte en sekund på att Eddie sagt till Göte att..."

"Glöm allt det där." Rolf riktade ett pekfinger mot henne. "Det är historia, förgången tid."

"Det är fult och peka", sa hon och pekade tillbaka. Hon drog ett djupt andetag. "Det är inte historia, det är inte alls länge sedan. Men ja, du har rätt, jag tänker inte *lägga mig i* mer, som Göte sa ... förlåt, förlåt..." Hon satte upp handen. "Men det är en tragisk historia om man ser den från början. Så många människor som mått dåligt i så många år."

"Mm, och i slutändan är var och en sig själv närmast", tillade Rolf med blicken fäst på henne.

Titta inte på mig så där, tänkte Annika med ett tillbakahållet leende.

"Stackars Gabriella, vilken hemsk upplevelse." Hon tog en klunk äppeljuice. "En diktatorisk pappa, ingen att dela glädjen över ett barn med, inte kunna prata med sin mamma ... nej, fy farao vilket öde."

Hon satte ner glaset.

"Och du, att leva ett sådant trist liv som hon måste ha gjort, årtionden efter årtionden. Jag fattar inte hur en människa står ut med det."

"Troligtvis blir världen liten och snäv av psykisk sjukdom", tillade Rolf. "Man kräver inget och har inte förmågan att förändra. Man accepterar sin situation, lever en dag i taget och tycker allt annat runtomkring är jobbigt."

"Mm", höll Annika med, "och psykvården är inte mycket att hurra över. Men jag tänker lägga Gabriellaärendet bakom mig och fokusera på annat. Från och med i dag. Ge Eddie allt. Kanske hans sista case innan pensionen, så han kan väl få den glädjen." Låg det inte lite ironi bakom Annikas klargörande?

"På tal om mamma." Rolf harklade sig. Han höll upp gaffeln och pekade mot henne för varje ord. "Du-vill-inte-se-Mama Mia-i-Stockholm?"

Det kittlade till i maggropen på henne. Herre Gud, då måste det bli övernattning! Hehehe, nu gällde det att hålla masken.

"Vill jag inte? Hur vet du det?" Hon retades och språkvårdaren i henne var alltid på sin vakt.

Rolf nickade sidledes.

"*Vill* du se Mama Mia i Stockholm?" förtydligade han överdrivet.

"Mama Mia … i Stockholm … njae…"

Han pekade på henne igen.

"Du, minns du vad du sa när vi satt här första gången?"

Hon tänkte. Vad hade hon sagt?

"Jo", fortsatte han, "du sa att om du fick ett frestande erbjudande skulle du överväga…"

"… om jag skulle gå i pension", fyllde hon i och blev full av skratt.

"Ja, vaddå, om det gäller pension eller Mama Mia i Stockholm … huvudsaken att erbjudandet är frestande, eller?"

Hon slöt båda händerna om ölglaset, och kände värmen i ansiktet.

"Jag har faktiskt ett bättre erbjudande än Stockholm…"

68

Sensommar 2008

Semestern och högsommaren var slut. Och den hade varit bra. Måns och Liv älskade Astrid Lindgrens Värld, midsommarafton regnade bort medan släktkalaset med systern blev en höjdpunkt. Annika och Gun gjorde långa cykelturer, satt på Strandhuggskvällarna i Stadsparken med en flaska vin, och lyssnade på musik.

Kent Söderberg fick en ny fängelsedom för hustrumisshandel. Annikas anmälan mot honom om förolämpning lades ner av åklagaren. Motiveringen var "Gärningen ej brott", medan skadegörelsen i cellen – där Kent kletat ner alla väggarna med skit – blev ett ärende för sig självt med böter. Annika hade inte ens blivit förhörd i sin anmälan. Ja, lite får man ju tåla om man är polis, konstaterade hon och rev beslutet i fyra delar.

Sen var det *motherfucker*killen i receptionen. Han som bedyrande att *min bror inte har gjort något.* Brodern fick fängelse för misshandel av sin kusin. Ja, du milde tid, dessa kusiner...

Var det en slump att Annika och Rolf råkade träffas på stranden en av de varma dagarna? Hade inte han sagt *var* på strandremsan han brukade fälla upp sin solstol? Och hon hade från sin favoritplats gått längs strandkanten längre bort än vanligt. Och där hade han kastat frisbee med en av sönerna. De hade båda blivit lika förvånade och hon kände sig bekväm med sitt höftskynke.

Efter några träffar på stranden sa Rolf inte nej när hon föreslog att det fanns trevliga weekendresor med buss till Skagen, i mitten på augusti. Det gällde att smida medan järnet var varmt, resonerade hon.

Avkoppling, romantik och god mat, stod det i den lockande annonsen. Och så den där andra lilla blänkaren i kvällstidningen, som hon såg av en ren tillfällighet.

De åkte samma torsdag som rättegången mot Vera Agustsson inleddes.

Annika och Rolf gick sakta omkring i det lilla galleriet nere vid hamnen. Tavlorna på väggarna hade målats i fantastiska färger, och där fanns blandade motiv. Och de var bra, riktigt bra. En man med slitna jeans och en röd t-shirt, troligtvis konstnären, stod och pratade med två äldre kvinnor i ena hörnet av rummet. De diskuterade en av tavlorna och mannen pekade mot den med en hoprullad broschyr. Hans kroppsrörelser var aningen slängiga. Han både nickade och skakade på huvudet, i samspråket med kvinnorna. De nickade tillbaka gestikulerade framför målningen. När de tackade och gick vidare vände sig konstnären om, som om han känt att han var iakttagen, och såg Annika.

"Hallå där", sa hon glatt och gick bort till honom.

"Men, va f … "

"Nä, nä … inte svära." Annika lyfte ett finger.

Daniel skrattade och sträckte en hand mot henne.

"Detta kan väl inte vara fel", sa han och gav henne en varm kram. Hans skäggstubb stack henne. "Vad gör du här? Eller ni." Han tittade på Rolf och nickade.

"Jag känner igen dig. Är det nå´n mordutredning på gång?"

Det blev ett roligt möte. Daniel hade målat hela sommaren på en kurs i Danmark, och där träffat en ung kvinna.

"Gitte", sa han. "Hon heter Gitte och äger det här galleriet." Han gjorde en halvcirkel med armen.

"Så allt har fallit på plats", sa Annika. "Du gör det du vill göra. På ditt älskade Skagen."

"Ja, och det som pappa ville jag skulle göra." Under några sekunder tittade Annika och Daniel rakt in i ögonen på varandra. Hon visste att han visste.

En mobilsignal bröt tystnaden. Annika plockade fram telefonen ur benfickan på byxorna. En videosnutt. Vad var detta? Hon klickade, gapade och lyssnade till de gnyende ljuden.

"Woow", sa hon högt. "Oj, oj, oj!" Hon skrattade och viftade med telefonen.

Rolf tittade på Daniel och sen på Annika.

"Har du fått fnatt?" undrade han.

"Ja, ja, jag har fått fnatt!" vimsade hon. "Titta här." Hon klickade på Spela upp igen och två små röda, skrynkliga ansikten visades.

"Greta och Olof", sa Annika med stolthet i rösten. "Peters och Pias tvillingar, födda för fem timmar sedan." Hon tittade på Daniel och Rolf.

"Danne, jag bjuder dig och Gitte på middag i kväll. Du får också komma, Rolf."

"Verkligen, tack så mycket. Då behöver jag inte ta plånboken med mig?"

Annika messade *Grattis, Grattis, stor Kram* tillbaka till Peter och Pia.

Annika satt med armbågen på bordet, och stöttade hakan på den knutna handen. Efter en härlig middag på Fiskrestaurangen satt alla fyra på verandan, med havet framför sig, och drack slut på vinet. Hon tyckte det var skoj att återse Danne, som verkligen såg fräschare ut än hon mindes sedan i våras. Skäggstubben fanns kvar, och den klädde honom. Håret var solblekt, kortklippt, med lite spret i pannan. Skrattgropen manade fram ett snabbt övergående minne hos henne. Hon anade att Danne kände sig generad av hennes fåniga leende.

Armbågen gled över bordskanten. Annika var smått berusad och skrattade till, trots att det smärtade in i underarmsbenet. Hon rätade på ryggen, gned armen och böjde sig mot Gitte, en söt tjej med kort, lockigt hår. Den knallröda blusen med kineskrage gjorde sig bra mot hennes solbränna. Hon liknade mer en exotisk blomma än en konstnär. Men hon hade en mjuk och lugn framtoning som klädde henne, och hon kompletterade Danne.

"Var rädd om honom", tipsade Annika och nickade mot honom.

Gitte skrattade. Hon tog Dannes hand och förde den till sin mun. Annika kände ett sting av glädje över att han funnit sin kvinna. Det såg ut att stämma så bra mellan dem – kemin bara fanns där. Nu kunde hon liksom släppa taget om honom fullt ut.

Efter att ha tömt det sista av vinet lämnade de restaurangverandan. Rolf stannade till för att betala med sitt kort, men Annika trugade på honom tre femhundrasedlar. Hon hade ju sagt att hon skulle bjuda, och det stod hon fast vid.

Hon gav Danne en snabb kram och tog Gitte i handen, och önskade dem lycka till.

"Kul att se dig, Danne", sa hon. "Ja, båda två förstås." Gitte hade ett smittande leende.

"Detsamma, men jag måste ge dig en kram till … som lyckönskan för han där", svarade Danne och tittade samtidigt över Annikas axel. "Rolf och du … ska ni, ja…"

Det var Annikas tur att skratta. När hon drog sig ifrån Danne tog han henne i handen, och tryckte fast något i den. Hans sekundsnabba blick sa att hon skulle stoppa det i fickan. Det gjorde hon samtidigt som hon satte upp det andra pekfingret.

"Det vet man aldrig … vi har bara känt varandra tjugo år." Hon vände sig och såg på Rolf som var på väg mot dem.

"Pratar ni om mig?" undrade han och stoppade plånboken i bakfickan.

"Ja, de frågade hur jag kan vara tillsammans med en så pass äldre man." Annika blinkade mot Gitte.

Stämningen var munter och när de skiljdes åt höjde Danne handen och tackade för middagen.

"Lovar ni att komma till Skagen nästa sommar igen?"

Annika ställde sig i givakt och gjorde honnör. Den andra handen lade hon utanpå fickan och nickade i samförstånd mot honom.

"Det har du mitt löfte på." Hon vände sig mot Rolf. "Eller hur?"

"Absolut", medgav han och satte upp tummen. "Om jag inte blir anmäld för barnarov." Han sneglade på Annika.

69

Det var länge sedan Annika var berusad tillsammans med en man, innan hon nu börjat träffa Rolf privat. Vin, det tyckte hon definitivt inte om men hade ikväll druckit det för sällskaps skull. Alla andra människor tycktes älska vin. Hon visste att hon skulle vakna med huvudvärk i morgon. Och kuvertet brände i fickan. Men ingenting skulle förstöra deras kväll.

Hon höll lätt i Rolfs lillfinger när de promenerade mot centrum. Han var underhållande och hade gett henne många skratt under kvällen. Det kändes verkligen bra med honom. På alla sätt. Hon visste egentligen inte vem av dem som tagit det där slutliga steget. Det var nog han, och alla chokladäggen som rullade över hennes skrivbord. Eller hon, med mailet om att han inte skulle äta för många ägg under påsken. Eller så hade det skett mycket tidigare, omedvetet.

Plötsligt stannade Annika tvärt och lät Rolfs finger glida ur handen.

"Säg att jag ser i syne", halvviskade hon. "Säg att detta inte är sant…"

Rolf tittade på henne.

"Klart det är sant. Vilket är förresten inte sant?"

Annika nickade mot en mindre veranda, vid sidan om Jacobs Café. Rolf tittade dit. Under en blå-vit-randig utskjutande markis satt ett äldre par och småpratade. På kvinnors vis såg Annika med en gång att kvinnan var av den fisförnäma sorten. Det grå håret var högt och välfriserat, helt bakåtkammat från pannan och låg som två rullar över öronen. Som om hon haft hårspolar där, och sen inte kammat ut håret.

Blekta tänder gnistrade mellan knallröda läppar när kvinnan pratade med mannen framför sig. Han, som satt med ryggen mot gatan, gestikulerade med ena handen framför sig. Antingen för att vifta bort en fluga, eller för att tydliggöra det han sa. Hans profil gick inte att ta miste på – Göte Rubin. Av alla människor, av alla platser.

Hade Annika varit helt nykter skulle hon ha tagit Rolfs hand och passerat den blå-vit-randiga markisen. Med all rätt nonchalera honom. Men nu var hon inte helt nykter. Nu kände hon en ilning i magtrakten, och spefullheten lekte i ögonen. Hon tittade på Rolf och gned sina handflator mot varandra.

”Nix”, sa han och viftade med pekfingret framför hennes ögon.

”Grrr”, sa hon och bet efter fingret. Hon tog ett steg förbi Rolf och lyckades undvika hans hand som greppade efter hennes arm.

”Anni…!” väste han, men hon gjorde en baklängesvink över sin axel.

”Go´kväll”, sa Annika och ställde sig intill verandan med händerna på ryggen. Kvinnan slutade prata och såg på henne. Sen tittade hon snett bakom sig för att se ifall där fanns någon annan som Annika tilltalade. Samtidigt vände sig Göte Rubin på huvudet och mötte Annikas blick. Han torkade sig om munnen med en linneservett. ”Jaha, så ni har också hittat till det förtjusande Skagen”, sa Annika och sträckte handen över blomsterlådan på räcket, mot kvinnan.

”Annika heter jag … och detta är Götes fru, förstår jag.” Annika log överdrivet. Kvinnan tog handen och tittade frågande på sin man.

”Jag är kollega med Göte … eller var”, förekom hon honom. ”Annika Vester, ibland Yster, vilket man vill. Utredare på kriminaljouren.”

”Trevligt, jag heter Gull, svarade kvinnan och drog handen åt sig. ”Men ert namn har jag nog aldrig hört.”

Gull, tänkte Annika. Herre Gud, hade det varit Gullvi, eller Gullbritt…

”Och du är också Skagenintresserad”, fick Göte Rubin fram. Lika opersonligt och tjänstemässigt som vanligt.

”Ja, här är underbart!” utbrast Annika. ”Jag och min … min fästman”, hon vände sig om och såg ryggtavlan på Rolf tio meter bort, ”har varit här ett par dagar … ätit middag med goda vänner i kväll, druckit lite vin, firat…” Orden bubblade ur henne.

”Jaha, vad har ni då firat?” frågade Göte hövligt. Gulls ögon rullade över Annikas ansikte.

”Peter och Pia fick tvillingar i dag.”

”Peter?” Göte såg frågande ut.

”Ja, min arbetspartner på kriminaljouren, Peter Thörn.

”Ja, ja, Peter”, upprepade Göte med flera nickningar, som om ett ljus gått upp för honom.

”Och så har vi firat att vi löste morden på Gabriella Frank och Karl Bergström.”

Annika tittade på Göte, som antagit den rätta minen igen.

”Det gick till slut med gemensamma krafter, och tack vare att Eddie släppte in mig i utredningen … och jag har faktiskt fått lite lovord av honom.”

Grodorna i Annikas mun ville ut. Hon fick något medlidsamt i blicken när hon vände sig mot den pensionerade kommissarien.

”Det var ju tragiskt med din bror Wimhel … Wilhelm”, kungjorde hon med ostyrig tunga.

Gull gav till ett kort skratt.

”Bror? Göte har ingen bror”, sa hon till Annika.

”Förlåt, jag menar halvbror.”

”Snälla ni, han har varken bror eller halvbror.”

”Nu skojar väl din hustru med mig”, sa Annika och viftade med pekfingret mot Göte. ”Eller du har hållit din bror hemlig för henne?”

Götes läppar var som ett streck. Han drog med servetten över pannan.

”Din bror Wimhel …” Jävla ord, tänkte hon. ”… Wil-helm blir säkerligen inte dömd för morden, även om där finns en medhjälpsfaktor”, fortsatte Annika och vände sig sen mot Gull. ”Och Skyddande av brottsling blir nog inte heller aktuellt eftersom det är nära släktskap. Men man vet aldrig när det gäller ett så grovt brott som mord. Det var Wilhelms fru Vera, alltså din svägerska, som tog livet av den stackars Gabriella. Ja, Herre Gud, vilken cirkus.” Annika himlade med ögonen.

Gull stramade upp sig.

”Nej, nu får det räcka!” sa hon gällt. ”Ni verkar berusad … vad handlar detta om? Vad är det för påhitt? Göte har definitivt ingen bror eller svägerska. Han är enda barnet i en förnäm familj.”

Annika svajade till ett steg bakåt.

”Ups”, sa hon och fokuserade på Gull igen. ”Ja, det är sant … en mycket förnäm familj…” Annika stängde ögonen för några sekunder och framkallade texten hon läst på Internet, och som fastnat hos henne: **Äkta rubiner är mycket exklusiva, men syntetiska kan skapas till ett mycket lågt pris.**

"Vi tänker lämna det här caféet nu, om du ursäktar oss", sa Göte och började resa på sig. Gull rättade till den rutiga capen över axlarna. Det stela håret rörde sig inte en millimeter.

"Hoppas ni njuter av vistelsen här", sa Annika. "Förresten, jag glömde nästan ... din bror erkände att han våldtagit Gabriella när hon bara var femton år. Ja, du kan ju historien och vet att hon födde en dotter."

Göte förde in stolen under bordet och tog koftan som hängde på ryggstödet.

"Maria heter hon, din brorsdotter. Det skulle väl vara roligt för Gull att lära känna henne? Ni har ju inga egna barn?"

"Nej, vet ni vad! Göte, vad menar människan! Jag kräver en förklaring! Detta är på gränsen till kränkning", spottade Gull fram och reste sig hastigt. "Göte, säg något för Guds skull!" Hennes pekfinger gjorde en vild attack mot honom.

Annika tittade på Göte Rubin med inte helt stadig blick. Åsynen av den pensionerade kommissarien framkallade minnesbilder, som passerade i revy, från olika tillfällen under åren som gått. Hans nonchalans mot henne, all förfördelning. Han hade sabbat så himla mycket för henne, och andra.

När Annika nu var lite, eller kanske mer än lite, vinpåverkad syntes känslorna bli starkare och modet större inför allt fult han obemärkt inför andra gjort. Hon visste innerst inne att detta tillfälle aldrig skulle komma tillbaka. Hon skulle aldrig medvetet försätta sig i en dylik situation. Aldrig mer hänga upp sitt liv på hämndbegär. Därför var det här och nu, eller aldrig, och hon tänkte på några rader i Eddies förhör med Wilhelm Agustsson: *"... det var Göte som förmådde mig..."*

"Kränkning?" upprepade Annika och lade huvudet på sned. "Nej, snälla Gull, kränkning är något annat. Och här kan nog inte Gud göra så mycket..."

Göte ställde sig bredvid hustrun. Ena handen höll om koftan, den andra hängde hårt knuten utmed sidan. Den sammanpressade munnen hade helt tappat målföret. Ögonens smala springor sa *passa dig mycket noga, Annika Vester.* Men hon kände varken rädsla eller medlidande för det hon utsatte honom för.

”Eller hur, Göte, kränkning är väl något helt annat?

70

Annika hade inte förmått sig att öppna det lilla kuvertet ens när hon var ensam nästa dag. Hade hon varit trettio år hade hon slitit upp det, utan att vara eftertänksam. Men nu, efter många och långa år av erfarenheter visste och kände hon vad som gällde. Behovet av att veta vad där stod var inte längre var så livsviktigt. Det var viktigare att de år hon hade framför sig blev behagliga, värdefulla och rofyllda. Inte förföljda av gammal historia. Ändå tvekade hon.

Det var lördagsmorgon. Hon kände, inte helt utan förvåning, den tilltagande huvudvärken och tipsade Rolf om att gå en sväng medan hon lät migräntabletten verka. Han gav henne en mjuk kyss på munnen och sa att han skulle ta en runda neråt centrum, och sen till bageriet och köpa baguetter och yoggi till frukosten. Två muggar kaffe kunde de hämta från hotellmatsalen.

Hon satt på sängkanten och tittade på dörren som slog igen bakom honom. Mannen i hennes liv. Äntligen fanns han där. Eller rättare sagt; han hade blivit hennes efter att ha funnits där länge. En mogen, rejäl karl. En man som hon verkligen förtjänade. På många sätt så lik hennes livs kärlek. Som inte längre fanns, men som lät sin ande sväva över henne i skepnaden av ett litet, vitt kuvert.

Annika Vester, stod det utanpå med den välkända handstilen. Hon strök lillfingret över sitt namn. Åh, Dan, varför gör du så här? Varför stör du mig nu, när jag är glad och tillfreds? Vad vill du, när du inte längre finns? Ska jag leva med dina sista, kärleksfulla ord på näthinnan och i minnet? Det klarar jag inte. Älskar du mig så låt mig få vara lycklig nu.

Vad där än stod – hur vackra hans sista ord än var – skulle de inte orsaka annat än smärta. Allt var över sedan den dagen han inte längre hörde av sig. Och hon vet ju varför – den förrädiska sjukdomen.

Det dunkade och pulserade i Annikas högra tinning, men det var inte enbart av värken. Hon satt länge med kuvertet mellan handflatorna, gnuggade det lätt, förde det runt i cirklar. Danne måste ha hittat det bland Dans saker, och naturligtvis förstått sedan länge. Men han hade aldrig visat henne något förakt. Tvärtom. Kanske var han glad för pappans skull. Att han fått uppleva äkta kärlek med Annika.

Efter trettio minuter, tillbakalutad i sängen, började hon känna sig dåsig alltmedan värken successivt försvann. Rolf skulle snart komma, och aldrig någonsin behöva känna att hon tvekade.

Annika reste sig och gick ut i badrummet. Där rev hon det oöppnade kuvertet i smala strimlor och lät dem dala ner i toalettstolen. Hon spolade, såg på det virvlande vattnet som slukade och förde bort avskedsorden. Ett par remsor låg kvar. Hon spolade igen. Det röda nattlinnet föll till golvet och hon klev in i duschkabinen. Där stod hon när Rolf kom. Det ljumma vattnet strilade över håret och ansiktet. Det rann nerför skuldrorna, ryggen, över brösten, över hela kroppen.

Hon var ren och fri från det förflutna.

Lördag, deras tredje och sista kväll. Annika satt uppe på en av de stora, platta stenarna invid vattenbrynet, med benen uppdragna och armarna runt dem. Det kändes skönt med koftan över axlarna. Ljuset på den allra nordligaste delen av Danmark var hänförande, och vidderna runt omkring oändliga. Långt där ute förenades de tre haven.

Rolf stod bakom Annika. När han lade sin hand på hennes axel böjde hon kinden mot den. Det var stilla runt dem. Han lutade sig lätt mot hennes rygg och sträckte sin andra arm framför henne. Handen var knuten med fingrarna nedåt. Hon tittade på den. Hon vred ansiktet mot honom och satte upp glasögonen i hårfästet.

”Tänker du slåss?”

Han sa inget, höll fortfarande den knutna handen framför henne. Hon betraktade de kraftiga ådrorna ovanpå, höjde sin arm och strök med fingret över dem. Då vände han sakta på handen och lät henne lossa på fingrarna, en efter en. Tumme, pekfinger, långfinger. Samtidigt kände hon hur greppet på hennes axel blev fastare.

”Vad är detta?” sa hon när hon lyfte på ringfingret och lillfingret.

Han öppnade upp handen. Ringen med den vackra stenen glittrade. Hon tittade på honom igen.

”Den var aldrig i beslag”, sa han. ”Den finns inte dokumenterad någonstans. Bara du och jag känner till rubinen.”

”Som låg bland enkronorna i Gabriellas lilla gröna sammetspåse”, fyllde hon i. ”Vad har du gjort med den?”

Rolf tog upp ringen och höll den framför henne.

”Slipat, filat, putsat … med lite hjälp av guldsmeden. Vill du ha den?”

”Stöldgods?”

”Mm”, nickade han.

”Det strider mot polisens värdegrund … men okej.”

Sa hon och sträckte fram sin vänstra hand.

71

Under sommaren hade Vera Agustsson sjunkit djupare in i sin sjukdom. Vissa stunder var hon relativt klar i huvudet, men efter hennes självrapporterade upplevelser om olika tankar och vanföreställningar, i kombination med en längre tids observationer från psykiatriker och psykologer, kunde man med säkerhet ställa diagnosen Schizofreni.

Sönerna tog reda på så mycket som möjligt om sjukdomen, både genom sjukhuset och på olika sidor på nätet, och fick bland annat följande uppgifter: *Detta är en svår psykisk sjukdom som utmärks av varaktiga defekter i bland annat verklighetsuppfattningen, och den kan yttra sig på beteende- och känslomässiga sätt. Ordet "schizofreni" betyder ungefär "kluvet psyke" och kommer från grekiskan. Man kan också benämna det som "splittrat psyke" eftersom det bättre beskriver den sjukes situation ... i media kopplas schizofreni ibland samman med våldhandlingar, men trots detta är det endast ett fåtal av personer med schizofreni som blir våldsbenägna...*

När Vera blev överförd till geriatriska kliniken kände Wilhelm att han till viss del förlorat sin hustru, och sönerna Valter och Ruben sin mamma.

Eftersom schizofrena personer periodvis kan vara klara i huvudet, och tillsynes symptomfria, så gällde detta också Vera Agustsson. När Wilhelm en söndagseftermiddag, i början på juli, besökte sin hustru på kliniken, frågade hon varför hon egentligen befann där tillsammans med *en massa töntar.* Hon ville hem, sa hon. Wilhelm såg det som ett friskhetstecken även om personal försökte övertyga honom om motsatsen.

Vera fick komma till polishuset där hon delgavs misstankar, och förhördes, om morden på Gabriella Frank och Karl Bergström. Efter svar på frågor hon fick, och trots sin diagnos, bedömdes hon kunna åtalas och i mitten av augusti togs målet upp i tingsrätten. Om hon dömdes för mord skulle straffpåföljden med största sannolikhet bli rättspsykiatrisk vård.

Men rättegången kom att ta en abrupt vändning.

Wilhelm hade ingen vittnesplikt gentemot hustrun, så det han berättat i tidigare förhör när han låg på sjukhuset – hur han varit i kontakt med Gabriella utanför hennes dörr, kommit åt hennes lägenhetsnyckel, samt att Vera därefter tagit nyckeln ifrån honom och gått ner till Gabriella – var han inte skyldig att berätta om i rätten. Han skulle dock inställa sig som misstänkt för Skyddande av brottsling.

En välrenommerad och skicklig stockholmsadvokat, Lise Brilefsky som Ruben Agustsson anlitat, blev Veras och Wilhelms försvarare.

Lise var en flicksnärta på strax över trettio som gjort en lika snabb karriär som den misstänkte och välkände styckmordsobducenten gjorde i början av 80-talet. Den tjänsteriktiga klädseln – ljusgrå kavaj, knäkort kjol, svarta strumpor och en mossgrön halvpolotröja – gjorde sig bra till det mahognyfärgade håret med luftig lugg och inbakad fläta i nacken. Hela hon andades mode.

Angående att Wilhelm Agustsson skulle ha skyddat sin hustru, så begärde Lise Brilefsky med rapp och välsmord tunga inför domaren, nämndemännen och åklagaren Christian Björfeldt, att medåtalet mot honom skulle avskrivas. Vera hade kört på Karl Bergström med makens bil på eget initiativ. Det gick inte och bevisa att Wilhelm visste hon skulle göra det. Hon hade inte bett att få låna bilnyckeln eftersom hon hade en egen.

Anledningen till att hon körde på Karl var att han sett henne komma ut från Gabriellas lägenhet när hon varit där inne för att leta efter det brev som Wilhelm skickat till Gabriella. Hon hade erkänt det, och ja, det stämde att Wilhelm gjort en del för att dölja påkörningen, när han förstått att det var hon. Bland annat hade han gjort sig av med bilens trasiga registreringsskylt och framskärm genom att sänka dessa under isen vid Banverket. Han hade ingen annan förklaring än att han ville skydda sin hustru. Och eftersom det var av ringa betydelse så uppfylldes inte rekvisiten för Skyddande av brottsling, gällande man och hustru, hävdade Lise Brilefsky.

Vera satt tyst bredvid Lise. Hon bar en mörkblå, omodern, genomknäppt klänning med skjortbluskrage, samt en beige, tunn scarves runt halsen. Håret verkade nylagt, men hade fortfarande gammal permanent i topparna. En alldaglig, grå kvinna på sjuttiosex. Ingen visste om hon var så frånvarande som hon verkade, men ögonrörelserna följde växelvis mellan de som hade ordet.

Men, raljerade Lise Brilefsky vidare, så gick det inte heller och bevisa fullt ut att Vera hade bragt Gabriella Frank om livet, även om hon i polisförhör sagt att hon gått in i hennes lägenhet den ödesdigra dagen. Vera medgav att hon haft en nyckel till Gabriellas bostad och att hon brutit mot lagen genom att gå in i en avspärrad lägenhet. Hon hade inte varit där inne ensam, men förnekade bestämt att det var hennes make som varit där. Sen slöt hon sig som en mussla, lade armarna i kors och vägrade lämna uppgifter om varför allt detta hänt, den där fredagen den 14 mars, på Norra Boulevarden 14.

Efter en kort rättegångsdag lämnade Wilhelm tingssalen tillsammans med Lise Brilefsky. Utanför tingssalen fanns en fotograf från lokaltidningen, samt en grupp människor – den sort som inte hade annat att göra än springa på rättegångar av ren nyfikenhet. Wilhelm tittade rakt fram och gick med raska steg. Han ville ut och hem.

När de närmade sig huvudentrén föll hans blick på tre kvinnor som stod vid sidan om dörren. Den ena var i fyrtioårsåldern, de andra troligtvis hennes döttrar. Wilhelm hade inte förmågan att ta ögonen ifrån den äldre av dem. Det var som om en osynlig, magisk kraft naglade fast hans blick i hennes. Hon vek inte undan utan stod alldeles stilla och tittade tillbaka, borrade sina svarta ögon in i hans när han passerade henne. Wilhelm saktade på stegen just som Lise öppnade den tunga dörren. Men han vände sig inte om.

Ett stilla augustiregn hade börjat falla.

Sent på fredagskvällen, den andra rättegångsdagen, blev Lise uppringd av Ruben Agustsson.

Han befann sig i föräldrarnas lägenhet tillsammans med brodern Valter och fadern. Vera, som varit psykiskt trött, protesterade inte när hon blev skjutsad tillbaka till boendet.

Bröderna hade, inför måndagens förhandling, noggrant läst igenom protokollbilagan som Vera, Wilhelm och Lise Brilefsky tidigare fått inför slutdelgivningen av ärendet. De hade, oberoende av varandra, upptäckt en sak som föranledde dem att omedelbart ringa till Lise. Klockan var halv tolv på natten och hon blev inte speciellt glad.

"Det är en sak som är mycket märklig, och absolut inte stämmer", förklarade Ruben.

Lise kvävde en gäspning.

"Är det något vi kan ta i morgon eller på söndag?" försökte hon.

"Ja, men vi vill att du lyssnar nu när jag läser en kort bit ur protokollet, från teknikerna", sa Ruben. Han harklade sig och började läsa: *"Vitt tvättmedelspulver har hittats i långbyxornas uppvikta kant nertill, på vänster byxben. Pulvret är av samma fabrikat, Via, som det finns ett litet paket av på golvet i Gabriellas badrum. Detta paket har vält omkull, och tvättmedelspulver runnit ut på golvet. Troligtvis skedde det när Vera Agustsson höll på att trycka ner Gabriella i tvättkorgen. Hon stötte till paketet så det föll mot hennes vänstra ben. Därav kom pulver att hamna i byxuppslaget."*

Några sekunders tystnad lade sig. Lise bröt den.

"Ja?" sa hon frågande.

Ruben drog efter andan.

"Kanske logiskt, men det är så här att Vera – Valters och min mamma – aldrig har burit långbyxor. Vi har aldrig sett henne i denna benklädnad, varken när vi var barn, ungdomar eller vuxna. Hon har aldrig köpt eller ägt ett par långbyxor."

Det var som om musten gick ur Ruben totalt vid detta klargörande. Han höll pappret framför sig, som om Lise skulle kunna se det genom telefonledningen, och slog med andra handens ovansida på det.

"Och det kan pappa också intyga", tillade han.

"Varför har ingen av er reagerat över detta tidigare, när ni läst igenom förundersökningen?" Lise lät vaknare och mer engagerad, men inte anklagande.

Ruben slog åter på dokumentet.

"Ja, säg det. En sådan självklar sak som passerat helt förbi."

"Långbyxorna hängde i Veras garderob", fastslog Lise.

"Ja, och det är oförklarligt", svarade Ruben.

"Och onekligen intressant. Jag vill att du pratar med Wilhelm om detta", uppmanade Lise, "så ska jag prata med Per-Edvin Olsson och begära uppskov i rätten tills på onsdag."

"Jag tänker inte väcka pappa nu, men vi tar det i morgon bittida." Ruben avslutade samtalet.

"Nu ska åklagaren få något att bita i", sa han till Valter och slet ilsket av sig slipsen.

73

"Vera har således aldrig ägt ett par långbyxor. Hur förklarar du de bruna byxorna i hennes garderob? Och tvättmedlet i byxuppslaget?"

Wilhelm frambringade en av sina välkända, djupa suckar och drog ena handen genom håret. Den blårutiga kortärmsskjortan passade till hans brunbrända ansikte och armar. Han rättade till glasögonbågarna, lade händerna på knäna som om han tänkte resa sig, men satt kvar.

"På grund av sin sjukdom tänkte inte Vera riktigt klart alla gånger. Hon var duktig på att laga mat och baka, men var också pengafixerad och lade på hög till sönerna."

Wilhelm gjorde ett kort uppehåll och skakade sakta på huvudet.

"Vår ekonomi är inte den bästa, och lägenhetshyran hög. Det hände att Vera i sitt tillstånd hämtade upp kläder från sopkärlen nere på gården … ja, så är det."

"Så du menar", sa Eddie, "att långbyxorna i Veras garderob inte tillhör henne? Har jag uppfattat dig rätt?"

"Det stämmer … och inte heller kläderna i papperskassen i klädkammaren. Byxorna fanns i samma kasse."

Eddie gjorde stödanteckningar under tiden Wilhelm talade, samtidigt som kassettbandet rullade.

"Du visste alltså att Vera hade långbyxor på sig när hon tog nyckeln från dig och gick ner en våning till Gabriella?"

Wilhelm höjde hakan och tittade Eddie i ögonen.

"Hon hade inte långbyxor på sig. Hon hade sin trista, vanliga vardagsklänning."

Eddie fick inte riktigt ihop det, eller så hade han ställt frågan fel.

”Jaha, så hon hade *inte* de bruna långbyxorna på sig när hon gick ner till Gabriella?” upprepade han.

”Så var det”, vidhöll Wilhelm.

Eddie tog tid på sig och bläddrade fram de första förhören med Wilhelm. Han skummade fram och tillbaka i dokumenten, och hittade vad han sökte.

”Du har sagt att när Vera kom upp igen efter att, vad vi förmodar, ha varit hos Gabriella så bytte hon kläder och ställde sig sen att skala potatis. Stämmer det?”

Wilhelm nickade.

”Ja, hon bytte från en klänning till en annan, och därefter plockade hon fram potatis från skafferiet, och en kastrull.”

”Frågade du varför hon bytte klänning?”

”Nej, hon verkade upprörd, så jag sa inget till henne.”

”Så du gick i ovisshet om vad Vera gjorde när hon var nere på tredje våningen?”

Wilhelm nickade.

”Mm … och inte heller när den kvinnliga polisen ringde på, begrep jag vad som hänt. Hon frågade bara om vi hört eller sett något ovanligt eller anmärkningsvärt i trapphuset. Inte förrän nästa morgon, när jag läste tidningen, förstod jag det makabra.”

Tystnaden lade sig åter mellan de båda männen. Wilhelm flyttade händerna från knäna till stolens armstöd.

”Och du är helt säker på att Vera aldrig burit de bruna långbyxorna som hängde i hennes garderob?” försökte Eddie igen.

”Jag är helt övertygad. Hon har aldrig tyckt om långbyxmodet, inte ens när hon var ung. Och kassen med kläder släpade hon upp från innergården ett par dagar senare … jag tror det var på söndagskvällen, om jag minns rätt.”

Eddie försökte sig på en aha-vissling, men det blev bara ett tyst blåsljud.

”Sa Vera något om vem som placerat klädkassen på gården?”

”Nej, men det var säkert Asta på första våningen. Vera har fått kläder av henne tidigare.

Eddie bläddrade åter i pappren.

”Asta Kroon, menar du?”

Wilhelm nickade.

"Det är inget fel med att överta kläder från någon, men jag personligen tyckte inte om att Vera hämtade upp en kasse som placerats bland sopkärlen. Av någon anledning ville väl inte Asta ge bort just de kläderna. Bara kasta dem."

Den där tystnaden, som gör att saker sjunker in och sorteras, infann sig igen. Tystnaden var ofta till gagn för både talare och lyssnare.

"Vera är snart sjuttioåtta och Asta minst tjugo år yngre", fortsatte Wilhelm. "Det var hon som gav oss tips om vår lägenhet. Hade det inte funnits hiss skulle vi aldrig ha tagit den. Och jag har inte haft så mycket till övers för Asta ... hon är ingen sympatisk kvinna.

Eddie hakade på.

"Så Asta tipsade er om lägenheten. Då känner ni alltså henne sedan tidigare?

Wilhelm nickade.

"Känner och känner. Hon arbetade som sjuksköterska på ett sjukhem där Vera var intagen för några år sedan."

"För sin psykiska ohälsa?" undrade Eddie.

Wilhelm nickade.

"Mm."

"Berätta gärna vidare", manade Eddie.

"Vi vet inte var Vera fått sin sjukdom ifrån – det kan möjligtvis ligga ett par generationer tillbaka." Wilhelm nickade åt sitt antagande. "Hennes mormor hade samma åkomma, och hos Vera debuterade den när vi varit gifta några år och pojkarna fötts. Hon var rädd för att göra bort sig och trodde att folk pratade bakom ryggen på henne."

"Någon form av social fobi ... så där, bara rätt av?" Eddie höjde ögonbrynen.

"Nej, den kom smygande så man knappt märkte förändringarna i början. Hon blev lättretlig, tålde inte kritik, kunde daska till pojkarna för småsaker, ljög om oväsentligheter, beskyllde mig för märkliga ting ... ja, efter några år var jag ju medveten om att hon inte var samma kvinna som när vi träffades."

Det var Eddies tur att humma.

"Hade Vera tidigare något arbete?"

Wilhelm skakade på huvudet.

"Hon gick hemma, städade, lagade mat och bakade. Hon trivdes med det, och hon var en bra mamma också. Väldigt mån om pojkarna, sa alltid att de skulle ha gedigna utbildningar när de blev stora. Vi bodde i Stockholm då, några år. Hon kände inte så många och tyckte allt runtomkring var så stort –stan, tunnelbanan, affärerna. Är man inte ute bland folk blir det sociala livet väldigt snävt och inrutat. Mitt arbete inom politiken krävde en hel del, men hon avskydde fester, att behöva klä upp sig, gå på restauranger … ja, allt sådant."

En ny återhämtningspaus och Eddie passade på att vända bandet i bandspelaren.

"Så", fortsatte Wilhelm, "för tio år sedan – vi hade varit pensionärer några år – flyttade vi ner till Skåne. Sönerna blev kvar i huvudstaden. Först tycktes allting bli lättare för Vera – hon var nästan sig själv igen – men sen började sjukdomen visa sig i skov, och efter varje utbrott blev hon sämre."

Eddie lyssnade andaktsfullt – Wilhelm behövde prata av sig.

"Och så var det Asta … hur kom hon in i bilden?" passade Eddie på att fråga när han gjorde en ny paus.

Wilhelm drog med handen över munnen. Pannan låg i veck och de buskiga ögonbrynen spretade. Auktoriteten hos honom hade fått ett drag av knappt märkbar ödmjukhet.

"Det var på det där hemmet, för två, kanske tre år sedan. Hon var nattsköterska och hade många samtal med Vera när hon inte kunde sova. Vad de pratade om vet jag inte, men det kändes som om Asta trängde sig på för mycket."

"Hur då?" undrade Eddie.

"Vera brukade säga att *det har Asta sagt* och *det tycker Asta* och *det har Asta frågat om,* och Asta hit och dit. Det hände att hon frågade till och med mig om olika, personliga saker." Wilhelm viftade med handen för att förtydliga att han inte mindes exakt vad.

"Jag kan inte komma ihåg det nu, men jag minns att jag tänkte *det har du inte med att göra.*"

"Och er lägenhet", försökte Eddie.

"När Vera kom hem igen, efter flera månader på boendet, så fortsatte hon ha kontakt med Asta. De ringde till varandra, och fanskapet kom objuden hem till oss flera gånger, som om det var den naturligaste sak i världen. Jag upplevde henne som manipulativ, men höll tyst för Veras skull." Wilhelm skrattade till. "Vera kallade henne sin väninna, och privatsköterska. Kanske något som Asta tutat i henne. Herre Gud, hon är säkert tjugo år yngre än Vera, och babblade bara på om resor hon gjort och restauranger hon besökt. Sådant som Vera var totalt ointresserad av."

"Så, du kände inte att Asta stöttade Vera speciellt mycket, i egenskap av sjuksköterska?"

"Nej, men eftersom Vera blev på bättre humör när Asta fanns där, så höll jag tyst."

Wilhelm tystnade tvärt.

"Ja?" Eddie väntade ut honom.

"Jag fick veta att Asta lånade pengar av Vera. Ganska stora summor, två tusen, tre tusen åt gången, nästan varje månad. Jag förstod, och hörde ibland, att de diskuterade pengar. Jag pratade med Vera om detta – att det tärde på vår ekonomi om hon gav pengar till Asta. Vera svarade hånfullt med att jag definitivt inte skulle lägga mig i vad hon gjorde med sin pension eftersom jag själv försåg Gabriella Frank med pengar. Ja, hon kände ju till de där femhundra kronorna som jag skickade varje månad till Gabriella."

Vilken soppa, tänkte Eddie.

"Tror du Vera hade berättat om de pengarna för Asta?"

"Det är mycket möjligt, men Vera grämde sig mycket över situationen. Det handlade om mycket pengar, och under senare år skickade jag iväg dem av ren slentrian, kanske av skamsenhet. Man tänker annorlunda när man blir gammal."

"Det förstår jag", inflikade Eddie, som egentligen inte förstod ett dugg av varför denna penningtransaktion mellan Wilhelm och Gabriella pågått så många år. Tro fasen Vera var mer än sur. Han fortsatte:

"Jag kan inte låta bli att säga det, men du postade alltså femhundra kronor varje månad till Gabriella som bodde våningen under dig?"

"Tyvärr", suckade Wilhelm. "Jag kunde lagt kuvertet direkt i hennes brevlåda, men hon visste inte att jag bodde nästan granne med henne."

"Och vid den här tidpunkten var Asta ensam?"

"Ja", svarade Wilhelm och sträckte sig efter vattenglaset på det lilla bordet intill. "Hon var änka efter en flygare."

Eddie mindes att han läst det i ett förhör med Asta.

"När sa du att Vera hämtade kläderna från innergården?" frågade han.

"Jag måste bara få säga att jag pratade med Asta och sa att hon inte var något lämpligt sällskap åt Vera … att hon inte var mottaglig för konversationer på hennes nivå. Hon accepterade det och slutade komma hem till oss. Men hon ringde och pratade med Vera ibland, och förra hösten sa hon att det skulle bli en lägenhet ledig i hennes trapphus, och att där fanns hiss. Det hade vi inte på vår tidigare adress, på Östergatan. Det var drygt att gå upp till tredje våningen och vi var inte längre några ungdomar. På så sätt fick vi vår lägenhet på Norra Boulevarden fjorton. Och blev ofrivilligt i stort sett grannar med Gabriella Frank. Det var både komiskt och smått chockartat."

"Och kläderna", upprepade Eddie, "när hämtade Vera dem från innergården?" Han kände att de måste komma till saks ände.

"Om jag inte missminner mig var det på söndagskvällen … jo, det var det."

"Drygt två dygn efter att Gabriella hittades död, stämmer det?"

Wilhelm nickade och såg trött ut.

"Ja … och när Vera tänkte hänga upp kläderna på galgar, sa jag till henne att hon skulle tvätta dem först. Då hade hon redan hängt in långbyxorna i sin garderob. Varför, vet jag inte. Hon använde inte långbyxor. Kassen med resten av kläder ställde hon i klädkammaren, där vi brukar förvara vår smutstvätt tills det är dags för tvättstugan."

Wilhelm föll in en stund i egna funderingar. Eddie lät honom hållas tills han fortsatte i resignerad ton:

"Hon hade blivit slarvig med sådant de senaste åren … med städning och hygien. Men nu förstår jag ju, och det känns bittert."

Eddie strök handen över sitt stubbade hår, samt stängde bandspelaren. Han undrade för sig själv om Vester skulle vara tillbaka på jobbet på måndag.

74

"Den här damen ska vi syna närmare i sömmarna."

Eddie, ledigt välklädd i mörkgröna byxor och grå pikétröja, lade ett papper på Annikas skrivbord. Själv hade hon på måndagen just klivit in på sitt rum och stod framför spegeln. Precis där alla femtiopluskvinnor ställer sig när de kommer till arbetet. Lite mörkrosa läppglans och några upplyftande drag med fingertopparna i håret, sen kunde dagen börja. Hon kände att jeansen stramade aningen över låren. Visserligen var de nytvättade, men det var nog inte orsaken. Det hade blivit en del luncher och middagar med Rolf den senaste månaden, och Skagenresan gick inte av för hackor.

Hon vände sig om.

"Ska du inte fråga hur jag haft det på Skagen?"

Eddie sneglade på henne.

"Det syns ju ... pigg, solbränd och med avslöjande rodnader på kinderna."

Annika skrattade och plockade upp dokumenten. Hennes eget PM angående husrannsakan och beslag hos Vera Agustsson i april, samt ett belastningsregister med domar från 1990 och 1998. Trolöshet mot huvudman, Våld mot tjänsteman och Ofredande.

"Är det...?" Hon avslutade inte meningen när hon gjorde en gest mot pappret.

"Asta Kroon på första, ja", svarade Eddie. "Hon har tydligen varit i farten lite överallt, så det är inte svårt och räkna ut varför hon kallar sig förtidspensionär. Bland annat har hon lurat till sig pengar från en kvinna som hon var God man för."

"Toppen", nickade Annika. "Men så går det till i de finare kretsarna. Hur blir det med rättegången i dag?"

"Brilefsky har fått uppskov tills på torsdag." Han räckte Annika ytterligare två A4-papper.

"Senaste förhöret med Wilhelm. Du och Peter kör till Norra Boulevarden 14."

"Pappaledig", sa Annika, nästan med stolthet i rösten.

"Va?" Eddie såg halvförvirrad ut.

"Jamen, han är ju nybliven tvillingpappa, det vet du väl?" Hon lät på gränsen till anklagande.

"Nä, det visste jag inte. Kul för honom."

Typiskt karlar, tänkte Annika. Har inte ett dugg koll på viktiga saker som födslar och födelsedagar.

"Okej, du och jag kör, efter frukosten." Eddie hade säkert redan glömt tvillingarna.

Och frukosten tummade man aldrig på.

"Hur har alla psyksjuka lyckats hamna i samma trappa?" sa Annika när de parkerade vid fastigheten Norra Boulevarden 14.

"Säg det. Slumpen, ödets nyck, kalla det vad som helst." Eddie lutade sig över ratten och tittade uppför fastigheten.

"Attraktiva, gamla hus, bland de äldsta i stan. Mina föräldrar bodde i nummer tjugoåtta, längre norrut, på sin tid." Eddie pekade i riktningen.

"Rika månntro", fiskade Annika.

"Tja, farsan var kapten på A3, ganska hygglig lön."

"Då har du alltså vuxit upp här?"

"Vi flyttade när jag var drygt fyra, och brorsan nästan tre, till ett villaområde. Säkrare plats för ungar och massvis med lekkamrater."

"Förstår jag", sa Annika. "Alla mammor hemma, dagis fanns inte."

"Så var det. Nej, ska vi köra vårt race nu?" Eddie slog ett slag i ratten och drog åt handbromsen.

"Ja, race eller case", sa Annika och gick ur bilen, öppnade bakdörren och tog ut en stor papperskasse.

Det var tyst i trapphuset. Wilhelm var troligtvis hemma med sönerna eftersom rättegången blivit uppskjuten, och Daniel fanns på Skagen. Gabriella och Karl på tredje var döda, en tom lägenhet och ett kontor på andra våningen, ingen musik från Tanja och Stefan Janssons. Eddie satte fingret på ringklockan.

"Detta blir ett långskott", sa han till Annika, samtidigt som dörren öppnades på glänt.

"Är det Asta Kroon?"

Kvinnan i den gläntande dörren tittade först på Eddie och sen på Annika som log och nickade.

"Vad gäller det?" frågade kvinnan kort.

Eddie upprepade:

"Är det..."

"Jag hörde vad du sa", avbröt hon vasst.

"Vi kommer från polisen", klargjorde Eddie vänligt men bestämt, och höll fram sin legitimation. "Kan vi få prata några ord med dig?"

"Om vad då?" kom det snabbt. Asta Kroon gjorde ingen ansats om att vilja släppa in de båda poliserna. Hon drog i snibbarna på den mörkgröna, tunna scarvsen hon hade löst hängande runt halsen, och höjde på hakan. Det grå håret var fortfarande klippt i page med pannlugg, men kortare än i våras, och av någon märklig anledning så passade frisyren hennes ansikte. Lite rouge och läppstift skulle gjort susen, tänkte Annika.

"Det handlar om ett antal klädesplagg." Eddie gav Annika en blick och lyfte kassen som stod bredvid henne. Han placerade den framför dörröppningen och fortsatte:

"Det är ju så att Vera Agustsson, här uppe på fjärde, varit inblandad i lite tråkigheter. Ja, du vet ju vad som har hänt."

"Lite?" upprepade Asta och skrattade till ironiskt. "Det är nog det minsta man kan säga om den människan."

Eddie tänkte inte leka katt och råtta.

"Fru Agustssons är sjuk, och hennes make säger att hon har fått dessa kläderna av dig. Stämmer det?"

Asta sköt upp dörren ytterligare ett par decimeter och tittade ner i kassen. Hon stack ner ena handen och bläddrade bland de hopvikta plaggen. Sen vände hon ansiktet mot Eddie. Annikas puls hade ökat, och hon höll andan.

"Det är mina kläder, men jag har definitivt inte gett dem till Vera Agustsson ... hur kan Wilhelm ljuga på det viset?"

Så hon är Wilhelm med honom. Eddie ryckte på axlarna och tittade oskyldigt på Asta.

”Han sa att det var så, och vill att du ska få tillbaka dem. Du är säker på att kläderna är dina?”

Asta spände ögonen i Annika.

”Det var väl själve den!” Hon rev upp de översta plaggen – en grönrutig tunika och två tröjor som fällt en aning i tvätten.

”De är mina! Jag har kasserat kläderna och det var länge sen jag satte kassen nere i sopskåpet. Säkert i våras.”

Hon drog ytterligare i kläderna.

”Se, här är några gamla frottéhanddukar i botten och ett par slitna örngott. Att sedan Vera varit och hämtat den, ja, det får stå för henne själv om hon vill ha kasserade gamla kläder.”

”Eh …” inflikade Annika, ”och det fanns ett par bruna långbyxor också, med uppvikt kant nertill … som var dina?”

”Jadå … jag har en tillhörande brun kavaj, men den har jag kvar … byxorna var för korta i benen.” Saliven bubblade i ena mungipan på Asta och kinderna blossade.

Annika började andas igen. Hon tog ett steg bak dörren, stack ner handen i sin lilla axelväska och stängde bandspelaren. Nu har Asta bitit sig själv i svansen, tänkte hon.

Eddie drog fram ett papper från jackans innerficka – belastningsregistret med de tidigare domarna. Han tittade Asta rakt i ögonen.

”Astrid *Charlotte* Kroon, du är gripen för delaktighet i mordet på Gabriella Frank den 14 mars i år, på Norra Boulevarden 14 här i stan. Förhör kommer att hållas med dig på polishuset och du har rätt att anlita en försvarare, både vid förhöret och vid en kommande rättegång.”

Aha, det är så en tappad haka ser ut, konstaterade Annika Vester. Hon förde ihop sina händer och snurrade på den röda rubinen…

***